DER BEWUNDERER

THRILLER

CATHERINE SHEPHERD

Erstveröffentlichung Taschenbuchausgabe durch
Kafel Verlag,
KFL Verlag GmbH, Bonner Straße 12, 51379 Leverkusen

Lektorat: Gisa Marehn
Korrektorat: SW Korrekturen e.U. /
Mirjam Samira Volgmann

Covergestaltung: Alex Saskalidis
Covermotiv: © lassedesignen / shutterstock.com

Druck: GGP Media GmbH,
Karl-Marx-Straße 24, 07381 Pößneck

www.catherine-shepherd.com
kontakt@catherine-shepherd.com

ISBN: 978-3-944676-38-8

TITEL VON CATHERINE SHEPHERD

Zons-Thriller:

1. Der Puzzlemörder von Zons (Kafel Verlag April 2012)
2. Erntezeit (Früher: Der Sichelmörder von Zons; Kafel Verlag März 2013)
3. Kalter Zwilling (Kafel Verlag Dezember 2013)
4. Auf den Flügeln der Angst (Kafel Verlag August 2014)
5. Tiefschwarze Melodie (Kafel Verlag Mai 2015)
6. Seelenblind (Kafel Verlag April 2016)
7. Tränentod (Kafel Verlag April 2017)
8. Knochenschrei (Kafel Verlag April 2018)
9. Sündenkammer (Kafel Verlag April 2019)
10. Todgeweiht (Kafel Verlag April 2020)
11. Stummes Opfer (Kafel Verlag April 2021)
12. Die Rezeptur (Kafel Verlag April 2022)

Laura Kern-Thriller:

1. Krähenmutter (Piper Verlag Oktober 2016)
2. Engelsschlaf (Kafel Verlag Juli 2017)
3. Der Flüstermann (Kafel Verlag Juli 2018)

4. Der Blütenjäger (Kafel Verlag Juli 2019)
5. Der Behüter (Kafel Verlag Juli 2020)
6. Der böse Mann (Kafel Verlag Juli 2021)
7. Der Bewunderer (Kafel Verlag Juli 2022)

Julia Schwarz-Thriller:

1. Mooresschwärze (Kafel Verlag Oktober 2016)
2. Nachtspiel (Kafel Verlag November 2017)
3. Winterkalt (Kafel Verlag November 2018)
4. Dunkle Botschaft (Kafel Verlag November 2019)
5. Artiges Mädchen (Kafel Verlag November 2020)
6. Verloschen (Kafel Verlag November 2021)

Übersetzungen:

1. Fatal Puzzle - Zons Crime (Titel der deutschen Originalausgabe: Der Puzzlemörder von Zons, AmazonCrossing Januar 2015)
2. The Reaper of Zons - Zons Crime (Titel der deutschen Originalausgabe: Erntezeit, AmazonCrossing Februar 2016)

Wahre Schönheit ohne Blendwerk
weist sich erst in ihrem Tod.

Peter Rudl,
deutscher Aphoristiker

PROLOG

Wow! Du siehst toll aus. Ich stehe dir direkt gegenüber, doch du schaust mich nicht an. Dein Blick gleitet über meinen Kopf hinweg, hoch zur Tafel, auf der die heutigen Angebote aufgeführt sind. Du liest konzentriert, wobei deine Zungenspitze zwischen deinen vollen Lippen auftaucht. Strahlend weiße Zähne kommen zum Vorschein, als du dir auf die Unterlippe beißt, weil du dich offensichtlich nicht entscheiden kannst. Du wägst ab. Eine zarte Falte erscheint auf deiner Stirn. Das macht dich sympathisch. Offenbar triffst du keine voreiligen Entschlüsse, sondern überlegst genau, was du willst. Das gefällt mir.

»Ich hätte gerne einen Latte macchiato mit Karamell und Schokolade«, sagst du selbstbewusst, mit hoher, sanfter Stimme, und jetzt endlich siehst du mich an.

»Kommt sofort«, erwidere ich und beginne an der Kaffeemaschine zu hantieren, ohne dich aus den Augen zu lassen.

Ich finde es schön, dass du in dieses Café gekommen

bist. Du legst Wert auf Individualität, sonst wärst du in eine der großen Ketten gegangen. Drei Straßenzüge weiter befindet sich eine solche Filiale. Doch das passt nicht zu dir, denn auch dein Latte macchiato ist kein Standardprodukt. Du hast dir Zutaten ausgesucht, die dem Kaffee mehr Süße geben. Magst du gerne Süßigkeiten?

Du setzt dich an den freien Tisch am Fenster. Dein langes Haar weht einen Moment im Luftzug der offenen Tür. Mehrere Besucher treten ein und stürmen auf die Theke zu. Ich bin noch mit deinem Kaffee beschäftigt. Zum Glück übernimmt einer der Kollegen, ein hochgewachsener Kerl mit breiten Schultern, die Neuankömmlinge. Er arbeitet schon eine Ewigkeit hier und erledigt die Bestellungen in einem atemberaubenden Tempo. Mit geübten Handgriffen kurbelt er an der Maschine.

Doch zurück zu dir!

Du musst neu sein in diesem Viertel, denn sonst wärst du mir längst aufgefallen. Deine Kleidung ist dünn, den sommerlichen Temperaturen angepasst. Der Rock ist kurz, aber nicht zu kurz. Du willst gesehen werden, übertreibst es jedoch nicht. Das T-Shirt spannt sich über deiner Brust. Zwei kleine Wölbungen ziehen meine Blicke an. Ich stelle den Latte macchiato auf eine Untertasse und balanciere ihn langsam zu deinem Tisch. Du trägst keinen Ring, was ich als positives Zeichen werte. Du bist allein, doch du starrst die ganze Zeit aus dem Fenster, als ob du jemanden erwarten würdest.

»Bitte schön«, sage ich und setze den Kaffee vor dir ab.

Du siehst weiter auf die Straße. Ich folge kurz

deinem Blick. Hoffentlich wartest du nicht auf deinen Freund. Die Art, wie du nach draußen schaust, beruhigt mich. Der Ausdruck in deinen Augen zeigt, dass du wachsam bist, aber keinesfalls nervös oder voller Erwartungen. Das spricht eher für eine Freundin. Vielleicht deine beste Freundin? Ich freue mich auf sie.

Und da ist sie auch schon. Im Gegensatz zu dir trägt sie ein viel zu knappes Kleid. Ihre kurzen blonden Haare schreien geradezu nach Aufmerksamkeit, genauso wie die riesige Sonnenbrille auf ihrem schmalen Gesicht. Ich zweifele einen Augenblick daran, dass ihr Freundinnen sein könntet. Doch deine Reaktion ist eindeutig. Du kennst sie. Du springst auf und winkst ihr durch die Fensterscheibe zu. Dir fällt gar nicht auf, dass ich nicht mehr an deinem Tisch stehe. Dir ist auch nicht aufgefallen, dass der Brief von deiner Bank fehlt, den du so unachtsam in deiner offenen Handtasche auf dem Stuhl neben dir aufbewahrst. Jeder könnte mit einem schnellen Griff herausfinden, wo du wohnst. Ich sehe schon, du brauchst jemanden, der auf dich aufpasst. Der dich vor Gefahren beschützt.

Deine Freundin eilt zu dir. Eine künstliche Duftnote weht zu mir herüber. Eine Mischung aus süßlichem Blumenaroma und Chemie. Ich trete einen Schritt vom Tresen zurück, um dich besser beobachten zu können. Deine Adresse verschwindet in meiner Hosentasche. Du wohnst gleich um die Ecke. Dachte ich es mir doch. Du lächelst so schön, als du deine Freundin umarmst und deine Handtasche vom Stuhl nimmst, damit sie neben dir Platz nehmen kann.

Nur mit Mühe schaffe ich es, mich von dir abzuwenden, denn ich muss los. Ich helfe hier bloß aus. Eine andere Aufgabe wartet auf mich.

Als ich das Café verlasse, werfe ich noch mal einen Blick durch das Fenster hinein. Ich sehe dein hübsches Gesicht und deine anmutigen Bewegungen. Mein Herz schlägt schnell. Du bist die Richtige, ich fühle es.

1

Laura warf einen Seitenblick auf Taylor, der angespannt auf die Bühne starrte. Sie fragte sich, ob er das Schauspiel genoss oder die Minuten zählte, die er noch bleiben musste. Wie so oft wirkte er undurchschaubar. Sie spürte einen Hauch von Unsicherheit. Es war ihre Idee gewesen, ins Theater zu gehen. Sie hatte schon lange kein Stück mehr gesehen. Echte Menschen auf einer Bühne faszinierten sie, offenbar ganz im Gegensatz zu Taylor, in dessen Miene sich eher Verwirrung als Begeisterung spiegelte.

Auf dem Podium schrie eine Frau auf. Lauras Blick wurde wieder nach vorn gezogen zu der Hauptdarstellerin, die in diesem Augenblick ihren Geliebten verlor. Ein krummer Säbel steckte in seiner Brust. Künstliches Blut tropfte aus dem Loch in seinem Hemd. Der Mann sank mit schmerzverzerrtem Gesicht auf die Knie und fiel gleich darauf zur Seite. Die Frau warf sich jammernd auf ihn und die Vorhänge zogen sich zu. Ein Raunen ging durch die Zuschauer. Die abgedunkelten

Deckenlichter schwollen zu einem Meer aus grellen Lichtpunkten an. Die ersten Besucher erhoben sich von ihren Plätzen, um auf die Toilette zu gehen, draußen im Foyer etwas zu trinken oder eine Kleinigkeit zu essen. Laura wandte sich wieder Taylor zu, der immer noch in Richtung Bühne starrte, die jetzt vollständig hinter dem roten Samtvorhang lag.

»Siehst du mehr als ich?«, fragte Laura und grinste Taylor an.

Seine dunkelbraunen Augen richteten sich auf sie. Er seufzte.

»Nein. Ich ... ich weiß auch nicht.« Er verzog das Gesicht für den Bruchteil einer Sekunde und brachte dann ein schmales Lächeln zustande.

»Es gefällt dir nicht«, stellte Laura fest und erhob sich.

»So würde ich es nicht ausdrücken. Es ist vielleicht ... etwas gewöhnungsbedürftig«, brummte Taylor mit amerikanischem Akzent und senkte reumütig den Kopf. »Das bedeutet jedoch nicht, dass du gleich aufspringen musst.«

»Keine Sorge«, gab Laura zurück. »Ich wollte uns zwei Gläser Sekt besorgen. Die Pause dauert zwanzig Minuten.«

Taylor erhob sich jetzt ebenfalls. »Das erledige ich«, erklärte er und drängte sich an ihr vorbei. Er hauchte ihr einen Kuss auf die Wange. »In einer Stunde fahren wir nach Hause und dann beginnt der zweite Teil des Abends.« Er strahlte sie verheißungsvoll an und verließ den Theatersaal in Richtung des Foyers.

Laura blickte ihm ein wenig enttäuscht hinterher. Sie hatte bereits im Vorfeld befürchtet, dass Taylor nicht unbedingt Gefallen an dem Bühnenstück finden würde. Es wäre wohl besser gewesen, sie hätte sich nicht für ein Drama entschieden. Sie nahm sich vor, den nächsten Theaterbesuch wieder mit ihrem Partner zu planen. Max liebte das Theater genauso wie sie. Nur wegen Hannah und der kleinen Kinder kam er in den letzten Monaten viel zu selten dazu. Natürlich auch aufgrund ihrer Arbeitsbelastung. Laura und Max waren Spezialermittler im Landeskriminalamt Berlin, im Dezernat für Entführungen, erpresserischen Menschenraub und Tötungsdelikte. Sie wurden immer dann eingesetzt, wenn es um besonders schwerwiegende Fälle ging. Es grenzte beinahe an ein Wunder, dass Laura mit Taylor heute hier war und die Einsatzzentrale sich nach wie vor nicht gemeldet hatte. Normalerweise hatten sie jede Menge zu tun. Laura war froh über die Ruhepause. Sie zog ein Tuch aus ihrer Tasche und tupfte sich die Stirn ab. Es war viel zu warm. Selbst die Klimaanlage des Theaters schaffte es nicht, den Saal auf angenehme Temperaturen herunterzukühlen. Auf den Gesichtern der Schauspieler hatte während der Vorführung ein glänzender Schweißfilm gestanden. Laura hatte das Gefühl, dass es in ihrem Nacken unter der blonden Lockenmähne dampfte.

Taylor kehrte mit zwei Sektgläsern und einer Packung Brezeln zurück.

»Auf uns«, erklärte er und prostete ihr zu.

Laura trank einen Schluck und fühlte, wie sich ein leichtes Prickeln in ihrer Bauchgegend ausbreitete. Sie betrachtete Taylor und malte sich aus, wie sie nach der Vorstellung in seine Wohnung fahren würden. Oder in ihre? Sie fuhr mit der Zungenspitze über die Unterlippe.

»Ich bekomme langsam Hunger«, gestand Taylor und bot ihr Salzbrezeln an. »Im Foyer bekommt man leider nichts Vernünftiges.« Er holte sich ebenfalls eine trockene Brezel heraus und knabberte unbeholfen darauf herum. Obwohl er vermutlich sehr hungrig war, warf er Laura ein Lächeln zu. Sie liebte ihn dafür.

Der Saal füllte sich allmählich wieder, und plötzlich wusste Laura, dass das Theater nicht der richtige Ort für den heutigen Abend war. Warum sollte sie Taylor zwingen, sich mit leerem Bauch durch den Rest des Stückes zu quälen? Sie war hergekommen, um sich zu amüsieren – nicht, um auszutesten, ob Taylor ihr zuliebe bei der Stange blieb. Wie auf Kommando knurrte ihr Magen so laut, dass die umstehenden Gäste es hören mussten.

»Lass uns zum Italiener fahren«, schlug sie vor und ergriff Taylors Hand.

Er schaute sie überrascht an. »Nein. Ich halte durch. Versprochen.«

Laura schüttelte entschlossen den Kopf. »Ich habe auch Hunger, und außerdem weiß ich, wie das Stück ausgeht.« Ohne auf Taylors Antwort zu warten, zog sie ihn mit sich und steuerte auf einen Ausgang zu.

»So schlimm war es nun auch wieder nicht, dass du mich retten musst«, protestierte Taylor, ließ sich jedoch von ihr aus dem Theater bugsieren.

Sie nahmen den Bus an der nächsten Haltestelle. Als dieser losfuhr, musterte Taylor sie intensiv.

»Okay. Du bist meine Retterin. Ich stehe kurz vorm Verhungern.« Er rückte näher an sie heran und drückte ihre Hand. »Danke«, flüsterte er und hauchte ihr einen Kuss auf die Wange.

»Gern geschehen«, entgegnete Laura. Der Bus näherte sich der Haltestelle. Laura sprang auf.

»Hier müssen wir raus.« Sie wartete, bis der Bus stoppte und die Türen sich öffneten. Dann stiegen sie aus. Der Italiener lag ein Stückchen die Straße runter. Laura hakte sich bei Taylor ein. Sie aßen dort hin und wieder. Laura liebte die Pastagerichte des netten Restaurants. Ihr Hunger war inzwischen riesig. Sie suchten sich einen kleinen Tisch am Fenster aus und studierten die Karte. Taylor winkte den Kellner herbei.

Laura entschied sich für eine Lasagne, während Taylor sich ein Schnitzel bestellte. Glücklicherweise war das Restaurant nicht voll, sodass der Kellner innerhalb kürzester Zeit zwei dampfende Teller brachte. Schweigend schlangen sie ein paar Bissen hinunter. Als Lauras erster Hunger gestillt war, legte sie die Gabel beiseite und betrachtete Taylor.

»Es gefällt mir ziemlich gut, deine Retterin zu sein«, bemerkte sie. Taylor wirkte wie ausgewechselt. Ein Lächeln kräuselte sich um seine Mundwinkel und der etwas gelangweilte Blick war verschwunden.

Er beugte sich zu ihr herüber und flüsterte: »Es war eine tolle Idee von dir, hierherzufahren.« Er nahm ihre Hand. In diesem Moment klingelte Lauras Handy. Sie zuckte zurück und schaute auf das Display.

»Laura Kern«, meldete sie sich, als sie die Nummer ihres Chefs erkannte.

Joachim Beckstein redete nicht lange um den heißen Brei herum: »Es wurde eine weibliche Leiche in einer Industriehalle im Norden Berlins gefunden. Die Kripo kann wegen akuten Personalmangels nicht übernehmen, und außerdem deuten die äußeren Umstände darauf hin, dass der Fall früher oder später sowieso bei uns landet. Ich möchte, dass Sie und Max Hartung sofort dorthin fahren und sich die Sache anschauen. Ihr Partner ist bereits auf dem Weg.«

Beckstein nannte ihr die Adresse und legte auf. Laura blickte Taylor an und murmelte: »Tut mir leid. Ich muss los. Eine tote Frau.«

Taylor machte ein enttäuschtes Gesicht. »Schade, gerade wo unser Abend so richtig anfängt.« Er stand auf und zog sie an sich. »Ich fahre nach Hause und warte auf dich.«

»Es könnte sehr spät werden«, gab Laura zu bedenken, doch Taylor schüttelte den Kopf.

»Für dich ist es nie zu spät.« Er küsste sie auf den Mund und ließ sie los. »Ich esse noch auf und übernehme die Rechnung.«

»Danke.« Laura lächelte und eilte aus dem Restaurant, um ein Taxi zu rufen.

Nach etwas mehr als zehn Minuten erreichte sie das Gelände, auf dem sich die Industriehalle befand. Sie lief auf ein paar hohe Bäume zu, die von den Taschenlampen der Polizisten erhellt wurden. Die Halle dahinter ragte dunkel und bedrohlich in den schwarzen Nachthimmel. Laura ging weiter und erkannte Max, der bereits vor einem Polizeiabsperrband auf sie wartete.

»Wie hast du es so schnell hierher geschafft?«, fragte er und begrüßte sie. »Ich wohne viel näher dran als du.« Er fuhr sich über den kahlen Schädel und sah sie müde an.

»Ich war mit Taylor essen. Der Italiener ist nur eine Viertelstunde von hier entfernt.« Sie betrachtete die dunklen Ränder unter Max' Augen. »Du hättest wirklich ein bisschen Schlaf gebrauchen können. Am besten, wir beeilen uns. Hast du die Tote schon angesehen?«

Max schüttelte den Kopf. »Nein. Ich bin ein paar Sekunden vor dir eingetroffen. Eigentlich hättest du Taylor gleich mitbringen können. Der scheint ja im Augenblick Zeit zu haben.«

Laura ignorierte den bissigen Unterton in Max' Stimme. Sie kannte diesen leichten Anflug von Eifersucht nur allzu gut. Taylor arbeitete für die Kriminalpolizei. Vielleicht hätte er den Fall bekommen, wenn sein Chef Christoph Althaus den Mord nicht an das LKA abgegeben hätte. Soweit Laura wusste, schuftete Taylor derzeit an etlichen Fällen gleichzeitig. Sie seufzte. Viel lieber wäre sie jetzt mit ihm zusammen. Sie hob das Absperrband hoch und schlüpfte hindurch.

»Wie geht es Hannah?«, erkundigte sie sich.

»Gut. Sie hat zumindest nicht gemeckert, als ich mich auf den Weg gemacht habe.« Max folgte ihr und setzte ein gequältes Grinsen auf. »Ganz ehrlich, in letzter Zeit funktioniert es reibungslos zwischen uns. Die Kinder werden langsam älter und der Stress nimmt deutlich ab.«

Max hatte zwei Kinder mit Hannah. Früher hatte sie immer ein großes Theater veranstaltet, wenn er Überstunden schieben musste oder mitten in der Nacht zu einem Einsatz gerufen worden war. Doch inzwischen schien auch sie nachvollziehen zu können, dass das Böse sich nicht an die Dienstzeiten hielt, sondern auch im Schutz der Nacht zuschlug.

»Lass uns reingehen«, sagte Max und deutete auf die Halle. Vor dem Eingang warteten drei Polizisten. Zwei

Männer und eine Frau. Sie trugen keine Jacken, weil es immer noch sehr warm war.

»Ist die Spurensicherung informiert?«, fragte Laura.

Max nickte und verdrehte die Augen. »Die sollten jeden Moment hier eintreffen. Ben Schumacher kommt persönlich vorbei.« An seinem Tonfall konnte Laura hören, wie wenig Max von dem neuen Leiter der Spurensicherung hielt. Vor ein paar Jahren hatte Hannah ihn für eine Affäre mit Ben Schumacher verlassen. Kurze Zeit später war sie reumütig zu Max zurückgekehrt. Seitdem hassten sich die beiden Männer und versuchten, sich möglichst aus dem Weg zu gehen. Allerdings war Schumacher vor einigen Wochen vom Kriminallabor zur Spurensicherung gewechselt, was die Sache gewaltig verkomplizierte. Es war so gut wie unmöglich, sich an einem Fund- oder Tatort nicht zu begegnen.

Laura erwiderte lieber nichts. Sie streifte sich Gummihandschuhe über und schlüpfte in Überschuhe aus dünnem weißem Plastik. Dann schritt sie auf die drei Polizisten zu, die augenblicklich den Eingang frei machten und sie mit blassen Gesichtern ansahen.

»Wo liegt die Tote?«, fragte Laura, während Max ihr die Tür aufhielt und wartete.

»Ziemlich weit hinten, am Ende der Halle. Gehen Sie einfach geradeaus, Sie laufen direkt darauf zu. Aber passen Sie auf, dass Sie nicht über Gerümpel stolpern«, erklärte die Polizistin und räusperte sich.

»Erwartet uns etwas Ungewöhnliches? Vielleicht kann uns jemand von Ihnen die Tote zeigen.« Laura kam das Verhalten der Polizisten seltsam vor. Die drei wirkten vollkommen schockiert, obwohl sie sicherlich alle nicht zum ersten Mal ein Gewaltopfer gesehen hatten.

Die Frau sah betreten zur Seite und schüttelte den Kopf. »Ungewöhnlich kann man wohl sagen. Ich möchte jedenfalls nicht noch mal reingehen.« Sie zuckte hilflos mit den Schultern. »Es ist schwer zu beschreiben, was in der Halle zu sehen ist. Die Tote ist … na ja … sie liegt merkwürdig drapiert zwischen einer Menge Zeugs. Am besten, Sie werfen selbst einen Blick hinein. Dann verstehen Sie, was ich meine.« Die Polizistin verschränkte die Arme vor der Brust. Offenbar wollte sie kein weiteres Wort zu dem Leichenfund verlieren.

»Wer hat die Tote gefunden?«, fragte Laura.

Jetzt meldete sich einer der Polizisten, ein hochgeschossener Mann mit dünnem Schnauzbart: »Es gab einen anonymen Anruf. Angeblich hat vor der Halle eine Schießerei stattgefunden. Aber danach sieht es ehrlich gesagt nicht aus. Als wir eintrafen, war keine Menschenseele hier. Nichts deutet auf einen Schusswechsel hin. Andreas ist zuerst in die Halle gegangen.« Der Polizist zeigte auf seinen Kollegen. »Er hat die Leiche entdeckt. Wir haben uns nur kurz umgesehen. Das ist jedenfalls kein einfacher Mord und ganz klar ein Fall für das Landeskriminalamt.«

Laura nickte und ging durch die Tür, die Max immer noch aufhielt. Er folgte ihr dicht auf dem Fuß. Die Tür schlug hinter ihnen zu und sie standen augenblicklich im Dunkeln. Laura schaltete ihre Taschenlampe ein. Der Lichtstrahl zerschnitt die Dunkelheit. Schmutziger Betonboden tauchte vor ihnen auf, übersät mit alten Holzbrettern, Dosen, Eimern und Gerümpel. Ein paar blaue Tonnen lagerten rechts von ihnen. Links stapelten sich Holzpaletten und Kartons aufeinander. Von einer Leiche keine Spur.

»Da vorne«, sagte Max, der seine Lampe inzwischen ebenfalls eingeschaltet hatte und auf die gegenüberliegende Wand richtete, die sich in gut zehn Metern erhob. Sie bewegten sich vorsichtig darauf zu.

Das Erste, was Laura erblickte, war ein Paar knallrote High Heels. Sie machte halt und schnappte überrascht nach Luft.

»Himmel, was ist denn hier passiert?«

»Keine Ahnung«, entgegnete Max, der mit dem Lichtstrahl seiner Lampe über den Körper einer Frau glitt. Sie lag auf dem Rücken auf einer bunt bemalten Unterlage, die im Gegensatz zu dem schäbigen Betonboden nicht verschmutzt wirkte. Laura ging in die Knie, um besser sehen zu können. Die Frau war jung, höchstens fünfundzwanzig Jahre alt. Ihre grünen Augen starrten an die Hallendecke. Ihre Pupillen waren bereits stumpf. Der Zustand ihrer Haut und ihr aufgedunsener Körper deuteten darauf hin, dass sie schon vor ein paar Tagen gestorben war. Die leicht geöffneten Lippen offenbarten eine makellose Zahnreihe. In ihren Zügen schien sich ein Hauch von Angst zu spiegeln. Der Hals wies Würgemale auf. An den Händen und Unterarmen prangten etliche blaue Flecken und Verfärbungen. Offenbar hatte sich das Opfer gewehrt. Laura schob das Kleid ein Stückchen die Oberschenkel hinauf. Der Slip war unversehrt, und auf den ersten Blick konnte sie keine Kratzer oder sonstige Spuren entdecken, die auf eine Vergewaltigung hindeuteten. Sie musterte die grobkörnige Unterlage.

»Das sieht aus wie eine Leinwand«, stellte Laura fest

und strich mit dem Finger über den Untergrund. »Besser gesagt wie eine mit viel Farbe bemalte Leinwand.« Lauras Fingerspitze berührte einen trockenen blauen Klecks am linken Fuß der Leiche. Sie erhob sich wieder, um das ganze Werk zu betrachten. Die Tote lag mit ausgestreckten Armen und Beinen auf einem Gemälde. Es sah aus, als würde sie auf dem Rücken in einem blauen See schwimmen. Das Ruderboot neben ihr wirkte sehr realistisch, so dick war die Farbe aufgetragen. Nur die Rettungsweste und der Blumenstrauß in dem Boot waren nicht gemalt, sondern echt. Über dem Wasser schien die Sonne und eine Möwe flog zum Licht.

»Was zur Hölle soll das sein?«, brummte Max.

Laura reckte sich und streckte die Finger nach der Schwimmweste auf dem gemalten Boot aus. Sie ließ sich nicht ablösen. Vermutlich war sie auf der Leinwand festgeklebt. Gleiches galt für den Blumenstrauß. Ein Draht blitzte unter ihrem Lichtstrahl auf.

»Die sind nicht aus Plastik, sondern vertrocknet«, stellte sie erstaunt fest.

»Was?«

»Es sind echte Blumen.« Sie richtete den Strahl auf eine gelbe Rose, deren Blätter am äußeren Rand verwelkt waren.

»Wie lange die hier wohl schon liegen?« Max hielt seine Lampe ebenfalls so, dass der Strauß angeleuchtet wurde.

»Vermutlich genauso lange wie die Tote«, entgegnete Laura und warf einen erneuten Blick in die stumpfen Augen des Opfers. »Vielleicht eine Woche? Ich hoffe, das Labor und die Rechtsmedizin können uns Klarheit verschaffen.«

Max schnaufte. »Wir wissen auch nicht, ob es sich überhaupt um einen Einzeltäter handelt. Aber gehen wir einmal davon aus. Das würde bedeuten, er hat die Frau umgebracht, auf der bemalten Leinwand platziert und zur Krönung Blumen gekauft. Wie krank ist das denn?«

Laura zuckte mit den Achseln und machte ein Foto mit dem Smartphone. »Das ist total krank. Diese Leinwand, die Blumen, die High Heels ... sieht wie ein von langer Hand geplanter Mord aus.« Sie deutete auf die Würgemale am Hals. »Ich vermute, sie wurde erwürgt.«

Hinter ihnen quietschte die Tür. Laura wandte sich um und sah ein grelles kreisrundes Licht auf sie zukommen.

»Können Sie überhaupt genug sehen?« Ben Schumachers Stimme klang tief und ein wenig missgelaunt, wahrscheinlich aufgrund der späten Uhrzeit. »Ich lasse hier gleich ein paar Strahler aufstellen. Verdammt ...« Es dauerte eine Weile, bis er weitersprach. »Was ist mit dieser Frau geschehen?«

»Ich denke, es soll eine Art Kunstwerk darstellen«, entgegnete Laura.

»Kunst?«, empörte sich Schumacher. »Ich dachte immer, Kunst soll etwas Schönes sein.«

Laura betrachtete die Tote auf der Leinwand nachdenklich. »Na ja, schön ist es doch. Schön und grausam zugleich.« Ihr Blick klebte an den knallroten High Heels, die überhaupt nicht zu einer schwimmenden Frau passten. Und noch etwas kam ihr plötzlich merkwürdig vor. Sie ging abermals in die Knie und inspizierte die Schuhe. Vorsichtig zog sie den linken Pumps vom Fuß der Toten.

»Die gehören nicht dem Opfer«, stellte sie überrascht fest. »Die sind mindestens zwei Nummern zu groß. Das ist eine vierzig.«

Laura betrachtete das kurze schwarze Kleid, das mit seinen Glitzersteinchen ebenfalls überhaupt nicht zu einer Schwimmerin passen wollte. Immerhin schien die Größe zu stimmen. Auch der silbern schimmernde Armreif saß wie angegossen. Lauras Blick wanderte über die Tote, während Max, der neben ihr hockte, vorsichtig das Kleid abtastete.

»Es gibt keine Taschen«, bemerkte er und leuchtete im Zickzack die Leinwand ab. »Persönliche Dokumente wie einen Ausweis, ein Portemonnaie oder gar ihr Handy suchen wir hier vermutlich vergebens.«

»Das werden wir gleich wissen«, ertönte Ben Schumachers Stimme. Er war mit drei Mitarbeitern der Spurensicherung zurückgekehrt, die sich sofort an die Arbeit machten und rund um den Fundort tragbare Strahler aufstellten. Sogleich wurde die Halle von Licht geflutet. Laura erhob sich und schaute sich abermals um. Alles sah in der Helligkeit völlig anders aus. Die blauen Tonnen, die eben noch harmlos wirkten, zeigten etliche Aufkleber, die auf giftige Inhaltsstoffe hinwiesen. Zwischen dem Gerümpel auf dem Boden lagen Glasscherben, die ihr vorher gar nicht aufgefallen waren. Die Halle schien früher als Chemiefabrik genutzt worden zu sein. Auf der linken Seite standen Apparaturen und Behälter. Eine Abfüllanlage befand sich am Hinterausgang, einem großen Tor, das von Lkws angefahren werden konnte.

Laura warf abermals einen Blick auf das Opfer. Die langen dunklen Haare fielen in Wellen über ihre Schultern. Die Frisur wirkte nahezu perfekt. Keine Strähne tanzte aus der Reihe.

»Wir machen jetzt erst einmal Fotos«, erklärte Ben Schumacher und drängte sich zwischen Laura und Max. »Da hat jemand wirklich ganze Arbeit geleistet. Wie viel Zeit braucht es wohl, eine so große Leinwand zu bemalen?« Er drehte sich zu Laura und musterte sie fragend. »Das Wasser, der Himmel und das Ruderboot sehen ziemlich echt aus, finden Sie nicht?«

Laura nickte. Die Leinwand hatte eine Größe von zwei mal vier Metern. Das war nicht gerade klein. Sie hatte keine Ahnung, wie viel Zeit ein geübter Maler benötigte, um ein solches Kunstwerk zu erschaffen.

»Können Sie denn feststellen, wie lange die Farbe schon trocken ist? Vielleicht hat er die Leinwand an einem anderen Ort vorbereitet.«

»Das glaube ich nicht«, erwiderte Ben Schumacher und deutete auf den vorderen Teil der Halle. »Sehen Sie sich mal am Eingang um. Dort finden Sie Tausende Farbkleckse. Es sieht ganz danach aus, als hätte er hier gemalt.«

Max rieb sich nachdenklich das Kinn. »Was ist mit der Tür? Ist sie abschließbar? Ansonsten hätte er doch jederzeit damit rechnen müssen, entdeckt zu werden.«

Laura sah nach. »Das Schloss ist herausgebrochen. Dem Rost nach zu urteilen, fehlt es seit Jahren.« Sie durchquerte die Halle, um an dem Tor hinter der Abfüllanlage nachzuschauen.

»Das Tor ist verschlossen. Wirkt, als wäre hier schon eine Ewigkeit niemand mehr gewesen. Können Sie das prüfen?«, fragte sie Ben Schumacher.

»Selbstverständlich«, erklärte Schumacher eilig und

trat zur Seite, damit der Fotograf Bilder machen konnte. »Soweit ich weiß, liegt die Halle hier seit drei oder vier Jahren brach. Es gab wohl mal einen Investor, aber der ging pleite, und seitdem hat sich keiner mehr für dieses Gelände interessiert. So wie es hier aussieht, gibt es bestimmt jede Menge Altlasten, auf die sich ein potenzieller Käufer nur ungern einlassen würde.«

»Es ist jedenfalls ein idealer Ort für einen Mord. Entlegen und nur schwer einsehbar«, stellte Laura fest und beschloss, sich außerhalb der Halle umzusehen. Max folgte ihr und überholte sie auf dem Weg nach draußen.

»Warte«, flüsterte er und öffnete die schwere Eisentür. »Mit Ben Schumacher halte ich es keine Sekunde alleine aus.« Max schlüpfte hinter Laura aus der Halle und leuchtete den Boden ab.

»Wonach suchst du?«, fragte er und blieb stehen.

»Irgendwie muss er das ganze Zeug hierher transportiert haben. Die Leinwand, Pinsel, Farben ... und sein Opfer.«

»Auf dem Asphalt werden wir kaum Spuren finden.«

Laura nickte und marschierte um die Halle herum. »Du magst recht haben«, erwiderte sie und beschleunigte ihre Schritte. Sie steuerte geradewegs auf die Mülltonnen zu, öffnete einen Deckel und traute ihren Augen nicht.

»Sieh mal, was ich hier gefunden habe«, rief sie und angelte ein Paar schwarze Damenschuhe heraus.

2

Franziska saß mit angezogenen Knien im Bett und blinzelte benommen. Sie war vor dem Klingeln ihres Weckers aufgewacht. Schlaftrunken dachte sie an ihre erste Begegnung mit Maxim.

Anfangs hatte sie ihn gar nicht wahrgenommen. Doch je länger er vor ihr in der Warteschlange stand, desto größer wurde ihr Interesse. Das lag insbesondere an dem Buch, in dem er die ganze Zeit über blätterte. Franziska begeisterte sich ebenfalls für Kunst. Für alles, was mit Farben, Leinwänden und Pinseln zu tun hatte. Schon als kleines Mädchen hatte sie leidenschaftlich gern gemalt und gezeichnet. Auch die Tapete in ihrem Zimmer blieb davon nicht verschont. Der Aufschrei ihrer Mutter ließ sie noch heute zusammenzucken. Hastig schob sie die Erinnerung beiseite und rief sich stattdessen Maxim ins Gedächtnis, wie er sanft mit den Fingerspitzen über die Abbildung eines Gemäldes strich. Ein Van Gogh. Ein Künstler, dessen Werke sie jedes Mal tief berührten. Die Art, wie Maxim das Bild betrachtete, wühlte sie auf. Da war er, jener Augenblick, der unweigerlich irgendwann im Leben passierte. Der Moment, in dem man sich Hals über Kopf verliebte. In dem sich die Dinge plötzlich veränderten und in dem wir in einem anderen Menschen etwas zu sehen begannen, was uns bis dahin verborgen geblieben war.

Dunkle Locken, tiefblaue Augen und dazu schmale, aber wohlgeformte Lippen. Das Grübchen in der Mitte seines Kinns und vor allem die zarten Finger, die ungewöhnlich schlank waren für einen Mann.

War dies der Moment in ihrem Leben gewesen?

Sie warteten in der Schlange am Eingang des Museums, um eine neue Ausstellung zu besuchen. Franziska erinnerte sich noch genau an seinen Geruch, diese tiefe warme Note. Sie zog die Bettdecke enger um sich. Es fühlte sich fast so an, als läge sie in seinen Armen. Doch Maxim war weit weg. Sie hatte angefangen, Kunst zu studieren, und er war in ihrer Heimatstadt geblieben. Beinahe hundert Kilometer trennten sie und die Entfernung tat ihrer Beziehung nicht gut. Plötzlich schrillte der Wecker los und riss sie aus ihren Gedanken. Sie wollte noch nicht aufstehen. Krampfhaft hielt sie die Erinnerung an Maxim fest, die immer mehr verblasste. Seine tiefblauen Augen und das verschmitzte Lächeln auf den Lippen, eine Sekunde bevor er sie fragte, ob sie sich für moderne Kunst interessiere.

Es funktionierte nicht. Maxims Gesicht löste sich auf und stattdessen umgab sie helles Tageslicht. Die Sonne sandte ihre grellen Strahlen durch das Fenster. Franziska wandte sich ab und streckte die Finger nach dem Wecker aus. Endlich herrschte Stille, und sie schloss die Augen, um noch einmal das Bild von Maxim heraufzubeschwören. Aber er blieb verschwunden. Sie konnte ihn nicht mehr sehen. Sobald sie nach der Erinnerung griff, zerfiel sie wie Staub. Franziska seufzte enttäuscht und richtete sich auf. Maxim fehlte ihr. Tief in ihrem Inneren spürte sie den Bruch, der durch ihre Beziehung ging. Die Liebe war komplex und bunt wie ein Ölgemälde, das aus vielen Farbschichten bestand. Nichts war schwarz oder weiß und auch nicht richtig oder falsch. Vielleicht hatten sie noch eine Chance.

Franziska schlang die Arme um das weiche Kopfkissen. Ihre Fingerspitzen ertasteten etwas Hartes. Etwas, das nicht ins Bett gehörte. Überrascht schob sie das Kissen weg. Ein Foto lag darunter. Neugierig betrachtete sie es. Es zeigte sie, wie sie schlief. Unwillkürlich dachte sie an Maxim und seine kreative Ader. Hatte er sie im Schlaf beobachtet und diesen Moment so wunderbar festgehalten? War dieses Foto eine Liebeserklärung? Ihr Herz schlug schneller. Maxim war seit einer Woche nicht mehr bei ihr gewesen. Hatte sie das Foto so lange übersehen? Sie sprang aus dem Bett und wählte seine Nummer.

»Guten Morgen, mein Schatz«, schnurrte sie und hielt das Foto in der freien Hand. »Hast du mir etwas unters Kopfkissen gelegt?«

Sie konnte Maxims Verwirrung durchs Telefon spüren. Für einen Moment herrschte Stille.

»Was meinst du?«, fragte er schließlich.

»Da lag ein Foto unter meinem Kopfkissen«, erklärte Franziska.

Wieder breitete sich ein unheimliches Schweigen aus. Auf einmal hatte sie das Gefühl, nicht allein in der Wohnung zu sein.

»Ich habe kein Foto unter dein Kopfkissen gelegt«, sagte Maxim nach einer Weile und in diesem Augenblick überfiel sie eine böse Vorahnung. Ängstlich blickte sie sich um. Ein lauter Knall dröhnte durchs Zimmer und sie zuckte erschrocken zusammen.

3

Laura stellte die Schuhe ab und zog an dem Müllsack.

»Lass mich das machen«, sagte Max und holte den schwarzen Sack aus der Mülltonne.

»Der ist richtig schwer. Was da wohl drin ist?« Max löste den Knoten und leuchtete in den Plastiksack hinein.

Er förderte einen leeren Farbtopf zum Vorschein, ein paar Pinsel und Tücher mit bunten Farbklecksen.

»Ich hole die Spurensicherung«, sagte Laura und eilte zurück zum Eingang der alten Fabrikhalle. Eine Beamtin, von Kopf bis Fuß in einen weißen Plastikanzug eingepackt, kam ihr entgegen. Sie schleppte einen Koffer, der alle möglichen Utensilien für die Spurensicherung enthielt.

»Ich brauche Sie hinter der Halle bei den Mülltonnen. Wir haben vermutlich die Schuhe des Opfers gefunden und da ist noch mehr.« Sie winkte die Beamtin mit sich.

»Bitte lassen Sie mich das machen«, rief die Mitarbeiterin der Spurensicherung, als sie Max erblickte, der sich tief über den Müllsack beugte und mit dem rechten Arm bis zur Schulter darin steckte. »Ich lege eine Folie aus und anschließend leeren wir den Sack.« Sie öffnete den Koffer und breitete eine große Folie aus. Dann schüttete sie mit Max gemeinsam vorsichtig den Inhalt des Müllsacks darauf.

Laura leuchtete mit ihrer Taschenlampe. Mehrere Pinsel, ausgedrückte Farbtuben und eine weitere Rettungsweste kamen zum Vorschein. Sie musterte die weggeworfenen Sachen kritisch. Warum hatte der Täter den Müll direkt hinter der Halle entsorgt? Auf den Pinseln oder den Tuben würden sie vielleicht Fingerabdrücke finden.

»Darf ich?«, fragte sie die Kollegin von der Spurensicherung und deutete auf eine gelbe Farbtube, unter der ein abgerissenes Stück Papier lag. Als die Frau nickte, zog Laura das Papier mit spitzen Fingern hervor.

»Hier steht ein Name«, stieß sie aus und wandte sich zu Max um. »Das ist ein Bibliotheksausweis der Heinrich-Schulz-Bibliothek in Charlottenburg. Leider ist das hier nicht mal eine Hälfte. Aber wenn er von unserem Opfer stammt, kennen wir jetzt zumindest ihren Vornamen. Sie heißt Emma.«

Laura übergab das Fundstück der Spurensicherung und sah zu, wie die Mitarbeiterin es sorgsam in eine Asservatentüte steckte. Max griff sich die Tüte und betrachtete das Dokument. Laura ging in die Hocke, um den Müll nach der zweiten Hälfte des Ausweises abzusuchen. Nachdem sie auf Anhieb nichts fand, inspizierte sie die Schuhe, ein Paar schwarze Pumps in der Größe achtunddreißig.

»Ich brauche einen dieser schwarzen Schuhe, weil ich wissen muss, ob er der Toten passt«, erklärte sie, während die Mitarbeiterin der Spurensicherung die einzelnen Fundstücke ordentlich in Asservatentüten verpackte und beschriftete.

»In Ordnung. Aber bringen Sie den Schuh anschließend bitte wieder her, damit ich ihn zu den anderen Beweismitteln legen kann«, bat diese, ohne von ihrer Arbeit aufzusehen.

Laura kehrte in die Halle zurück. Ben Schumacher diskutierte mit dem Fotografen über den bestmöglichen Aufnahmewinkel und platzierte ein kleines gelbes Schild mit einer Nummer in einiger Entfernung von der Leiche. Der Fotograf hob die Kamera und machte ein paar Fotos. Laura näherte sich und erkannte einen Pinsel auf dem Boden. Sie hielt den Pumps hoch.

»Ich frage mich, ob dieser Schuh dem Opfer gehören könnte.« Sie zog der Toten den rechten knallroten Stöckelschuh vom Fuß.

Ben Schumacher sah ihr zu.

»Wo haben Sie den Pumps denn her?«

»Aus der Mülltonne hinter der Halle. Dort liegen auch noch Malutensilien und eine Schwimmweste. Stammt möglicherweise alles vom Täter.«

Ben Schumacher rieb sich nachdenklich das Kinn. »Das ist ungewöhnlich. Höchstwahrscheinlich hat er Handschuhe getragen und keine Spuren für uns hinterlassen. Ansonsten wäre der Täter ziemlich dämlich.«

»Vielleicht hat er nicht damit gerechnet, dass die

Leiche gefunden wird. Ich hoffe, wir können herausfinden, wer der anonyme Anrufer war.«

»Oder er hat selbst angerufen. Manche Täter brauchen den Nervenkitzel.«

Laura nickte und legte den knallroten Stöckelschuh beiseite. Dann schob sie vorsichtig den schwarzen Pumps auf den Fuß der Toten.

»Passt«, bemerkte sie. »Ich frage mich, ob das Kleid der Frau gehört oder ob es auch vom Täter stammt. Auf den ersten Blick sieht es nicht danach aus, denn es passt ihr wie angegossen. Es scheinen nur die High Heels zu sein, die der Täter ihr im Nachhinein angezogen hat.« Abermals musterte sie die Tote auf der Leinwand. Das gemalte Wasser schimmerte blau im Licht der Scheinwerfer. Die ausgestreckten Arme und Beine der Frau erweckten wirklich den Eindruck, als würde sie auf dem Rücken schwimmen. Doch was hatten die roten High Heels zu bedeuten? Und warum lag eine Rettungsweste auf dem gemalten Ruderboot? Und dazu der Blumenstrauß? Laura wurde nicht schlau daraus. Die Dinge passten nicht zusammen. Ben Schumacher schien das ebenso zu sehen. Er rieb sich das Kinn und zog die Stirn in Falten.

»Aufgemacht wie für einen Discoabend geht man jedenfalls nicht baden«, stellte er fest. »Vielleicht zeigt das Kunstwerk einfach nur, dass sie aus dem Boot gefallen ist. Sobald wir ihre Identität ermittelt haben, sollten wir schauen, ob sie irgendetwas mit Booten, Rudern oder Schwimmen zu tun hatte.«

»Das werden wir prüfen«, erwiderte Laura nachdenklich und betrachtete die Würgemale am Hals. Sie würde die Obduktion für die endgültige Feststellung der Todesursache abwarten müssen. Aber da die Tote keine weiteren sichtbaren Verletzungen aufwies, schien Strangulation die wahrscheinlichste Ursache zu sein. Sie nahm den schwarzen Pumps wieder ab und brachte ihn zu der Mitarbeiterin der Spurensicherung zurück, die immer noch mit dem Inhalt des Müllsacks beschäftigt war. Max hockte neben ihr und hielt ihr eine leere Farbtube hin, die sie in eine Plastiktüte fallen ließ.

»Habt ihr etwas Wichtiges gefunden?«

Max schüttelte den Kopf. »Jedenfalls nichts, was auf den ersten Blick Aufschluss über die Identität des Opfers oder des Täters geben könnte. Der Müllsack war übrigens der einzige. Die anderen Tonnen sind leer.«

Laura zog ihr Handy aus der Hosentasche und wählte die Nummer der Einsatzzentrale.

»Ich möchte mir den Notruf anhören«, erklärte sie der Polizistin am anderen Ende und hing anschließend für eine Weile in der Warteschleife. Als die Polizistin den Anruf endlich herausgesucht hatte, stellte Laura ihr Telefon auf den Lautsprecher um und winkte Max zu sich.

»Es hat eine Schießerei vor einer Fabrikhalle gegeben. Kommen Sie schnell!«, sagte eine nervös klingende männliche Stimme. Der Anrufer nannte die Adresse und legte ohne ein weiteres Wort auf.

»Wann genau ist der Notruf eingegangen?«

»Das war um zwanzig Uhr und drei Minuten.«

»Konnten Sie den Anruf zurückverfolgen?«, fragte Laura, obwohl ihr klar war, dass bei der Kürze des Telefonats die Chance gegen null ging.

»Nein. Das hat nicht geklappt.«

»Können Sie mir die Aufnahme schicken? Ich würde

sie gerne unserem IT-Experten für die Analyse geben.« Laura dachte an Simon Fischer, einen Computer-Experten, der ihr bereits oft geholfen hatte. Wenn jemand herausfand, von wo der Anruf getätigt worden war, dann er. Sie legte auf und sah Max an.

»Was hältst du von dem Anrufer? Könnte es der Täter sein?«

Max schürzte die Lippen und wiegte unschlüssig den Kopf.

»Es stimmt, manche brauchen den Nervenkitzel. Aber ich kann es mir nicht vorstellen. Warum sollte er uns direkt zu seinem Opfer locken?« Er breitete die Arme aus und blickte sich um. »Es gibt hier nicht mal Schaulustige, unter die er sich mischen könnte, um uns bei der Arbeit zuzusehen.«

»Und wenn er wollte, dass wir die Tote finden?«, entgegnete Laura nachdenklich. »Immerhin hat er ein Kunstwerk um das Opfer herum inszeniert. Wahrscheinlich will er uns irgendetwas damit sagen.«

»Da bist du besser als ich.« Max zuckte hilflos mit den Achseln. »Ich glaube, der oder die Täter sind einfach verrückt. Wer sonst käme auf die Idee, ein Kunstwerk für sein Opfer zu malen und es auch noch darauf zu platzieren? Von den roten High Heels mal ganz abgesehen.«

Laura erwiderte nichts. Womöglich hatte Max recht, vielleicht aber auch nicht. Ein Täter, der sich ein leer stehendes Gebäude aussuchte, ging zumindest planvoll vor. Verrückte handelten aus dem Bauch heraus. Das schien auf ihren Fall nicht zuzutreffen, denn allein das Bemalen der riesigen Leinwand erforderte einiges an Organisation. Farben, Pinsel, die Leinwand und sämtliche Materialien hatte der Täter in diese Halle gebracht. Er wusste genau, was er tat. Doch wenn der Mörder den Notruf nicht abgesetzt hatte, wer war es dann gewesen? Wer verirrte sich mitten in der Nacht in eine solche Gegend? Hier gab es nichts außer verwaisten Industriehallen. Nicht einmal Obdachlose hatten sich hier ein Dach über dem Kopf gesucht. Das Gelände lag zu weit außerhalb. Sie gähnte und schaute auf die Uhr. Es war bereits zwei Uhr nachts.

»Wir sollten uns schlafen legen und morgen früh in die Bibliothek fahren. Immerhin haben wir einen Vornamen. Vielleicht finden wir auch den Nachnamen heraus.«

Max nickte. »Gute Idee«, erklärte er und folgte Laura zum Parkplatz. Sie schienen nicht die Einzigen zu sein, die für heute Schluss machten. Ben Schumacher verstaute die Boxen mit den Beweismitteln in seinem Transporter.

»Wir machen bei Tageslicht weiter«, rief er ihnen zu.

Laura verabschiedete sich von den Kollegen und stieg zu Max ins Auto. Sie erreichten die Hauptstraße und steuerten auf Taylors Wohnung zu. Zwar drehten sich ihre Gedanken ausschließlich um den neuen Fall, doch ein paar Stunden mit Taylor würden ihr guttun. Sie brauchten knapp zwanzig Minuten. Laura stieg aus, wünschte Max eine gute Nacht und kramte den Schlüssel aus der Tasche. Taylor hatte ihn ihr vor einiger Zeit gegeben, damit sie sich bei ihm zu Hause fühlen konnte. Sie schloss leise auf, zog die Schuhe aus und tapste auf Zehenspitzen ins Schlafzimmer.

Statt Taylor fand sie nur ein leeres Bett vor. Enttäuscht überprüfte sie ihre Nachrichten. Taylor hatte ihr vor einer Stunde geschrieben, dass er zu einem Einsatz gerufen worden war. Sie seufzte und ließ sich trotzdem auf sein Bett sinken. Früher oder später würde er auftauchen und dann konnte sie sich an ihn kuscheln und seinen Herzschlag spüren. Müde kroch sie unter die Decke und schlief fast augenblicklich ein.

Ihr Traum katapultierte sie zurück in eine andere Zeit. Zu dem Mädchen, das sie einmal gewesen war. Zu dem Kind, das versucht hatte, nicht an Monster zu glauben, obwohl es wusste, dass es sie gab. Laura war nicht mehr dieses Mädchen. Mit elf war sie entführt und in einem Pumpwerk festgehalten worden. Ihr war es gelungen, durch ein schmales Rohr zu entkommen. Die anderen Mädchen hatten nicht so viel Glück gehabt. Doch Laura schaffte es, wenn auch mit etlichen Blessuren. Bei ihrer Flucht riss sie sich an einem rostigen Eisengitter die Haut unter dem Schlüsselbein auf. Seitdem trug sie nur noch hochgeschlossene Blusen und lange Hosen. Niemand sollte ihre Narben sehen. Niemand, bis auf Taylor, dem ihr Makel nichts auszumachen schien. Er liebte sie trotzdem oder vielleicht sogar deswegen. Laura konnte es spüren. Sie flog zurück zu dem Pumpwerk und sah das Monster mit den blauen Augen. Obwohl sie wusste, dass ihr Entführer tot war, wirkte er so lebendig, dass sie im Traum zusammenzuckte.

»Hallo, Laura«, sagte er, und plötzlich hörte sich seine Stimme genauso an wie der Anrufer in dem Notruf.

Schweißgebadet fuhr sie hoch und registrierte, dass sie in Taylors Bett lag. Seine Bettseite war immer noch leer. Sie legte sich wieder hin und versuchte einzuschlafen, doch es gelang ihr nicht. In der Dunkelheit des Schlafzimmers erschien ihr Entführer und starrte sie aus kalten blauen Augen an. Sie wandte sich ab, aber es dauerte nicht lange und sein Bild tauchte erneut neben ihrem Bett auf. Sie kam einfach nicht zur Ruhe, bis Taylor viel später zu ihr unter die Decke schlüpfte und sie in die Arme nahm.

»Tut mir leid«, murmelte er und rieb seine kratzigen Bartstoppeln an ihrer Wange. »Es gab einen Toten bei einer Messerstecherei. Der diensthabende Kollege ist krank, da musste ich einspringen.« Die letzten Worte nuschelte Taylor müde. Seine Atemzüge wurden tief und gleichmäßig. Laura schmiegte sich an ihn und schloss die Augen. Endlich fand sie in den Schlaf.

Die Nacht endete mit einem Anruf. Lauras Handy schrillte unbarmherzig. Sie schrak hoch und tastete nach dem Telefon.

»Laura Kern«, brachte sie verschlafen hervor und sah auf die Uhr. Es war schon kurz nach sieben. Taylor lag nicht mehr neben ihr. Stattdessen klang Ben Schumachers Stimme aus dem Handy.

»Ich wollte Ihnen rasch mitteilen, dass wir ein dunkles Haar auf der Leiche gefunden haben. Es stammt höchstwahrscheinlich nicht vom Opfer, denn es ist kurz und weist eine andere Struktur auf. Ich jage die Analyseergebnisse durch unsere Datenbanken und hoffe, wir haben einen DNS-Treffer.«

»Das sind tolle Neuigkeiten«, sagte Laura jetzt hellwach und schwang sich aus dem Bett. »Vielleicht kriegen wir den Täter schneller als gedacht. Ich gebe Max Bescheid.«

»Das wäre gut. Dann muss ich ihn nicht anrufen.«

Ben Schumacher räusperte sich umständlich. »Sie kennen ja die Geschichte zwischen Hannah und mir.«

»Ich weiß. Es ist lange her«, entgegnete Laura, doch Schumacher hatte bereits aufgelegt. Sie informierte Max und verabredete sich mit ihm in der Bibliothek.

Anschließend tapste sie ins Bad und lächelte, als sie einen Zettel am Spiegel erblickte.

Ich musste früh wieder los. Vermisse dich! Taylor.

Eine Armee von Schmetterlingen erhob sich unter Lauras Bauchdecke. Taylor konnte so süß sein. Sie spürte ein unstillbares Verlangen nach ihm. Wie gerne hätte sie noch mit ihm im Bett gelegen und sich an ihn gekuschelt. Sie seufzte sehnsüchtig und versuchte, ihre blonden Locken zu bändigen. Nach der unruhigen Nacht standen ihre Haare in alle Richtungen ab. Sie nahm ein Haarband und machte sich einen Zopf. Eigentlich mochte sie diese Frisur nicht. Sie sah damit jünger und verletzlicher aus. Ihr Spiegelbild rief die Erinnerung an die elfjährige Laura wach, die jeden Tag einen Pferdeschwanz getragen hatte. Hastig schob sie den Gedanken beiseite. Sie musste sich auf den neuen Fall konzentrieren. Selbst wenn Ben Schumacher Erfolg hatte, brauchte sie den Namen des Opfers. Sie duschte kurz, putzte sich die Zähne und schlüpfte eilig in ihre Klamotten. Laura trug trotz der Sommerhitze eine lange Stoffhose und eine dünne Bluse, die sie bis zum Kragen zuknöpfte.

Die Bibliothek lag nicht weit von Taylors Wohnung entfernt. In knapp fünfzehn Minuten hatte sie den gläsernen Eingang erreicht, eine altmodische Drehtür, die sich nur mit viel Kraft bewegen ließ. Im Innern schlug ihr der Geruch von Papier und abgestandener

Luft entgegen. Laura schaute sich nach Max um, und als sie ihn nicht erblickte, marschierte sie auf einen dunkelbraunen Tresen zu, hinter dem eine Frau mit kurzen schwarzen Haaren und Brille saß. Sie legte ihren Dienstausweis auf den Tisch und stellte sich vor.

»Guten Morgen, mein Name ist Laura Kern vom Landeskriminalamt Berlin. Ich bin auf der Suche nach einer Ihrer Leserinnen. Leider liegt uns nur ein Stück von ihrem Bibliotheksausweis vor. Es ist bloß der Name Ihrer Bibliothek und ein Vorname zu erkennen. Der Ausweis ist auf eine Emma ausgestellt.«

Die Bibliothekarin zog die Augenbrauen in die Höhe und betrachtete den halben Ausweis, auf dem der Vorname stand.

»Es ist auch nur die erste Ziffer der Ausweisnummer zu sehen. Das ist nicht sonderlich viel«, erklärte sie steif und griff das in einer Beweismitteltüte verpackte Dokument mit spitzen Fingern. »Scheint allerdings tatsächlich aus unserer Bibliothek zu stammen.« Sie schüttelte den Kopf und seufzte. »Geben Sie mir einen Augenblick Zeit. Ich suche erst einmal alle Leserinnen mit dem Vornamen Emma heraus und vielleicht stoßen wir dann auf den vollständigen Namen.« Die Frau begann auf der Tastatur ihres Computers zu klimpern. Laura blickte sich im Lesesaal um. Es war eine Ewigkeit her, dass sie zuletzt eine Bibliothek besucht hatte. Sie betrachtete den menschenleeren Raum, in dem sich ein Regal an das andere reihte. Welche Art von Büchern hatte eine junge Frau wie ihr Opfer gelesen? Belletristik oder eher ein Sachbuch? Und wo war sie auf ihren Mörder gestoßen? Trieb sich der vermeintliche Künstler in diesen Räumen herum? Kannten sich Opfer und Täter? Laura hatte keine Ahnung. Genauso gut hätte er die Frau in irgendeinem Lokal aufgabeln, betäuben und anschließend erwürgen können.

Sie wandte sich wieder der Bibliothekarin hinter dem Tresen zu. Die Frau hatte inzwischen leicht gerötete Wangen und starrte mit zusammengezogenen Brauen auf ihren Bildschirm. Als sie bemerkte, dass Laura sie ansah, schüttelte sie den Kopf.

»Tut mir leid, das dauert. Die Technik hängt und zudem haben wir etliche Leserinnen mit diesem Vornamen.«

»Wie viele sind es denn?«, fragte Laura und umrundete trotz des kritischen Blickes der Bibliothekarin den Tresen, um auf den Monitor zu schauen. Ein Programm listete ein paar Personen auf, die den Vornamen Emma trugen. Laura zählte insgesamt fünfzehn Einträge. Doch vermutlich waren das nicht alle. Am oberen Rand des Bildschirms drehte sich eine kleine Sanduhr, die anzeigte, dass das Programm noch auf der Suche war.

Die Bibliothekarin zuckte mit der Schulter. »Sie sehen selbst, da rührt sich nichts mehr. Der IT-Fachmann kommt erst um zehn. Ich kann Ihnen die Namen vom Bildschirm jetzt aufschreiben und Ihnen später die vollständige Liste geben.«

»Das wäre nett, aber Sie brauchen nichts abzuschreiben. Ich mache ein Foto, wenn Sie nichts dagegen haben.«

Die Bibliothekarin nickte. Laura zog ihr Handy aus der Tasche und fotografierte den Bildschirm ab. Anschließend überflog sie die Namen.

»Kann ich die passenden Geburtsdaten haben? Und gibt es vielleicht Ausweisfotos von den Leserinnen?«

»Nein. Wir fertigen nur ganz einfache Ausweise aus. Aber die Adressen und persönlichen Angaben finden Sie in den Anträgen.« Die Bibliothekarin deutete auf einen großen Schrank neben dem Tresen. »Die Anträge bewahren wir hier auf.« Sie blickte auf die Uhr. »Ich habe noch einiges zu erledigen. Würde es Ihnen etwas ausmachen, selbst nach den Anträgen zu sehen? Sie sind alphabetisch geordnet.« Sie drückte Laura einen Schlüssel in die Hand und vertiefte sich wieder in einen Aktenordner, der aufgeschlagen hinter dem Tresen lag.

Laura öffnete den Schrank und begann mit dem ersten Eintrag. Emma Hofheim lautete der Name. Sie suchte eine Frau, die zwischen zwanzig und dreißig Jahre alt war. Emma Hofheim war noch minderjährig. Sie forschte nach dem nächsten Namen und stieß auf eine fünfunddreißig Jahre alte Frau. Sie schloss kurz die Augen und rief sich das Gesicht des Opfers ins Gedächtnis. Sie kannte das tatsächliche Alter nicht. Sicherheitshalber fotografierte sie den Antrag ab. Vielleicht sah die tote Frau jünger aus, als sie war. Die nächsten drei Namen führten sie erneut zu minderjährigen Mädchen. Laura schob ihre Anträge zurück in das Hängeregister und fuhr mit den Fingern über die Buchstaben auf den Schubladen. Bei Z blieb sie stehen und fischte den Antrag einer Emma Ziegler heraus. Bingo. Die Frau war fünfundzwanzig. Sie überflog die Adressangaben und bedauerte, dass es kein Foto gab. Sie fand noch zwei weitere Frauen, deren Alter mit dem Profil übereinstimmte. Laura würde zu allen drei Namen Nachforschungen anstellen. Sie räusperte sich und zeigte der Bibliothekarin die drei Namen.

»Kennen Sie vielleicht eine dieser drei Frauen?«, fragte sie hoffnungsvoll.

Doch die Bibliothekarin schüttelte den Kopf. »Tut mir leid. Wir sind eine große Bibliothek mit Tausenden von Lesern. Ich kann Ihnen aber heraussuchen, welche Bücher sie zuletzt ausgeliehen haben.«

»Das wäre nett«, erwiderte Laura und sah zu, wie die Bibliothekarin ein anderes Programm auf ihrem Computer öffnete. Nach einer Weile schaute die Frau auf.

»Im vergangenen Monat war nur eine der genannten Frauen hier. Länger dürfen wir die Daten nicht speichern«, erklärte sie und drückte die Entertaste. Sofort setzte sich der Drucker in Bewegung und spuckte ein Blatt Papier aus. Die Bibliothekarin hielt es Laura hin.

»Sie hat sich einen dieser neumodischen Vampirromane ausgeliehen«, sagte sie mit einer Stimme, in der ein gewisses Maß an Unverständnis mitschwang. »Emma Ziegler hätte das Buch letzte Woche zurückgeben müssen. Sie war jedoch nicht hier.«

Das könnte passen, dachte Laura und nahm der Bibliothekarin das Blatt aus der Hand. Sie verabschiedete sich und eilte aus der Bibliothek. Sie musste unbedingt ins Büro. Vielleicht wurde Emma Ziegler bereits vermisst und sie fand ihre Daten und ein Foto in der Datenbank. Laura rannte fast über den Bürgersteig zu ihrem Wagen und stieß dabei mit einem Mann zusammen.

»Max?«, fragte sie überrascht. Der dunkle Schatten unter seinen Augen entging ihr nicht. »Du bist spät dran«, fügte sie hinzu. »Ich habe einen Namen. Möglicherweise unser Opfer.«

Max warf ihr einen traurigen Blick zu. »Ich musste die Bahn nehmen und vorher noch die Kinder zur Tagesmutter bringen. Tut mir leid.«

Laura runzelte die Stirn. Irgendetwas stimmte mit Max nicht. Eine innere Stimme warnte sie, ihn danach zu fragen. Deshalb schluckte sie ihren Ärger hinunter und öffnete das Auto.

»Dann spring mal rein«, sagte sie und setzte sich hinters Steuer.

Sie waren noch keine dreihundert Meter gefahren, da bemerkte Laura, wie Max unruhig auf seinem Sitz herumrutschte.

»Ich muss dir was erzählen«, verkündete er schließlich und Laura nahm den Fuß vom Gas.

4

Vor einundzwanzig Jahren

Er schlenderte zufrieden über den Schulhof und biss in sein Salamibrot. Für eine Sekunde schloss er die Augen und genoss den salzigen Geschmack auf der Zunge. Einmal in der Woche gab es Wurst aufs Pausenbrot. Er konnte es jedes Mal kaum erwarten. Wie immer an diesen Tagen zog er sich in der Pause mit den Broten zurück. Es war ein Ritual, das er nur ungern unterbrach. Mit einem Lächeln auf den Lippen stopfte er sich fast das ganze Brot in den Mund. Er kaute zufrieden und blickte sich um. Auf dem Schulhof wimmelte es von Kindern. Ein paar Mädchen mit zerzausten Haaren sprangen auf mit Kreide gemalten Kästchen herum. Sie hüpften von einem Bein auf das andere und sangen dazu Lieder. Eine Horde Jungs raste über den Platz. Sie verfolgten einen zerbeulten Fußball, der über die Kästchen der Mädchen rollte und eines von ihnen zu Fall brachte. Die Mädchen kreischten auf, die Jungs schrien mit ihren kratzigen vorpubertären Stimmen dazwischen.

Er wandte sich ab und verkroch sich in einem Gebüsch am Zaun. Er wollte keineswegs in den Streit verwickelt werden. Es konnte nicht mehr lange dauern, und dann würden zwei, drei Lehrer zu den Kindern stürmen und sie zur Ordnung rufen. Einige von ihnen würden Verwarnungen bekommen. Andere einen Brief an die Eltern, wobei es die wenigsten interessieren dürfte, was in der Schule passierte. So war es zumindest bei ihm zu Hause. Solange er seine Eltern in Ruhe ließ, wenn sie auf der Couch hockten und ein Bier nach dem anderen tranken, ging es bei ihnen friedlich zu. Meistens jedenfalls. Natürlich gab es diese Tage, an denen Vater ausrastete. Dann wurde er geschlagen. Alle wussten es, auch die Lehrer, und sie alle schwiegen. Was sollten sie denn sonst tun? Ihn und seinen Bruder in ein Heim schicken? Dort lief es mit Sicherheit nicht besser. Er schob die trüben Gedanken beiseite und biss in das zweite Salamibrot. Er schlang es mit Heißhunger hinunter und leckte sich über die Lippen. Köstlich. Er liebte es, wenn seine Mutter ihm nicht nur Butterbrote mitgab, die so trocken waren, dass ihm manchmal der Bissen in der Kehle stecken blieb.

Gut gelaunt kroch er aus dem Busch hervor. Die Meute aus Kindern hatte sich aufgelöst. Eine Handvoll Mädchen hopste noch wild herum. Von den Jungs war nichts mehr zu sehen. Er schritt gemächlich über den Schulhof und nahm im Augenwinkel eine Bewegung wahr. Jemand schrie. Missmutig warf er einen Blick in die Richtung.

Verdammt. Sie hatten seinen Bruder umzingelt. Er spannte die Muskeln an und sprintete zu dem halb verfallenen Klettergerüst, vor dem seit drei Monaten ein Absperrband hing.

»Hey«, rief er schon aus der Ferne. »Lasst ihn los!«

Fünf Augenpaare richteten sich auf ihn. Er starrte furchtlos zurück. Die Jungs waren vier bis fünf Jahre jünger als er. Gegen ihn hatten sie keine Chance. Er war vierzehn und konnte zuschlagen wie ein Profiboxer. Die Gruppe löste sich murrend auf. Übrig blieb ein kleiner schmächtiger Bursche mit einer blutigen Unterlippe. Sein kleiner Bruder kam mit anderen nicht gut zurecht. Er war erst neun Jahre alt, und es vergingen keine zwei Stunden, in denen er nicht Ärger hatte.

»Diese blöden Idioten wollten mir das Auto klauen«, beschwerte er sich und wischte sich mit dem Handrücken über die blutige Lippe. Trotzig sah er zu ihm auf. Bevor er etwas erwidern konnte, holte sein kleiner Bruder stolz die rote Miniaturausgabe eines Ferraris aus der Hosentasche.

»Sie haben ihn nicht bekommen«, erklärte er und sprang auf. »Denen hab ich es gezeigt. Hast du es gesehen?« Er ballte die Hand zur Faust und schüttelte sie drohend in die Richtung, in die sich die Jungs verzogen hatten.

Er verzichtete darauf, ihm zu erklären, dass die Jungs nicht wegen seiner Drohgebärden von ihm abgelassen hatten. Sie waren nur abgehauen, weil er aufgetaucht war. Aber sollte sein Bruder ruhig glauben, er wäre unbesiegbar. Das war gut für sein Selbstbewusstsein, und davon brauchte er eine Menge, wenn er die nächsten Jahre überstehen wollte.

»Ich habe etwas für dich«, erklärte sein Bruder und grinste ihn schelmisch an. Mit seiner blutigen Lippe und den tiefblauen Augen sah er verwegen aus. Er zog ein Brot aus der Tasche.

»Tut mir leid. Es ist ein wenig plattgedrückt, aber die Salami ist noch drauf.«

Er schluckte. Sein Bruder konnte so rührend sein.

»Danke«, krächzte er und verschlang das Brot, als ob er den ganzen Tag keins bekommen hätte.

Der Schulgong ertönte. Er nickte in Richtung des Schulgebäudes.

»Wir sollten nicht zu spät kommen. Sonst kriegen wir extra Hausaufgaben.«

»Alles klar«, erwiderte sein Bruder und flitzte davon. Er blickte ihm dankbar hinterher. Sein Bruder war etwas Besonderes. Das hatte er schon am Tag seiner Geburt gespürt. Obwohl er selbst gerade einmal fünf Jahre alt gewesen war, würde er die erste Berührung nie vergessen. Er hatte ihn vorsichtig in den Arm genommen. Sein Bruder hatte geweint und ihn mit hochrotem Gesicht angesehen.

»Ich bin dein Bruder«, hatte er geflüstert, und in diesem Moment waren die Gesichtszüge des Babys weich geworden und es hatte aufgehört zu schreien. Von da an hatte er gewusst, dass er seinen kleinen Bruder immer lieben würde.

5

Emma Ziegler war für den Augenblick vergessen. Laura trat vor einer roten Ampel auf die Bremse und starrte Max ungläubig an.

»Das glaube ich nicht«, entgegnete sie. »Überlege mal, Ben Schumacher hat mich heute Morgen angerufen, weil sie ein Haar auf dem Leichnam entdeckt haben. Es hörte sich nicht so an, als wäre er zu Hause.«

Max erwiderte nichts. Er wirkte unnatürlich blass. Die Ampel wurde grün und Laura vergaß, loszufahren. Erst als ein empörter Autofahrer hinter ihnen lautstark hupte, setzte sie den Dienstwagen in Bewegung und fuhr in die nächste freie Parklücke am Straßenrand.

»Okay«, sagte sie und stellte seufzend den Motor ab. »Ich fasse alles noch einmal zusammen, und du unterbrichst mich, wenn ich Blödsinn erzähle.«

Max nickte matt, und Laura legte los: »Du wolltest die Kinder zur Tagesmutter bringen und euer Auto war weg. Daraufhin hast du Hannah angerufen, aber sie ist nicht rangegangen. Dann hast du dich erinnert, dass sie zu ihrer besten Freundin wollte, um mit ihr Yoga zu machen. Die wusste jedoch nichts davon, und jetzt denkst du, Hannah hat wieder etwas mit Ben Schumacher angefangen.«

Max stimmte energisch zu. »Genau so ist es.« Er nahm sein Handy und wischte über das Display. »Hier, das ist der Beweis. Ich habe ein Bildschirmfoto gemacht. Kannst du den Punkt erkennen?«

Laura nickte erstaunt. »Du trackst deine Frau?«, fragte sie fassungslos.

»Vertrauen ist gut, Kontrolle ist besser«, brummte Max missmutig. »Ben Schumacher wohnt drei Straßen entfernt. Vermutlich ist das GPS-Signal nicht genau genug. Es ist ja nur eine Standard-App.«

Laura zog die Augenbrauen hoch. »Hannah muss dir die Freigabe trotzdem erteilen. Ich meine …« Sie sprach nicht weiter, als sie Max' Miene sah. Es war eindeutig. Er hatte sich Hannahs Handy geschnappt und das Tracking höchstwahrscheinlich ohne ihr Wissen eingeschaltet. Dabei hatte Max ihr doch vor ein paar Stunden noch erzählt, dass es in letzter Zeit gut zwischen den beiden liefe. Sie überlegte, ob sie zu jedem Zeitpunkt wissen wollte, wo Taylor steckte. Unwillkürlich schüttelte sie den Kopf. Sie wollte ihm nicht misstrauen. Vertrauen war das Wichtigste in einer Liebesbeziehung. Wenn es fort war, verwandelte sich die Liebe eher in so etwas wie einen Besitz, auf den man ständig aufpassen musste.

»Okay«, murmelte sie und schob ihre Gedanken an Taylor beiseite. »Angenommen, es ist so und Hannah ist heute Morgen zu Ben Schumacher gefahren. Das muss noch lange nicht bedeuten, dass sie eine Affäre haben.«

Max warf ihr einen Blick zu, der Bände sprach. Er glaubte ihr kein Wort.

»Was sonst soll es heißen?«, fragte er mürrisch und schlug mit der Faust auf das Armaturenbrett. »Normalerweise erzählt Hannah mir, mit wem sie sich trifft. Sie und Ben Schumacher haben ja nach wie vor sporadisch Kontakt. Das fand ich bisher auch nicht schlimm. Aber ich könnte schwören, dass sie mir gesagt hat, sie wäre bei ihrer Freundin und nicht bei Schumacher. Wenn ich diesen Scheißkerl zu fassen kriege, schlage ich ihn grün und blau.«

»Lass das bloß sein und bring dich nicht in Schwierigkeiten. Dafür würdest du rausgeschmissen und dann stehst du auf der Straße.«

Max schwieg. Laura ebenfalls. Die Stille wirkte wie eine giftige Wolke. Laura überkam ein leichter Schwindel. Sie ließ die Seitenscheibe herunter und schnappte nach Luft.

»Wo ist sie jetzt?«, fragte sie schließlich.

»Was?«

»Kannst du auf deiner Super-App nachsehen, wo Hannah gerade steckt? Sie müsste ja mittlerweile im Büro sein, oder nicht?« Hannah arbeitete inzwischen halbtags bei einer Versicherung in der Verwaltung. Am frühen Nachmittag holte sie in der Regel die Kinder wieder ab.

Max öffnete die Tracking-App.

»Ja, sieht ganz so aus.«

»Na siehst du«, erwiderte Laura und atmete tief aus. »Wenn sie eine Affäre hätte, wäre sie vermutlich jetzt noch bei Ben Schumacher.«

Max blickte sie verständnislos an. »Wie kommst du denn darauf?«

Laura zuckte mit den Schultern und startete den Motor.

»Sie ist eine Mutter und getrimmt darauf, jede freie Minute bestmöglich auszunutzen. Sie würde nicht wie ein Kerl zu jemandem ins Bett springen und nach fünfzehn Minuten zur Arbeit fahren.« Laura starrte durch die Frontscheibe und überholte einen Wagen, der mit höchstens zwanzig Stundenkilometern vor ihnen herkroch.

»Frauen ticken anders als Männer«, erklärte sie, nachdem Max nicht gleich antwortete. »Sie mögen es meistens romantisch.«

Max gab einen tiefen Laut von sich und fuhr sich mit den Händen über den kahlen Schädel.

»Immerhin ist sie jetzt im Büro«, sagte er und steckte das Handy weg. »Wenn sie mit diesem Typen wieder was angefangen hat, dann ist es endgültig vorbei.«

»Das glaube ich nicht«, versuchte Laura ihn zu beruhigen und fragte sich im gleichen Moment, warum sie Hannah eigentlich verteidigte. Laura konnte Hannah ihren Seitensprung von damals jedoch nach wie vor nicht verzeihen. Max hatte darunter gelitten wie ein Hund. Viel schlimmer wog aber die Tatsache, dass Laura in der Folge für wenige Wochen etwas mit Max angefangen hatte. Sie hatten sich allerdings wieder voneinander getrennt, bevor jemand von ihnen ernsthaft verletzt werden konnte. Und obwohl Max sich hätte mehr vorstellen können, hatten sie ihre Freundschaft bewahrt und sogar noch vertieft.

»Lass uns lieber über unseren Fall sprechen«, lenkte

Max vom Thema ab und betrachtete Laura von der Seite.

»Du hast vorhin erzählt, dass du den Namen unseres Opfers kennst.«

»Ich kann es nicht mit Sicherheit sagen, aber das Profil einer Leserin passte zumindest. Die Technik in der Bibliothek hat gestreikt, deshalb bekomme ich später noch eine vollständige Liste mit allen Leserinnen, die Emma heißen. Sollten wir bereits einen Treffer gelandet haben, heißt unser Opfer Emma Ziegler. Leider werden keine Fotos bei der Anmeldung gemacht, sodass wir nur den Nachnamen, das Alter und die Adresse kennen. Emma Ziegler hat jedenfalls das letzte Buch nicht zurückgebracht.« Sie reichte Max ihr Smartphone, damit er sich die Daten auf dem Antrag anschauen konnte, den sie abfotografiert hatte. Unterdessen steuerte sie den Wagen in die Tiefgarage des Dienstgebäudes und parkte ihn auf ihrem Stellplatz.

»Das könnte unser Opfer sein, doch ohne Foto ist es schwierig.« Max sprang aus dem Auto und hielt ihr eine Feuerschutztür auf. Sie fuhren mit dem Fahrstuhl in die fünfte Etage und betraten ihr Büro, in dem Joachim Beckstein bereits auf sie wartete.

Er hatte es sich an Lauras Schreibtisch bequem gemacht und sah sie herausfordernd an. »Haben Sie noch gemütlich gefrühstückt oder wie kann ich Ihr spätes Erscheinen verstehen?« Beckstein verzog den Mund und musterte sie eingehend.

»Wir haben uns in einer Bibliothek umgesehen und versucht, die Identität des Opfers herauszufinden.«

»Und, wer ist die Tote?« Becksteins Gesichtsfarbe wechselte ins Dunkelrote. Seine schlechte Laune war nicht zu verkennen. Laura registrierte, wie Max sich unauffällig einen Schritt rückwärts bewegte. Sie blieb stehen. Joachim Beckstein gehörte zu den Menschen, die herzensgut waren, aber unter Stress auch mal cholerisch reagierten. Sie ließ sich davon nicht beeindrucken.

»Wir haben einen Namen, den wir überprüfen müssen: Emma Ziegler. Allerdings streikte die Software in der Bibliothek. Es ist möglich, dass es noch weitere Namen gibt, die für uns relevant sein könnten.«

Joachim Beckstein öffnete den Mund, schloss ihn jedoch gleich wieder. Er räusperte sich mehrmals und sprach schließlich: »Gut. Ich habe da noch eine andere Sache, der Sie nachgehen sollten.« Er machte eine Pause und kratzte sich am Hals, bevor er fortfuhr: »Es ist nicht offiziell. Ein alter Bekannter von mir, jemand aus dem Abgeordnetenhaus, vermisst seine Tochter. Er hat mich um Hilfe gebeten. Vielleicht könnten Sie abseits des üblichen Dienstweges ein paar Nachforschungen anstellen. Es handelt sich um die Tochter von Guido Sterenberg. Er möchte auf alle Fälle einen großen Pressewirbel vermeiden. In der Vergangenheit ist Annika Sterenberg schon einmal durch Partys und Drogen ins Visier von Journalisten geraten und das sollte sich nicht wiederholen.«

Laura sah genau, wie schwer ihrem Chef jedes einzelne Wort fiel. Er gehörte nicht zu den Menschen, die gegen Regeln verstießen. Sie grinste.

»Kein Problem. Wir kümmern uns darum und geben Bescheid, sobald wir auf eine heiße Spur stoßen. Dürfen wir Guido Sterenberg oder seine Frau anrufen? Ich würde gerne herausfinden, ob Annika einen Freund hat oder eine beste Freundin, die vielleicht weiß, wo sie stecken könnte.«

Joachim Beckstein platzierte einen Zettel auf Lauras Schreibtisch. »Ich wusste, dass Sie danach fragen würden. Danke.«

Er erhob sich und verließ ohne ein weiteres Wort das Büro.

»Puh«, stieß Max aus und schloss die Tür. »Ich dachte schon, er rastet aus, weil wir ihm nicht innerhalb von vierundzwanzig Stunden den Mörder liefern.« Er ließ sich auf seinen Stuhl fallen und wirbelte einen Kugelschreiber durch die Luft. »Was meinst du, wo diese Annika Sterenberg steckt? Vermutlich bei irgendeinem Typen, wo sie es sich gut gehen lässt.« Er grinste und streckte die Beine aus. »Wenigstens bin ich nicht der Einzige mit privaten Problemen.«

»Deine Kinder sind zum Glück noch zu klein für solche Eskapaden«, bemerkte Laura und gab gleichzeitig den Namen Emma Ziegler in ihren Computer ein.

Kurz darauf erschien das Passfoto auf ihrem Bildschirm.

»Emma Ziegler ist nicht unser Opfer«, stellte Laura fest, als sie die Kurzhaarfrisur der kräftigen Frau begutachtete. Sie drehte ihren Monitor zu Max herum.

»Das wäre ja auch zu einfach gewesen«, brummte ihr Partner und legte den Kugelschreiber auf die Tischplatte. »Ich durchforste gleich mal die Vermisstenanzeigen. Vielleicht haben wir Glück.«

Laura nickte. »Und ich statte Simon Fischer einen Besuch ab.«

Sie verließ das Büro und begab sich zum Treppenhaus. Simon Fischer saß zwei Etagen unter ihnen, im dritten Stockwerk. Sie eilte die Treppen hinunter und betrat das Großraumbüro, das mit demselben grauen Teppichboden ausgestattet war wie ihr eigenes. Simon hockte an seinem Schreibtisch am Fenster. Vor ihm lag eine geöffnete Tüte Chips. Als er Laura bemerkte, erschien ein breites Grinsen auf seinem Gesicht.

»Du willst mich doch hoffentlich nicht zu einem neuen Außeneinsatz abholen. Ich mag jedenfalls keine Baustellen«, sagte er und verschränkte die Arme hinter dem Kopf. Sein spärliches schwarzes Haar stand verwuschelt in alle Richtungen ab. Unter der Brille schauten sie kluge blaue Augen an. Auf den ersten Blick bestätigte Simon Fischers Erscheinung jedes Klischee eines Computerexperten. Sobald man ihn näher kannte, wurde allerdings klar, dass Simon unheimlich gerne redete und überhaupt nicht zu den Freaks gehörte, die sich wochenlang einschlossen, um mit dem Computer allein zu sein.

»Ich dachte, es hat dir Spaß gemacht«, gab Laura zurück und lächelte. Simon hatte ihr beim letzten Einsatz geholfen und zum ersten Mal eine Leiche aus nächster Nähe gesehen. So leicht würde sie ihn wohl nicht dazu bringen, seinen Schreibtisch zu verlassen.

»Wie kommst du eigentlich auf Baustellen?«, fragte Laura.

Simon nahm die Arme herunter und ließ die Finger über die Tastatur gleiten.

»Ich habe wie gewünscht diesen merkwürdigen Notruf ausgewertet.« Er drückte die Entertaste und drehte die Lautstärke hoch. Nach einem kurzen Piepen ertönte die Stimme eines offenbar nervösen Mannes.

»*Es hat eine Schießerei vor einer Fabrikhalle gegeben.*

Kommen Sie schnell!« Simon stoppte, bevor der Mann die Adresse durchgab.

»Hast du es gehört?«, fragte er mit hochgezogenen Augenbrauen und griff in die Chipstüte.

Laura schüttelte den Kopf. »Nein. Was war denn da?«

»Willst du?« Simon stopfte sich mehrere Chips auf einmal in den Mund und hielt Laura die Tüte hin.

Sie winkte ab. »Danke. Spielst du die Aufnahme noch mal ab?«

»Klar«, nuschelte Simon und hob den Zeigefinger. »Pass auf, nach dem Wort Fabrikhalle hörst du ein Piepen.«

Laura setzte sich und lauschte aufmerksam.

»Es hat eine Schießerei vor einer Fabrikhalle gegeben. Kommen Sie schnell!«

Sie hörte immer noch nichts Besonderes. Simon spielte den Anruf erneut ab und verlangsamte die Wiedergabe. Endlich nahm Laura mehrere aufeinanderfolgende Pieptöne wahr.

»Ich habe nachgeforscht. Das ist ein Kran. Deshalb sprach ich von einer Baustelle. Wer auch immer diesen Notruf abgesetzt hat, befand sich auf einer Baustelle oder zumindest in unmittelbarer Nähe davon.« Simon öffnete ein anderes Fenster auf seinem Computer, das eine Karte von Berlin zeigte. Er hatte drei rote Markierungen eingezeichnet.

»Ich habe mir ein wenig Mühe gegeben und die Baustellen herausgesucht, die sich an den beiden möglichen Zufahrtsstraßen zu dem Industriegebiet mit der Leiche befinden. Ich habe in einem Umkreis von acht Kilometern drei Baustellen ausgemacht, die auf der

Strecke liegen. Eine davon erscheint mir groß genug für einen Kran. Dort wird ein riesiger Wohnkomplex gebaut. Ich kann den Radius natürlich noch erweitern.«

»Ist schon gut«, murmelte Laura und betrachtete die Karte. »Findest du auch, dass der Anrufer nervös klang?«

Simon nickte. »Wenn er von seiner Arbeitsstelle aus angerufen hat, wollte er möglicherweise nicht belauscht werden. Ist dir aufgefallen, dass er zweimal den Kopf gedreht hat, während er sprach?«

Laura warf Simon einen ungläubigen Blick zu und lächelte ihn an. »Nein, du Genie. Aber ich dachte mir, dass dir sicher nichts entgeht.«

Simon spielte die Aufnahme erneut ab und stoppte an den Stellen, wo sie jetzt einen deutlichen Luftzug hörte, außerdem veränderte sich die Lautstärke um ein paar Nuancen.

»Tatsächlich«, erwiderte Laura. »Klingt so, als hätte er sich umgeschaut, während er telefoniert hat.«

»Ich denke das auch. Ist allerdings bloß eine Vermutung. Vielleicht kam ja nur zufällig in diesem Moment ein wenig Wind auf.«

»Vielleicht«, sagte Laura, obwohl sie das keine Sekunde lang glaubte. Die nervöse Stimme des Mannes passte zu seinem Verhalten.

»Gute Arbeit«, lobte sie Simon. »Es gibt, glaube ich, weit mehr als tausend Baustellen in Berlin. So auf den Anrufer zu stoßen, wäre ein unglaublicher Zufall. Da wir bisher jedoch nicht wissen, wer die Tote ist, schaue ich mir die große Baustelle trotzdem einmal an und finde heraus, ob dort ein Kran steht. Willst du mitkommen? Es ist helllichter Tag.«

Simon grinste und schüttelte den Kopf. »Du weißt, dass ich wirklich gerne mit dir zusammenarbeite. Aber auf meinem Schreibtisch stapeln sich gefühlt Tausende Anfragen.« Er verzog die Miene. »Ich kann leider nicht.«

»Ich halte dich auf dem Laufenden.« Laura verabschiedete sich und kehrte zurück in ihr Büro.

Max bemerkte sie überhaupt nicht. Er starrte sein Handy an. Sein Blick sprach Bände. Laura ließ sich leise auf ihren Stuhl sinken und beobachtete ihn einen Moment schweigend.

»Und, wo steckt Hannah zurzeit?«, fragte sie.

Max zuckte überrascht zusammen. Sein Telefon fiel zu Boden. Er hob es auf und legte es auf den Tisch.

»Sie ist in einer Pizzeria«, erklärte er und pochte dabei auf seine Armbanduhr. »Es ist dreizehn Uhr!«

Laura nickte bedächtig. »Klingt nach Mittagessen. Das wäre nicht ungewöhnlich, oder?«

Max sprang auf und hob die Hände. »Doch, Laura. Sie arbeitet nur halbtags. Sie müsste bald die Kinder abholen, stattdessen sitzt sie in einem Restaurant.«

Laura schluckte. So aufgebracht hatte sie Max lange nicht mehr erlebt. Er war normalerweise die Ruhe in Person.

Max griff nach seinem Handy, wischte über das Display und hielt es ihr anschließend vor die Nase.

»Sieh dir das an, Laura. Sie lügt. Noch vor zehn Minuten hat sie behauptet, dass sie gleich nach Hause fahren würde.«

Laura überflog die Textnachricht. »Womöglich hat eine Kollegin sie kurz nach Absenden der Nachricht gefragt, ob sie Lust auf ein gemeinsames Mittagessen hat. Hannah hat es sich spontan anders überlegt. Max!

Jetzt bleib mal cool. Es könnte alles ganz harmlos sein.«

Ihr Partner kniff die Lippen zusammen und schüttelte energisch den Kopf. Dann wich plötzlich jegliche Energie aus ihm. Er ließ die Arme sinken und setzte sich wieder. »Ich spüre einfach, dass da was nicht stimmt. Sie ist in letzter Zeit auffallend gut gelaunt. Das sind untrügliche Anzeichen. Verstehst du, Laura? Ich weiß, du hältst mich für völlig übergeschnappt. Aber ich habe das schon einmal durchgemacht – und absolut keinen Bock auf eine Wiederholung.« Er ballte die Hände zu Fäusten und sah sie traurig an. »Ich dachte wirklich, ich könnte Hannah trotz allem vertrauen, doch anscheinend habe ich mich getäuscht.«

Laura hielt es nicht länger auf ihrem Stuhl. Sie lief um den Schreibtisch und nahm Max in die Arme. »Hey. Atme mal tief durch. Wir finden heraus, was da läuft. Okay?«

Max seufzte und ließ den Kopf an ihre Schulter sinken. »Okay«, murmelte er.

Laura drückte ihn an sich. »Ich habe eine Idee«, sagte sie schließlich. »Simon Fischer glaubt, der Notruf kam von einer Großbaustelle und hat eine solche unweit des Fundortes identifiziert. Wir sollten uns dort umsehen und auf dem Weg dorthin fahren wir an dieser Pizzeria vorbei. Du schaust kurz nach und dann wissen wir Bescheid.«

Max hob den Kopf und sah sie an. »Findest du nicht, dass das albern ist?«

»Nein. Wir brauchen Gewissheit«, entschied Laura und zupfte an Max' T-Shirt. »Na los, du Nervenbündel. Beweg dich, bevor deine Frau aufgegessen hat.«

* * *

Als sie vor der Pizzeria parkten, zögerte Max. Er seufzte und rieb sich frustriert die Schläfen.

»Mist, ich weiß nicht, ob das richtig ist. Wenn Hannah mich sieht, macht sie mir die Hölle heiß.«

Laura grinste. »Deshalb schaue ich kurz nach. Du rührst dich nicht vom Fleck.«

Bevor Max protestieren konnte, war sie aus dem Wagen gesprungen. Das Restaurant befand sich im Erdgeschoss eines Altbaus und wirkte nicht sonderlich groß. Sie ging zielstrebig auf den Eingang zu und musterte die Gäste hinter den Fensterscheiben. Rechts saß ein Paar, das Händchen hielt, daneben drei Männer und eine Frau. Auf der anderen Seite erkannte sie zwei voll besetzte Tische mit jeweils vier Personen. Hannah war nicht unter ihnen. Laura öffnete die Tür und hatte für eine Sekunde das Bedürfnis, unsichtbar zu werden. Was, wenn sie Hannah direkt in die Arme lief? Welche Lüge konnte sie ihr auftischen, ohne ihr Misstrauen zu erwecken?

Der rechteckige Raum zog sich in die Länge und hatte Platz für ungefähr zwanzig Tische, die durch deckenhohe, hölzerne Raumteiler voneinander separiert waren. In der Mitte verlief ein breiter Gang bis zur Theke, hinter der sich die Toiletten befanden. Laura folgte dem Schild Richtung Toilette, wobei sie sich vorsichtig nach beiden Seiten umsah. Sie umrundete die Theke und verschwand in dem Durchgang zu den WCs. Dort blieb sie stehen und schloss die Augen für einen Moment. Auf ihrem Weg hatte sie zwölf Tische gezählt, an denen sie unmittelbar vorbeigegangen war.

Hannah hatte sie nicht gesehen. Sie musste in zweiter Reihe sitzen, falls sie überhaupt hier war. Im Geiste ging Laura die Tische abermals durch und warf dann möglichst unauffällig einen weiteren Blick in die Räumlichkeit. Tatsächlich entdeckte sie Hannah mit zwei anderen Frauen im hintersten Teil des Restaurants. Ein Kellner räumte die Teller ab, während Hannah den beiden zuprostete. Sie wirkte gelöst und fröhlich. Absolut nichts deutete auf eine Affäre hin, schon gar nicht mit Ben Schumacher. Laura atmete auf und huschte mit gesenktem Kopf zurück zum Eingang, wo sie den nächsten Kellner ignorierte und rasch nach draußen verschwand.

»Entwarnung«, verkündete sie, als sie wieder neben Max im Auto saß. »Hannah sitzt mit zwei Frauen, vermutlich Kolleginnen, am Tisch. Bestimmt erzählt sie dir noch davon. Du brauchst dich also nicht mehr aufzuregen. Ben Schumacher ist Geschichte.«

Max riss ungläubig die Augen auf. »Tut mir leid«, murmelte er unbeholfen. »Das war total kindisch von mir.«

Laura stupste ihn lächelnd an. »Besser so als umgekehrt. Jetzt wissen wir Bescheid. Lass uns zu der Großbaustelle fahren und nach einem Kran Ausschau halten.«

Max gab Gas. Innerhalb einer halben Stunde erreichten sie die Baustelle, die Simon Fischer herausgesucht hatte. Sie stiegen aus dem Wagen und Laura schaute sich um.

»Die setzen sogar mehrere Kräne ein«, stellte sie fest und deutete auf zwei riesige Stahlkolosse, die sich scheinbar bis in die Wolken erhoben. Ein frischer Wind kühlte die sommerliche Luft ab. Auf der Baustelle herrschte Hochbetrieb. Eine Vielzahl von Bauarbeitern schuftete auf der ersten Etage des Rohbaus, wo gerade die nächste Betondecke auf ein Stahlgerüst gegossen wurde. Eine kräftige Windböe wehte Laura um die Nase. Im selben Moment, in dem einer der Kräne zu piepen begann, klingelte ihr Telefon.

»Laura Kern«, meldete sie sich förmlich, weil sie die Nummer nicht kannte. Am anderen Ende der Leitung war die Bibliothekarin.

»Der Techniker hat unser System wieder zum Laufen gebracht. Ich kann Ihnen mit ziemlicher Sicherheit sagen, nach welcher Emma Sie suchen.«

6

»Ach Franzi. Jetzt komm schon. Sei mir nicht böse, aber ich schaffe es heute nicht zu dir.« Maxim seufzte durch das Telefon, doch sie ließ sich nicht beruhigen. Franziska hatte sich so gewünscht, dass er wenigstens bei ihr vorbeischauen würde. Stattdessen hatte er bequem den Telefonhörer gehoben.

»Es ist bloß ein Foto. Vielleicht hat es eine deiner Freundinnen unter dein Kopfkissen gelegt. Du hast es wahrscheinlich einfach nur vergessen.«

Franziska schwieg. Er schien sich nicht im Mindesten um sie zu sorgen.

»Weißt du eigentlich, was ich gestern für Ängste ausgestanden habe?«, platzte es plötzlich aus ihr heraus. Ihr wurde immer noch heiß und kalt, wenn sie an den Vorfall dachte. Ein Knall war durch die Luft geschossen, und sie hatte in jenem Augenblick wirklich geglaubt, es wäre jemand in ihrer Wohnung gewesen. Dabei war bloß ein Fenster zugeschlagen. Allerdings konnte sie sich nicht daran erinnern, es geöffnet zu haben. Maxim wiegelte ihre Ängste als Hirngespinste ab. Er kam ihr inzwischen vor wie ein Fremder.

»Aber ist schon okay«, fügte sie hinzu und bemühte sich, fröhlich zu klingen. Es hatte keinen Sinn, die Sache weiter mit ihm zu diskutieren. Er nahm sie sowieso nicht ernst. Sie stellte ihre Kaffeetasse ab und sprang vom Küchenstuhl auf.

»Ich muss los. Sonst komme ich zu spät und Professor Malchin gibt mir eine schlechte Note.«

»Ich vermisse dich, Baby«, flüsterte Maxim. Er schien ihren Gemütszustand nicht im Geringsten zu erfassen, dabei hatte sie ihn bisher für außerordentlich sensibel gehalten. Wie hatte sie sich bloß so täuschen können? »Wir sehen uns nächste Woche«, sagte er und legte auf.

Franziska vernahm das Klicken in der Leitung und spürte, wie es in ihrem Inneren vibrierte. Noch nie in ihrem Leben hatte sie so viel Angst gehabt wie in dem Augenblick, als das verdammte Fenster zugeschlagen war. Sie hatte wirklich geglaubt, jemand wäre in ihrer Wohnung. Doch vermutlich hatte sie sich das nur eingebildet. Sie schaute auf die Uhr und wusste, dass sie sich keinen weiteren Gedanken dieser Art erlauben konnte, wenn sie nicht zu spät kommen wollte.

Franziska hastete die Treppen hinunter und schwang sich auf ihr Fahrrad. Mit rasendem Tempo steuerte sie auf die Uni zu. Sie liebte ihr Studium und würde am liebsten den ganzen Tag im Atelier verbringen. Professor Malchin hatte sie in seine Arbeitsgruppe eingeladen, eine exklusive Gruppe von Studierenden, die er für besonders begabt hielt. Und das, obwohl sie noch im ersten Semester war. Sie platzte fast vor Stolz, weil sie von nun an dazugehörte.

Das Hauptgebäude der Universität der Künste Berlin erhob sich vor ihr. Der beeindruckende Bau ließ bereits vermuten, welche Schönheiten sich in seinem Inneren verbargen. Kunstwerke, an denen Franziska sich nicht sattsehen konnte. Gemälde in Öl oder Acryl, Kohlezeichnungen, luftige Aquarelle oder Skulpturen. Der Kreativität waren keine Grenzen gesetzt. Sie schob ihr Fahrrad in den Ständer, schloss es an und öffnete die Eingangstür, die vor ein paar Tagen von Unbekannten beschädigt worden war. Ein langer Riss in der Scheibe, beginnend in Augenhöhe, zog sich bis hinunter zu ihren Fußspitzen. Der Hausmeister hatte versucht, das Glas mit durchsichtigem Klebeband zu stabilisieren. Das Konstrukt schien zu halten, und Franziska betrachtete jeden Tag interessiert die schmutzigen Ränder am Klebeband, die immer breiter wurden und dem kaputten Glas mehr und mehr Charakter verliehen. Fast hätte die Tür zu den Kunstwerken gepasst.

Franziska passierte den Eingangsbereich, dessen Wände mit Malereien und Kunstobjekten übersät waren. Die Studierenden der letzten Jahrgänge hatten sich hier verewigt. Ihr Kurs fand im Raum fünf null eins statt, ein mittelgroßes Atelier, das Platz für zwanzig Menschen bot. Sie holte tief Luft und trat ein. Professor Malchin saß bereits auf seinem Platz und bearbeitete ein Stück Leinwand, das an den Rändern ausgefranst war. Er platzierte ein paar kupferne Dreiecke um das gemalte Gesicht einer Frau und richtete anschließend seinen Blick auf Franziska.

»Guten Morgen, Frau Neumann. Schön, Sie zu

sehen. Sie sind die Erste.« Er lächelte und erhob sich, um sie zu begrüßen. Seine Hand fühlte sich warm und ein wenig rau an. Franziska lächelte zurück. Ihr war gar nicht aufgefallen, dass außer ihr noch niemand hier war. Sie hatte es kaum erwarten können, mit dem Kurs zu beginnen. Die große Uhr an der Wand verriet ihr, dass sie ganze zwanzig Minuten zu früh eingetroffen war. Verlegen senkte sie den Blick.

»Ich kann auch draußen warten«, sagte sie leise und wollte bereits wieder gehen.

Professor Malchin hielt sie auf.

»Nein, nein. Bitte. Wir sind hier nicht so förmlich. Kommen Sie her und sagen Sie mir, was Sie davon halten.« Er winkte einladend und deutete auf seine Leinwand.

Franziska betrachtete die gemalte Frau, deren Wangen rosig strahlten. Ihre Augen schauten entrückt in den Himmel. Sie schwebte hoch in der Luft, unter ihr stand ein Baum mit festen Wurzeln. Nur ein Seil um ihre Hüften verhinderte, dass sie davonflog. Franziska musste unwillkürlich an einen Luftballon denken. Welches Gefühl sollte mit diesem Werk vermittelt werden?

»Die Liebe«, stieß sie aus und blickte Professor Malchin an. »Dieses Bild soll die Liebe darstellen.«

Der Professor nickte zufrieden. »Dann habe ich gut gearbeitet, wenn mein Motiv so offensichtlich ist.« Er holte ein weiteres Bild hervor und legte es Franziska hin.

Dunkle Wolken ballten sich über einer zierlichen Pflanze. Blitze zuckten durch die Luft. Pfützen auf dem Boden drohten, sich zu reißenden Strömen auszudehnen. Etwas weiter im Hintergrund entdeckte Franziska eine abgebrochene Hand. Die verkrümmten Finger gruben sich in die Erde, als wollten sie dort Schutz suchen. Irgendetwas an dem Bild kam ihr merkwürdig vor. Ein ungutes Gefühl breitete sich in ihrer Bauchgegend aus. Die Symbole passten im Gegensatz zum vorherigen Werk nicht zusammen. Angst gepaart mit Wut und beginnendem Leben zeugte aus Franziskas Sicht von einer Zerrissenheit der Gefühle. Sie sah Professor Malchin unschlüssig an, weil sie nicht wusste, was sie sagen sollte.

»Nur raus mit der Sprache«, flüsterte der Professor, und plötzlich war er ihr viel zu nahe. Das unangenehme Gefühl in ihrer Bauchgegend verstärkte sich. Sein Parfum, ein erdiger, scharfer Geruch, drang ihr in die Nase und lähmte sie. Erst als eine Kommilitonin das Atelier betrat, konnte Franziska sich aus ihrer Erstarrung lösen.

»Ich weiß es nicht«, nuschelte Franziska. »Es ist eine Mischung aus Angst und Zorn und noch etwas, das ich nicht greifen kann.« Sie machte einen Schritt rückwärts und suchte sich einen Platz.

Professor Malchin musterte sie schweigend und legte das Gemälde wieder beiseite. Das Atelier füllte sich mit Studierenden. Stuhlbeine scharrten über den Boden. Gelächter erfüllte die Luft. Professor Malchin klatschte in die Hände.

»Meine Damen und Herren«, verkündete er mit fester Stimme, wobei er unverwandt Franziska anstarrte. »Heute dreht sich alles um die Darstellung von Emotionen. Greifen Sie zu Ihren Pinseln und erzählen Sie mir eine Geschichte.«

Das Seminar verging wie im Flug. Franziska hatte kaum etwas auf die Leinwand gebracht. Zu widersprüchlich waren die Gefühle in ihrem Inneren. Erst das Foto unter ihrem Kopfkissen, das Telefonat mit Maxim und jetzt Professor Malchin, dessen Blicke sie durchbohrten, als wäre sie ein offenes Buch.

»Frau Neumann, kann ich Sie kurz sprechen?« Seine Stimme dröhnte durch das Atelier. Franziska wollte gerade zur Tür hinaus, blieb jedoch wie angewurzelt stehen und drehte sich um. Professor Malchin winkte sie zu sich.

Franziska ahnte, dass es um ihre Arbeit ging. Vermutlich warf er sie geradewegs wieder aus der Gruppe. Am liebsten hätte sie auf dem Absatz kehrtgemacht und wäre ins Freie geflohen. Langsam wie eine Schnecke ließ sie die Türklinke los und schritt zurück durch das Atelier zu seinem Tisch. Sie brachte es nicht fertig, ihn anzusehen. Ihr Herz pumpte so heftig, dass sie das Gefühl hatte, jeden Moment in Ohnmacht zu fallen.

»Es tut mir leid, dass ich Sie offensichtlich durcheinandergebracht habe«, begann der Professor. Franziska traute ihren Ohren nicht. Erst als sie den roten Fleck an seinem Hals bemerkte, wurde ihr klar, dass er es ernst meinte.

»Sie konnten sich gar nicht auf Ihre Arbeit konzentrieren.« Er holte tief Luft und sah sie durchdringend an. »Ich wollte es wiedergutmachen und Ihnen anbieten, heute Abend noch einmal hierherzukommen. Wir könnten dann ganz in Ruhe an Ihrem Werk weitermachen.«

Franziskas Mund war schlagartig staubtrocken. Sie

brachte keine Antwort heraus, sondern nur ein mechanisches Nicken. Seine Nähe war ihr am Anfang der Stunde unangenehm gewesen. Doch jetzt war sie derartig erleichtert, nicht aus der Studiengruppe geworfen zu werden, dass ihr Tränen in die Augen schossen.

»Danke«, stieß sie hervor und stolperte wie blind aus dem Atelier. Fast hätte sie es vergeigt. *Verdammt, Franziska, du darfst nicht so emotional sein. Du brauchst Professor Malchin, wenn du einen guten Abschluss machen willst.* Sie überlegte, zurückzulaufen und sich abermals bei ihm zu bedanken, entschied sich jedoch dagegen. Sie wollte sich nicht noch mehr blamieren. Wahrscheinlich fand Professor Malchin ihr Benehmen schon merkwürdig genug. Welcher Dozent wollte eine Heulsuse in seinem Kurs? Dazu eine, die kaum einen Pinselstrich aufs Papier gebracht hatte.

Atemlos hastete sie auf die Straße. Glücklicherweise war alles gut gegangen. Sie schloss ihr Fahrrad ab und wollte aufspringen, als ihr ein Zettel ins Auge fiel, der im Gepäckträger klemmte. Sie zerrte das Papier heraus und erstarrte, als sie erkannte, dass sie ein neues Foto von sich in den Fingern hielt.

7

»Entschuldigen Sie bitte, ich bin momentan auf einer Baustelle unterwegs und kann Sie nur ganz schlecht hören!«, brüllte Laura ins Handy, wobei sie eine Hand auf das freie Ohr presste, um den Baustellenlärm auszublenden und die Bibliothekarin zu verstehen.

»Der Ausweis gehört Emma Riedel. Das vermute ich zumindest, weil die erste Ziffer der Ausweisnummer übereinstimmt. Sie hat sich vor acht Tagen einen Kunstband über afrikanische Malerei ausgeliehen. Ich schicke Ihnen eine Liste mit allen Leserinnen namens Emma und dem Datum der letzten Ausleihe an Ihre E-Mail-Adresse. Melden Sie sich, falls Sie noch mehr Informationen benötigen.« Die Bibliothekarin legte auf, bevor Laura sich bedanken konnte.

Sie notierte sich den Namen im Smartphone und schickte anschließend eine Nachricht an Simon Fischer. Er sollte ihr ein Foto von Emma Riedel besorgen. Max bewegte sich auf einen weißen Container zu, vor dem ein Auto parkte. Auf dem Schild an der Tür stand in Großbuchstaben: Bauleitung. Laura steckte das Handy weg und folgte ihm über den unebenen Untergrund, der von kantigen Steinen und Betonresten übersät war.

»Wir sollten uns eine Liste der Mitarbeiter besorgen, die gestern hier tätig waren«, sagte Max, als Laura ihn eingeholt hatte, und klopfte an die Tür. Er wartete nicht auf eine Reaktion, sondern trat mit dem Dienstausweis in der Hand ein.

»Guten Tag, mein Name ist Max Hartung und das ist meine Kollegin Laura Kern. Wir sind vom Landeskriminalamt Berlin. Sind Sie der Bauleiter? Wir haben ein paar Fragen an Sie.«

Ein Mann mit dunkelblondem schütterem Haar blickte überrascht von seinen Unterlagen auf. Er schob seine Brille zurecht und musterte Max' Dienstausweis eingehend.

»Ich bin Sven Timmer. Wie kann ich Ihnen helfen?«, fragte der Bauleiter und deutete auf zwei Stühle vor seinem Schreibtisch.

Max und Laura setzten sich.

»Wir haben gestern einen Notruf wegen einer Schießerei erhalten, und wir gehen davon aus, dass er von Ihrer Baustelle kam.«

Timmers Augen weiteten sich. »Eine Schießerei, hier auf meiner Baustelle?« Er schüttelte energisch den Kopf. »Das muss ein Missverständnis sein.«

»Es handelte sich tatsächlich um eine falsche Information. Wir müssen dem jedoch trotzdem nachgehen«, erklärte Laura. »Der Anruf wurde gestern Abend um kurz nach acht abgesetzt. Können Sie uns sagen, welche

Mitarbeiter um diese Uhrzeit auf der Baustelle anwesend waren?«

»Niemand«, antwortete Sven Timmer wie aus der Pistole geschossen. »Die Baustelle schließt um zwanzig Uhr.«

»Wir konnten im Hintergrund das Piepen des Krans hören. Es muss also noch jemand hier gewesen sein«, hielt Laura dem Bauleiter entgegen.

Sven Timmer trommelte mit den Fingern der rechten Hand auf die Schreibtischplatte und schürzte dabei die Lippen.

»Es war windig«, stieß er schließlich aus. »Sobald der Wind eine bestimmte Stärke erreicht, ertönt ein Alarmsignal. Es ist egal, ob der Kran besetzt ist oder nicht.«

»Das bedeutet, der Kran piepst, obwohl ihn niemand steuert?«, hakte Laura ungläubig nach.

Timmer nickte. »Genau. Wir haben deswegen oft Beschwerden der Anwohner, die sich von dem Geräusch gestört fühlen.«

»Dennoch gab es diesen Anruf«, warf Max ein. »Wir gehen davon aus, dass er von Ihrer, vielleicht auch einer anderen Baustelle getätigt wurde, und wir müssen herausfinden, wer es war.«

Laura holte das Handy aus der Tasche.

»Erkennen Sie die Stimme?« Sie stellte die Lautsprecher an und spielte die erste Hälfte des Anrufs ab.

Sven Timmer lauschte konzentriert und griff sich an den Kopf.

»Ich muss mich korrigieren. Einige von uns haben gestern Überstunden gemacht, weil ein paar Bauteile zu spät angeliefert wurden und noch verbaut werden mussten. Entschuldigen Sie, das war mir entfallen.« Er hämmerte auf die Tastatur seines Computers ein.

»Ich kenne die Stimme des Anrufers nicht. Hier sind fünfzig Leute beschäftigt, aber vielleicht weiß das der Kranführer. Wir erfassen die Arbeitszeiten automatisch beim Verlassen der Baustelle«, sagte er und drückte die Entertaste, woraufhin der Drucker hinter ihm lautstark zu arbeiten begann. »Hier ist eine Liste der Mitarbeiter, die gestern nach acht noch hier waren. Sechs Leute und Udo Kreiling, der Kranführer. Wenn es einer seiner Leute war, müsste er die Stimme erkennen.«

Laura überflog die Namen und steckte das Blatt ein.

»Wo finden wir Herrn Kreiling?«

»Sie dürfen nicht alleine auf dem Gelände herumlaufen. Das wäre gegen die Sicherheitsvorschriften. Ich lasse ihn einfach herkommen.« Er griff zum Telefon und rief den Kranführer an.

Keine fünf Minuten später klopfte es an der Tür. Ein stämmiger, braun gebrannter Hüne stand im Türrahmen.

»Was gibt es, Chef?«, donnerte Udo Kreiling mit tiefer Stimme und verstummte, als er Laura und Max bemerkte.

»Kommen Sie rein, Herr Kreiling. Das sind Herrschaften vom Landeskriminalamt, die Ihnen ein paar Fragen stellen wollen.«

Die Stimme des Mannes unterschied sich deutlich von dem Anrufer, der unsicher und wesentlich höher geklungen hatte. Laura stellte sich und Max kurz vor und fragte: »Wir sind auf der Suche nach einem Mann, der gestern bei der Notrufzentrale angerufen hat.

Kennen Sie ihn vielleicht?« Sie spielte abermals einen Teil des Notrufs ab.

Auf der Stirn von Udo Kreiling erschienen zahlreiche Falten. Dann schüttelte er den Kopf. »Das ist keiner von meinen Leuten.«

»Als Sie gestern die Baustelle verlassen haben, ist Ihnen da jemand aufgefallen?«

»Nein. Ich habe aber auch nicht darauf geachtet.«

»Danke«, sagte Laura. »Mehr Fragen haben wir im Augenblick nicht.«

Udo Kreiling verabschiedete sich und ließ die Tür hinter sich ins Schloss krachen. Laura stand auf und legte dem Bauleiter ihre Visitenkarte auf den Tisch.

»Vielen Dank für Ihre Unterstützung. Falls Ihnen doch noch einfällt, wer der Anrufer gewesen sein könnte, rufen Sie mich bitte an.« Sie gab Sven Timmer die Hand und verließ gefolgt von Max den Baucontainer.

»Das ist ein hoffnungsloses Unterfangen«, sagte Laura, als sie wieder im Auto saßen, und seufzte. »Wir wissen ja noch nicht mal, ob der Anruf von dieser oder einer anderen Baustelle kam.«

»Das stimmt«, pflichtete Max ihr bei. »Einen Versuch war es trotzdem wert. Lass uns der Vollständigkeit halber an den anderen beiden Baustellen nachschauen, ob dort ein Kran steht.« Max gab Gas. Nach nur fünf Minuten kamen sie an der Baustelle zur Erweiterung einer Brücke vorbei.

»Kein Kran«, bemerkte Laura und überprüfte die Nachrichten auf ihrem Handy. Simon Fischer hatte sich noch nicht zurückgemeldet. Sobald sie wieder im Büro waren, würde sie ein Team zusammenstellen. Sie brauchten neben Simon Fischer auch Martina Flemming und Peter Meyer für die Recherchearbeiten. Wenn sie schon den Anrufer nicht identifizieren konnten, mussten sie beim Opfer ansetzen. Vielleicht fand sich inzwischen in der Vermisstendatenbank ein Eintrag. Die Frau war bereits vor einigen Tagen gestorben, irgendjemand musste sie vermissen.

Max brauste an der dritten Baustelle vorbei. »Wieder kein Kran«, murmelte er und steuerte den Wagen Richtung Süden, zum Platz der Luftbrücke, wo sich das Dienstgebäude des Landeskriminalamtes befand. Laura nahm sich vor, Martina Flemming darauf anzusetzen. Sie sollte herausfinden, wie viele Baustellen es in unmittelbarer Fundortnähe gab, auf denen zum Zeitpunkt des Anrufes ein Kran eingesetzt wurde. Max lenkte den Wagen in die Tiefgarage. Sie stiegen schweigend aus und fuhren mit dem Fahrstuhl ins Büro in der fünften Etage.

Als Laura ihre E-Mails öffnete, poppte eine Nachricht von Simon Fischer auf. Sofort betrachtete sie das Foto, das er angehängt hatte. Ihr Puls beschleunigte sich, als sie die hübsche junge Frau sah, deren lange braune Haare in Wellen über die Schulter fielen.

»Ich glaube, wir haben unser Opfer gefunden«, verkündete sie und überflog die Angaben. Emma Riedel, fünfundzwanzig Jahre alt, geboren in Rostock. Den Führerschein hatte sie bereits mit sechzehn gemacht. Die Eltern lebten mittlerweile im Süden Berlins. Emma Riedel war ihr einziges Kind. Sie hatten ihre Tochter am Vormittag als vermisst gemeldet. Laura klickte auf die Vermisstenanzeige und sah ein weiteres Foto der jungen Frau.

»Tatsächlich, das ist sie«, sagte Max, der zu Laura um den Schreibtisch herumgekommen war und ihr über die Schulter schaute.

Laura gab den Namen des Opfers in die Suchmaschine ihres Computers ein.

»Das passt ja«, stieß sie aus und tippte auf den ersten Treffer, der angezeigt wurde. »Sie hat als Schwimmlehrerin gearbeitet.«

Laura drehte sich zu Max herum und sah ihn an. »Das ist völlig krank, oder? Sie bringt Menschen das Schwimmen bei und dann platziert der Täter sie auf seinem Gemälde neben einem Boot mit Rettungsweste. Was will er uns damit sagen?«

Max zuckte mit der Schulter. »Vielleicht hatte er einen Kurs bei ihr. Falls es überhaupt ein Täter allein war. Bei der Größe der Leinwand könnte ich mir auch vorstellen, dass es mehrere waren.«

»Wir müssen ein Team zusammenstellen.« Laura nahm den Telefonhörer in die Hand und gab Martina Flemming den Auftrag, mit Peter Meyer und zwei weiteren Mitarbeitern die Recherche zu beginnen. Sie sollten alles über das Opfer herausfinden und sich nach Baustellen umsehen, von denen aus der Notruf getätigt worden sein könnte. Anschließend teilte sie Ben Schumacher den Namen des Opfers mit und ignorierte, wie Max während des Gespräches die Augen verdrehte. Sie konnte den Groll ihres Partners nachvollziehen. Max war ein wichtiger Teil ihres Lebens und sie stand bedingungslos auf seiner Seite, doch jetzt war keine Zeit für Eifersüchteleien. Tief in ihrem Inneren spürte sie, dass sie es mit einem gefährlichen Täter zu tun hatten. Er hatte sein Opfer nicht nur getötet. Er hatte es inszeniert und in ein Kunstwerk verwandelt. Es war keine Mordhandlung im Affekt gewesen, sondern ein wohlüberlegter Akt, mit dem er ein Statement abgab. Laura kannte solche Täter, sie hörten meist nicht nach einem Mord auf, denn sie wurden durch diese Erfahrung erst in Schwung gebracht. Der Rausch des Tötens, die Dominanz und die Macht über Leben und Tod lösten etwas in ihnen aus, das sie immer wieder erleben wollten. Sie mussten den Kerl stoppen, bevor er sich ein weiteres Opfer schnappte.

»Bitte nehmen Sie Emma Riedels Wohnung genau unter die Lupe«, bat Laura den Leiter der Spurensicherung und gab ihm die Adresse durch. »Wir kontaktieren derweil die Eltern des Opfers. Sobald Sie die Wohnung spurentechnisch freigegeben haben, sind wir zur Stelle.« Laura legte auf und wählte sofort Simon Fischers Nummer, um ihn zu bitten, sich auf Social-Media-Seiten nach Emma Riedel umzuschauen. Vielleicht hatte der Täter sie über das Internet kennengelernt. Laura sprang vom Stuhl auf und winkte Max mit sich.

»Komm. Wir müssen die Eltern informieren.« Die Vorstellung behagte Laura überhaupt nicht. Das war eine der schwierigsten Aufgaben in ihrem Job. Ihr Magen krampfte sich unwillkürlich zusammen, und obwohl sie eben noch voller Tatendrang aufgesprungen war, verlangsamte sie nun ihre Schritte.

»Ich will das eigentlich nicht machen«, murmelte sie und seufzte.

Max legte ihr den Arm auf die Schulter. »Ich übernehme die Gesprächsführung.«

Laura nickte dankbar und lief am Fahrstuhl vorbei zum Treppenhaus. Sie brauchte jetzt Bewegung.

Normalerweise ging sie joggen, wenn eine Situation sie emotional belastete. Das Laufen befreite ihren Kopf von lästigen Gedankenschleifen und ließ sie wieder klarer denken. Doch dafür blieb momentan keine Zeit. Ihr wurde schwindlig bei dem Gedanken, dass sie in wenigen Minuten mit ihrer Botschaft die Welt zweier Menschen für immer zerstören würden.

* * *

Die Riedels lebten in einem vierstöckigen Altbau mit einer gepflegten Gartenanlage. Laura ließ Max den Vortritt. Er straffte die Schultern und betätigte nach einem tiefen Atemzug die Klingel. Es dauerte nur wenige Sekunden, bis das Summen des Türöffners ertönte. Mit einem leisen Seufzer drückte Max die Tür auf und betrat den Hausflur. Laura folgte ihm mit einem flauen Gefühl im Magen.

Im Türrahmen der Erdgeschosswohnung auf der linken Seite erwartete sie eine Frau, deren Ähnlichkeit mit Emma Riedel nicht zu verkennen war. Ihre grünen Augen blickten sie freundlich an. Bevor Max den Mund aufmachen konnte, veränderte sich jedoch der Ausdruck in Barbara Riedels Gesicht. Ihr Blick kreuzte sich mit Lauras, und obwohl Laura keine Miene verzog, schien Barbara Riedel zu ahnen, was auf sie zukam.

»Emma?«, stieß sie aus und hielt eine Hand vor die Brust. »Bitte. Sagen Sie mir nicht, dass ihr etwas passiert ist.« Tränen liefen ihr über die Wangen. Sie wischte sie hastig mit dem Handrücken weg und trat zur Seite. »Kommen Sie erst einmal herein.«

Max räusperte sich. Er stellte sich und Laura mit

knappen Worten vor. Sie gingen in die Wohnung, wo er umständlich neben Laura auf dem Sofa Platz nahm. Barbara Riedel setzte sich nicht. Sie lief nervös auf und ab, als stünde sie vor einem Tribunal.

»Wir haben keine guten Nachrichten«, begann Max mit brüchiger Stimme. »Emma wurde tot aufgefunden. Sie wurde ermordet.«

Die Zeit schien stillzustehen. Barbara Riedel starrte sie an. Ihre Knie gaben nach und wie in Zeitlupe sank sie zu Boden. Sie hielt die Hände vors Gesicht und schüttelte ungläubig den Kopf. Laura sprang auf und eilte zu ihr, um sie zu stützen. Sie half ihr auf und schob sie zur Couch, wo sie abermals zusammensank. Mit angezogenen Knien hockte Emmas Mutter auf dem Polster und stieß Klagelaute aus, die Laura durch Mark und Bein gingen. Sie kramte eine Packung Papiertaschentücher aus ihrer Handtasche und hielt Barbara Riedel ein Taschentuch hin.

»Es tut uns wirklich sehr leid«, flüsterte sie heiser. »Wir werden alles daransetzen, den Mörder Ihrer Tochter zu finden.«

In diesem Moment betrat ein Mann mit grauen Schläfen das Wohnzimmer. Bestimmt war das Emmas Vater, Walter Riedel. Er erfasste die Situation innerhalb des Bruchteils einer Sekunde und stürzte zu seiner Frau.

»Barbara. Was ... was ist denn los? Ist es wegen Emma? Ist sie tot?«, stotterte er und riss seine Frau in die Arme, als diese kaum merklich nickte. Minutenlang sagte niemand mehr ein Wort. Die Trauer und das Entsetzen hingen wie eine düstere Wolke über ihren Köpfen, die sie zu ersticken drohte. Laura tauschte einen Blick mit Max aus, der blass neben Emma Riedels

Eltern auf dem Sofa hockte und offenbar nicht wusste, was er sagen sollte. Abermals räusperte er sich.

»Wenn es geht, würden wir Ihnen gerne ein paar Fragen stellen«, begann er vorsichtig und wartete, bis Walter Riedel sich einigermaßen gefangen hatte und die Arme von seiner Frau löste.

»Sie haben Emma heute als vermisst gemeldet. Wann ist Ihnen das Verschwinden Ihrer Tochter aufgefallen?«

Walter Riedel griff die Hand seiner Frau, die unaufhörlich schluchzte und sich die Tränen mit Lauras Taschentuch abtupfte.

»Wir waren die letzten vierzehn Tage in Frankreich unterwegs. Ich bin Fotograf und habe Aufnahmen von Weingütern für einen Bildband gemacht. Wir sind gestern zurückgekommen und haben Emma nicht erreicht. Auch ihre Freundin wusste nicht, wo sie ist. Wir haben heute Morgen bei ihrem Arbeitgeber angerufen, doch die hatten auch keine Idee, wo sie stecken könnte. Sie hatte sich diese Woche freigenommen. Dann sind wir zur Polizei und haben eine Vermisstenanzeige aufgegeben.«

»Wir hatten vor zehn Tagen zum letzten Mal Kontakt. Ich habe mit ihr Nachrichten übers Handy ausgetauscht«, fügte Barbara Riedel schluchzend hinzu.

»Können Sie uns sagen, was Sie sich geschrieben haben?«, fragte Max und zückte einen Stift, um sich Notizen zu machen.

»Es waren Belanglosigkeiten. Ich habe ihr ein paar Fotos geschickt, die ihr Vater gemacht hatte. Emma liebte Kunst. Sie wollte früher einmal Malerei und Grafik studieren, ist aber davon abgekommen. Es war ihr zu einsam. Sie wollte lieber mit Menschen arbeiten. Ihre Freundin hat sie zu diesem Kurs mitgeschleppt und seitdem arbeitet sie als Schwimmlehrerin.«

»Ist Ihnen der Name dieser Freundin bekannt?«, fragte Max.

»Eileen Wildemann.« In Barbara Riedels Miene konnte Laura deutlich erkennen, was diese von Emmas Freundin und der Berufswahl ihrer Tochter hielt. Die Frau kniff die Lippen zusammen, bevor sie weitersprach: »Wir hätten uns natürlich gewünscht, dass sie in die Fußstapfen ihres Vaters tritt. Sie hätte mit uns reisen können. Aber sie wollte nicht. Sie brauchte ihr eigenes Leben.« Barbara Riedel schluchzte laut auf und sprach nach einigen Atemzügen zögernd weiter. »Wir hatten in den vergangenen Monaten nicht mehr den engsten Kontakt.« Ihr Blick schweifte zu Walter Riedel hinüber. Ein stummer Vorwurf lag darin.

Walter Riedel ließ die Hand seiner Frau los. Er schluckte sichtbar.

»Nun ja. Es ist so … ich habe mit ihr gesprochen«, stotterte er. »Deutliche Worte. Anders gesagt, wir hatten Streit. Ich wollte, dass sie studiert. Sie hat schließlich ihr Abitur mit einer guten Note bestanden. Schwimmlehrerin hätte sie ohne jegliche Vorbildung werden können. Die Bezahlung ist auch nicht gerade die beste.« Er griff sich an die Stirn und rieb sie, bis ein roter Fleck entstand. »Ich weiß nicht, was ich sagen soll. Wenn ich gewusst hätte, wie das endet, wäre ich anders mit diesem Thema umgegangen. Vielleicht hätten wir es verhindern können, wenn wir engeren Kontakt gehabt hätten und mehr Verständnis für sie und ihre Wünsche.«

Max schüttelte energisch den Kopf. »Glauben Sie uns. Sie trifft überhaupt keine Schuld an Emmas Tod und Sie hätten ihn auch nicht verhindern können. Ich denke nicht, dass er etwas mit Ihren familiären Schwierigkeiten zu tun hatte.«

»Was wurde ihr denn angetan?«, fragte Emmas Mutter erschüttert. »Hat sie lange gelitten?«

»Wir können das bisher nicht sagen. Die Obduktionsergebnisse liegen noch nicht vor.« Max senkte seine Stimme zu einem Flüsterton und erklärte: »Es ist ehrlich gesagt besser, Sie beschäftigen sich nicht mit solchen Fragen. Versuchen Sie, so an sie zu denken, wie Sie Ihre Tochter kannten. Die Erinnerungen halten sie lebendig und zeigen sie so, wie sie war. Wie sie gestorben ist, spielt dafür keine Rolle.«

Laura hatte sofort die Leinwand vor Augen, auf der sie Emma Riedels Leichnam vorgefunden hatten. Solange sie nicht wussten, wann genau der Täter Emma in seine Gewalt gebracht hatte, war alles Spekulation. Sie konnten nur hoffen, dass Emmas Tod sich nicht allzu sehr in die Länge gezogen hatte. Die Inszenierung ihres Leichnams machte Laura jedoch keine großen Hoffnungen. Emmas Mörder hatte sich ausgiebig mit ihr beschäftigt. Er hatte sie in ein Kunstwerk verwandelt und die Zeit mit ihr ausgekostet, das konnte Laura beinahe körperlich spüren. Unwillkürlich hob sie die Hand und fuhr sich über die wulstigen Narben am Schlüsselbein, die sich bis hinunter zur Brust zogen. Sie wusste, was es bedeutete, in der Gewalt eines Sadisten zu sein. Sie würde Emmas Mörder zur Strecke bringen, das schwor sie sich.

»Hatte Emma in den vergangenen Wochen Streit mit

jemandem? Gab es Personen in ihrem Umfeld, mit denen sie Schwierigkeiten hatte? Auf der Arbeit oder im privaten Bereich?«

In Barbara Riedels Miene veränderte sich etwas. Ihre weinerlichen Gesichtszüge wurden plötzlich hart. Sie sah zu ihrem Mann hinüber. Walter Riedel nahm ihren Blick auf und schien sie wortlos zu verstehen.

»Ralf Brückner«, stieß er aus. »Ihr Ex-Freund. Er hat sie einfach nicht in Frieden gelassen. Wahrscheinlich hat er sie auf dem Gewissen.«

8

»Wow«, dachte er und versuchte, sie nicht anzustarren. Er wollte keinesfalls, dass sie ihn bemerkte. Jedenfalls noch nicht. Zuerst musste er herausfinden, wer diese Frau wirklich war. Das brauchte Zeit.

Sie sah nicht nur verdammt gut aus. Sie besaß auch ein unglaubliches Talent. Die Art, wie sie den Pinsel schwang, beeindruckte ihn. Mit zierlichen Fingern brachte sie ausdrucksstarke Linien auf die Leinwand. Linien, die auf den ersten Blick nicht zu ihrer zarten Gestalt passen wollten. Doch offenbar steckte mehr hinter dieser hübschen Stirn, als er bisher vermutet hatte. Er mochte sie, das konnte er deutlich am Pochen seines Herzens spüren. Es sprang ihm fast aus der Brust. Er hätte sie gerne früher als später angesprochen. Geduld gehörte nicht zu seinen Stärken. Aber wenn sie die Richtige für ihn war, dann musste er sich vorerst wohl oder übel damit begnügen, sie zu beobachten. Schließlich wollte er nicht den nächsten Reinfall erleben. Frauen waren anders als Männer. Diese Lektion hatte er gelernt. Sie dachten nicht in geradlinigen Strukturen, und sie änderten ihre Meinung wesentlich häufiger, als ihm lieb war. Ihre glitzernden Augen schienen alles und jeden in der Umgebung zu bewerten. Sie beurteilten jedes Wort, das man sprach, jede Geste. Ein Ausrutscher wurde schnell zur Katastrophe. Er musste Vorsicht walten lassen, das war klar.

Ihr Pinsel strich über die Leinwand und zauberte ein faszinierendes Gebilde auf den schneeweißen Untergrund. Eine Entwicklung, die nicht nur ihm auffiel. Der Student neben ihr unterbrach seine Arbeit und begutachtete ihr Werk. Anerkennend hob er die Augenbrauen.

»Das sieht echt super aus«, brabbelte er. »Hast du Lust auf einen Kaffee? Ich lade dich ein«, fügte er leise hinzu und kratzte sich am Hals.

In seinem Kopf explodierte eine rote Wolke. Was fiel dem Mistkerl ein, sich an sie ranzuschmeißen? Sie war hier, um sich zu entwickeln. Um ihre Kreativität zu entdecken und nicht, um von einem mäßig talentierten bulligen Dickschädel angebaggert zu werden. Er hielt den Atem an und beobachtete, wie sie sich lächelnd ihrem Nachbarn zuwandte und etwas sagte.

Etwas, das er nicht verstand.

Verflucht! Was hatte sie geantwortet?

Er war nicht nahe genug dran und konnte nur mit ansehen, wie der Dickschädel kurz die Augen niederschlug und sich wieder seiner eigenen Leinwand hingab. Die beiden wechselten kein weiteres Wort. Wie erstarrt lauerte er auf eine neuerliche Reaktion, und als keine kam, atmete er erleichtert auf.

Sie hatte ihn abblitzen lassen.

Er entspannte sich ein wenig, ohne sie aus den Augen zu lassen. In seiner Hosentasche vibrierte es. Mist. Er musste los. Eigentlich wäre er jetzt lieber bei ihr geblieben. Schließlich wusste er nicht, wie weit es dieser Dickschädel treiben würde. Sie war nicht sonderlich aufmerksam. Sie achtete nicht auf ihre Handtasche. Sie bemerkte nicht, wenn er nachts vor ihrem Bett stand. Sie nahm nicht viel aus ihrer Umgebung wahr. Er musste auf sie aufpassen.

Doch er durfte zugleich seine anderweitigen Verpflichtungen nicht vernachlässigen. Es gab da noch jemand anderen, der ihn brauchte. Seufzend packte er seinen Kram zusammen. Er warf einen letzten Blick auf sie und stellte zufrieden fest, dass sie sich vollkommen auf ihre Arbeit konzentrierte. Der Dickschädel schenkte ihr keine Beachtung mehr. Er konnte nur hoffen, dass das so blieb.

9

Laura schlug die Augen auf. Ihr Puls raste. Die spitzen Finger des Monsters lösten sich auf, bevor es nach ihr greifen konnte. In der Dunkelheit hörte sie das gleichmäßige Atmen von Taylor. *Konzentriere dich auf die Realität*, sagte sie sich und tastete nach Taylors Hand, die groß und warm auf dem Laken neben ihr ruhte. Der Albtraum verschwand allmählich aus ihrem Kopf. Trotzdem donnerte ihr Herz so schnell in der Brust, als liefe sie vor einem Ungeheuer davon.

Laura richtete sich auf. Sie beugte sich zu Taylor hinüber und schnupperte an seinem Haar. Sie liebte seinen Duft. Dann stieg sie aus dem Bett und schlüpfte in ihre Sporthose. Manchmal, wenn sie nachts von einem Albtraum heimgesucht wurde, musste sie laufen gehen. Sie streifte ein T-Shirt über, zog Joggingschuhe an und verließ ihre Wohnung. Laura wohnte im obersten Stock eines Berliner Altbaus, von wo sie einen herrlichen Blick über die Dächer von Berlin hatte. Sie hastete die Treppen hinunter und atmete tief ein, als sie vor dem Haus stand. Der kühle Wind zerzauste ihr Haar und bescherte ihr eine Gänsehaut. Laura kümmerte sich nicht darum. Es war kurz nach fünf. Der Himmel hellte sich allmählich auf. Sie brauchte einen klaren Kopf, also lief sie los. Zunächst sprintete sie viel zu schnell um das Gebäude herum. Als sie den Park dahinter erreichte, wurde sie langsamer. Ihre Strecke betrug etwas mehr als acht Kilometer. Wenn sie gut durchhalten wollte, musste sie sich ihre Energiereserven einteilen. Der gleichmäßige Rhythmus ihrer Schritte hallte durch Lauras Bewusstsein. Endlich hörte das Gedankenkarussell auf zu kreisen. Sie nahm nur noch ihre Schritte und den Gesang der Vögel wahr, die ebenfalls aufgewacht waren und den nahenden Tag begrüßten. Sie fühlte sich eins mit der Natur. Jeglicher Stress fiel von ihr ab. Sie lief wie im Rausch weiter und vergaß die Welt um sich herum. All das Böse, das da draußen lauerte und zuschlug, wenn man am wenigsten damit rechnete. Laura spürte ihre Muskeln, die sich bei jedem Schritt kraftvoll anspannten und sie Meter um Meter voranbrachten. Bäume und Sträucher flogen an ihr vorbei. Ein Rotkehlchen kreuzte ihren Weg und zwitscherte empört, als es sie bemerkte. Die Sonne erhob sich langsam über ihrem Kopf und verwandelte den Himmel in ein Kunstwerk aus gelben und roten Farbtönen. Sie holte tief Luft und fühlte sich so lebendig wie lange nicht mehr. Sie rannte und rannte, bis ihr Wohnhaus in der Ferne wieder vor ihr auftauchte. Laura legte einen Zahn zu und sprintete die restliche Strecke, bis sie völlig außer Atem an der Haustür ankam. Trotzdem gönnte sie sich keine Ruhe.

Sie sprang die Treppen bis zur obersten Etage hinauf und öffnete die Wohnungstür.

Der Geruch nach Kaffee und Rührei schlug ihr entgegen. Überrascht ging sie in die Küche. Taylor stand am Herd und grinste sie an.

»Du hast bestimmt Hunger«, sagte er und verteilte das Ei auf zwei Teller. Er stellte die Pfanne ab, zog sie an sich und murmelte ihr »Guten Morgen« ins Ohr.

»Danke, dir auch«, entgegnete Laura und gab ihm einen langen Kuss, bis sie bemerkte, dass sie völlig durchgeschwitzt war. Sie schob Taylor sanft von sich. »Ich muss mich umziehen.«

Doch er ließ sie nicht los. »Ich liebe es, wenn du vom Joggen zurückkommst«, erklärte er und hob sie auf den Küchentisch, um sie erneut zu küssen.

»Hab ich dich aufgeweckt?«, fragte Laura.

Taylor seufzte gespielt. »Ich fürchte schon. Aber es ist nicht schlimm. Bei mir steht heute viel auf dem Programm. Wir sind gestern auf einen Drogendealer-ring gestoßen und jetzt herrscht Großalarm im Revier.« Er ließ sie los, füllte Kaffee ein und reichte ihr einen Becher. »Wie sieht es bei dir aus? Hast du schon einen Verdächtigen?«

Laura nahm einen großen Schluck Kaffee und schüttelte den Kopf. »Leider nein. Wir können nicht mal den eingegangenen Notruf zurückverfolgen. Die einzige Erfolgsmeldung ist, dass wir die Tote identifiziert haben. Die Eltern glauben, es könnte ihr Ex-Freund gewesen sein.«

»Die meisten Morde sind doch Beziehungstaten?« Taylor trank ebenfalls von seinem Kaffee und setzte sich. Er verschlang das Rührei, als hätte er seit Monaten nichts zu essen bekommen.

»Das stimmt schon. Aber die Aufmachung der Leiche wirkt viel zu geplant. Er hat sie auf eine Leinwand gelegt und ein Kunstwerk daraus gemacht. Irgendwie habe ich das Gefühl, das ist nicht sein erster Mord. Es scheint alles so abgeklärt zu sein. Das war keine emotionale Tat im Affekt, wie wenn man sich streitet und die Sache dann eskaliert.«

Taylor nickte mit vollem Mund und schluckte einen großen Happen Rührei hinunter. Er spülte Kaffee hinterher.

»Na ja, wenn es ihr Ex-Freund war, dann hatte er doch genügend Zeit, um seine Emotionen in den Griff zu bekommen und eiskalt seine Rache zu planen, oder?«

Laura zuckte mit den Achseln. Taylors Argument war nicht von der Hand zu weisen.

»Wir werden uns den Kerl auf jeden Fall genau ansehen.« Sie leerte den Kaffeebecher und schob Taylor etwas von ihrem Rührei hinüber. »Ich möchte nicht, dass der Koch hungrig bleibt.« Sie schmunzelte und erhob sich.

»Ich muss los. Die Spurensicherung hat die Wohnung des Opfers in der Nacht freigegeben. Vielleicht stoßen wir ja dort auf eine vielsagende Spur, was den Ex-Freund betrifft.« Sie schnappte sich ein Brötchen und drückte Taylor einen Kuss auf den Mund.

»Danke für das tolle Frühstück. Du hast was gut bei mir.« Sie warf ihm einen vielversprechenden Blick zu. Dann ging sie ins Bad, wo sie sich in Windeseile fertig machte.

* * *

Emma Riedel hatte in der Nähe des Zoologischen Gartens in einem kleinen Einzimmer-Apartment gewohnt, das dringend einer Renovierung bedurft hätte. Die Wände wirkten vergilbt und der Teppichboden hatte seine besten Zeiten ebenfalls längst hinter sich. Laura musterte einen großen dunklen Fleck neben dem Bett.

»Das ist kein Blut«, erklärte Dennis Struck von der Spurensicherung, der sie hereingelassen hatte. »Proben davon sind im Labor. Vermutlich handelt es sich um Reste von Rotwein.«

Laura ließ ihren Blick durch das Zimmer schweifen. An das Bett an der linken Wand grenzte ein schmaler Schreibtisch, über dem sich ein Bücherregal erhob. Auf dem Tisch lag ein Laptop, der in einer Asservatentüte steckte.

»Ist der passwortgeschützt?«, fragte Max, der neben Laura stand und so müde wirkte, als hätte er die ganze Nacht nicht geschlafen. Sie hatte sich mit ihm vor der Wohnung getroffen. Er war mit dem Auto gekommen, das Hannah heute offenbar nicht brauchte.

»Ja, aber das Passwort klebt an der Unterseite.«

»Das ist gut für uns«, stellte Max fest und nahm das Gerät aus der Tüte. »Wir dürfen doch einen Blick drauf werfen oder habt ihr das schon getan?«

Struck schüttelte den Kopf. »Wir wollten es an die IT geben. Ich denke, Ben Schumacher hat nichts dagegen.«

Bei der Erwähnung des Namens verzogen sich Max' Mundwinkel nach unten. Er erwiderte nichts und startete den Computer. Laura sah sich weiter in Emma

Riedels Wohnung um. Auf dem Regal standen etliche Bildbände, vermutlich die ihres Vaters. Sie entdeckte ein Buch für Schwimmlehrer und ein Bild, auf dem Emma Riedel mit ihrer Freundin Eileen Wildemann in die Kamera lächelte. Die beiden jungen Frauen prosteten dem Fotografen mit Sektgläsern zu. Ob Emmas Ex-Freund Ralf Brückner dieses Foto gemacht hatte? Sie öffnete die oberste Schreibtischschublade. Stifte, Notizzettel, ein Lineal, Nagellack und Lidschatten fanden sich darin. Laura schob einen Notizblock beiseite und zog ein Foto hervor, auf dem Emma Riedel schlafend zu sehen war. Sie entdeckte eine weitere Aufnahme, die sie an einem See in einem Park zeigte. Emma Riedel trug ein kurzes schwarzes Kleid, doch sie blickte nicht in die Kamera, sondern versonnen in eine andere Richtung.

»Schau mal, Max. Hatte sie dieses Kleid nicht an, als ihre Leiche gefunden wurde?«

Max schob die Unterlippe vor. »Könnte sein. Für mich sehen die Dinger alle gleich aus.« Er widmete sich wieder dem Computer und öffnete das E-Mail-Programm.

Laura steckte die beiden Fotos in eine Asservatentüte und durchsuchte die restlichen Schubladen, ohne auf etwas Interessantes zu stoßen.

»Die letzte Nachricht von ihrem Ex-Freund stammt aus dem Februar. Das ist vier Monate her. Er hat ihr einen Link auf eine Seite für Bürostühle geschickt.« Max deutete auf den Stuhl, auf dem er saß. »Offenbar ist sie seinem Vorschlag nicht gefolgt. Das Ding knarrt bei jeder Bewegung.«

»Finanziell war sie anscheinend nicht gut aufgestellt. Oder sie hat einfach keinen Wert auf den Zustand und die Ausstattung ihres Apartments gelegt. So schlecht kann die Bezahlung als Schwimmlehrerin nicht gewesen sein.« Laura studierte inzwischen die Hydrokulturen, die Emma Riedel auf dem Fensterbrett gezüchtet hatte und die trotz ihrer Abwesenheit keinerlei Schaden genommen hatten.

»Kannst du auf die Schnelle erkennen, ob sie noch zu anderen Männern Kontakt hatte?«, wollte sie wissen und hob die Bettdecke an. Darunter kam ein schwarzes Nachthemd zum Vorschein.

»Zumindest hatte sie keinen E-Mail-Kontakt. Aber Simon Fischer könnte möglicherweise mehr herausfinden als ich. Vielleicht war sie bei irgendwelchen Datingbörsen angemeldet.«

Laura schaute sich in dem winzigen Bad um, das lediglich aus einer schmalen Dusche, einem Waschbecken und der Toilette bestand. Sie inspizierte den Spiegelschrank, der jedoch nur die üblichen Kosmetika und keinerlei Medikamente enthielt.

»Haben Sie das Handy und die Handtasche von Emma Riedel entdeckt?«, fragte sie an Dennis Struck gewandt, als sie aus dem Bad trat.

»Nein. Auch die Ausweispapiere sind nicht hier. Das Handy ist ausgeschaltet. Wir haben die Netzbetreiber angefragt, um ihren letzten Standort zu erfahren.«

Laura war inzwischen bei der Garderobe angekommen.

»Was ist mit den roten High Heels vom Fundort?«, rief Laura, während sie den Schrank öffnete.

»Größe vierzig, hergestellt von einer Allerweltsmarke und in so gut wie jedem Schuhladen zu haben.

Diese Schuhe bringen uns leider nicht weiter«, antwortete Dennis Struck.

Im Schrank hingen ein paar kurze Kleider. In den Fächern lagen Jeans, T-Shirts und im untersten Fach Schwimmbekleidung. Nichts Außergewöhnliches für eine junge Frau. Laura durchkämmte die Unterwäsche und widmete sich anschließend den Jacken an den Haken neben der Tür im Flur. Im Wintermantel fanden sich Handschuhe und in der Innentasche eine Packung Taschentücher. In den Taschen einer dünnen Sommerjacke entdeckte sie zwei weitere Fotos von Emma Riedel. Auf dem ersten saß sie mit einem Buch auf einer Parkbank und auf dem zweiten fuhr sie mit dem Fahrrad.

»Hat dieses Apartment einen Keller oder wo bewahrt sie das Rad auf?«

»Uns ist kein Keller bekannt«, erwiderte Dennis Struck unsicher. »Ich lasse das gleich noch einmal prüfen.« Er nahm Laura die Fotos ab und verpackte jedes in eine Asservatentüte. »Ich sehe mich mal vor dem Haus nach dem Rad um. Am Ende des Gebäudes gibt es einen überdachten Fahrradständer.«

Laura ließ ihren Blick abermals durch das Apartment schweifen, als würde sie so eine Antwort auf die Frage nach Emma Riedels Mörder finden. Doch es fiel ihr schwer, die Persönlichkeit der jungen Frau zu greifen. Obwohl Laura mitten in ihrer Wohnung stand, schien Emma Riedel weit weg zu sein. Es gab kaum persönliche Dinge, die mehr von ihr gezeigt hätten. Alles wirkte alt oder zumindest stark gebraucht. Fast hatte Laura den Eindruck, dass diese Wohnung kein richtiges Zuhause war. Von Gemütlichkeit fehlte jedenfalls jegliche Spur. Es gab nicht einmal eine Couch, auf der man hätte einen netten Fernsehabend verbringen können. Ein Bett, ein Schreibtisch, ein Schrank. Warum hatte Emma Riedel nicht ein helles, schönes Apartment gemietet? Sie hätte sich sicherlich eine größere Wohnung mit zwei Zimmern leisten können.

»Ich finde keine interessanten E-Mails mehr«, unterbrach Max ihren Gedankenfluss. Er klappte den Laptop zu und erhob sich. »Den bekommt Simon Fischer. Hoffentlich stößt er auf Infos, die uns weiterbringen.«

»Wenn Sie fertig sind, schließe ich die Wohnung wieder ab und versiegle sie«, sagte Dennis Struck.

Laura nickte. »Fürs Erste sind wir durch.« Mit einem merkwürdigen Gefühl im Bauch verließ sie das Apartment. Max stand schon im Treppenhaus. Irgendetwas stimmte hier nicht. Sie mussten herausfinden, wie lange Emma Riedel in dieser Wohnung gelebt hatte. Und sie mussten mit ihrer Freundin und Kollegin sprechen, dieser Eileen Wildemann. Am besten, bevor sie den Ex-Freund befragten. Sie wollte ein Gespür dafür bekommen, wer Emma Riedel überhaupt war.

* * *

Das Stadtbad, in dem Emma Riedel gearbeitet hatte, lag unweit ihrer Wohnung. Ungefähr eine Viertelstunde später trafen Laura und Max dort ein. Der gut erhaltene Altbau sah von außen nicht wie eine Schwimmhalle aus. Lediglich die verschnörkelten Buchstaben über dem Eingang des roten Backsteingebäudes verrieten, dass es sich um ein städtisches Schwimmbad handelte. Die *Alte Halle*, wie sie von vielen Besuchern genannt wurde, beherbergte nur ein kleines Schwimmbecken.

Als sie hineingingen, schlug ihnen der typische Geruch von Chlorwasser entgegen. Laura schritt auf die Kasse zu und hielt ihren Dienstausweis gegen die Scheibe.

»Wir möchten mit der Schwimmbadleitung sprechen«, erklärte sie, nachdem sie sich und Max vorgestellt hatte.

Der Mann hinter der Fensterscheibe wirkte im ersten Moment wie erstarrt. Dann griff er zum Telefonhörer und sprach hektisch hinein.

»Bitte gehen Sie rechts den Gang entlang. Dort wartet Frau Berger auf Sie«, bat er anschließend.

Laura durchquerte mit Max im Schlepptau einen Gang und öffnete eine hohe dunkelgrüne Tür. Dahinter trafen sie auf eine Frau, die ihre Haare zu einem Dutt aufgetürmt hatte und ungefähr auf die sechzig zuging.

»Sind Sie Frau Berger?«, fragte Laura und hielt ihr den Dienstausweis vor die Nase.

Die Leiterin des Schwimmbades nickte und öffnete die Tür hinter sich.

»Kommen Sie in mein Büro. Du liebe Güte, ich kann mich nicht erinnern, jemals Besuch vom Landeskriminalamt gehabt zu haben. Ist etwas passiert? Wie kann ich Ihnen denn helfen?« Sie deutete auf die freien Stühle an einem runden Tisch und nahm Platz. Laura setzte sich schräg gegenüber und wartete, bis Max ebenfalls saß.

»Es geht um Ihre Mitarbeiterin Emma Riedel. Leider müssen wir Ihnen mitteilen, dass sie vor zwei Tagen tot aufgefunden wurde. Wir haben ein paar Fragen an Sie.«

Frau Bergers Augen weiteten sich.

»Aber Frau Riedel hat diese Woche Urlaub genommen. Sie müssen sich irren.« Die Stimme der Schwimmbadleiterin schwankte, als ihr bewusst wurde, dass es keinen Irrtum gab.

»Es tut uns wirklich sehr leid«, murmelte Laura und wartete einen Moment, bis Frau Berger sich ein wenig gefasst hatte. Dann fragte sie: »Hat sie Ihnen erzählt, ob sie in ihrem Urlaub wegfahren wollte?«

Die Schwimmbadleiterin blickte geschockt zwischen Laura und Max hin und her.

»Sie wollte sich eine Auszeit nehmen. Ich glaube, sie hatte Stress mit einem Freund. Sie wollte nicht verreisen.«

»Ein Freund? Kennen Sie seinen Namen?«

Frau Berger schüttelte den Kopf. »Frau Riedel hat nicht viel über ihr Privatleben erzählt. Ich habe es nur von einer Kollegin, Eileen Wildemann, mitbekommen. Die beiden sind befreundet und haben gemeinsam hier angefangen.«

»Verstehe. Ist es möglich, mit Eileen Wildemann zu sprechen?«

»Natürlich. Warten Sie, ich hole sie.« Frau Berger sprang auf und stürzte regelrecht aus dem Büro.

Kurze Zeit später kehrte sie mit einer jungen Frau zurück, die Laura bereits auf dem Foto in Emma Riedels Wohnung gesehen hatte.

Eileen Wildemann trug einen Bademantel. Ihr war jegliche Farbe aus dem Gesicht gewichen. Tränen standen in ihren Augen. Sie setzte sich auf den Stuhl der Schwimmbadleiterin, die den Raum verließ, damit sie in Ruhe sprechen konnten. Als Eileen sich ihnen vorstellte, zitterte ihre Stimme.

»Es tut uns sehr leid«, sagte Laura so einfühlsam wie

möglich. »Können Sie uns ein paar Fragen beantworten? Das würde uns helfen.«

Eileen Wildemann nickte mechanisch. Max reichte ihr ein Taschentuch.

»Wann haben Sie zuletzt mit Ihrer Freundin gesprochen oder sie gesehen?«, fragte er.

»Das war am Samstag vorletzte Woche. Wir haben telefoniert«, schluchzte Eileen. »Ehrlich gesagt habe ich mich schon die ganze Zeit gewundert, wo sie steckt. Wir …« Ihre Stimme brach und sie konnte einen Moment lang nicht weitersprechen. Schließlich sammelte sie sich. »Wir hatten Streit.« Eileen Wildemann schüttelte ungläubig den Kopf. »Ich dachte die ganze Zeit, sie wäre sauer auf mich. Dabei ist sie tot. Wie konnte das bloß passieren?« Sie schaute Max an, als ob er die Antwort kennen würde.

»Wir tun alles, um Emmas Mörder zu finden«, warf Laura sanft ein. »Bitte erzählen Sie uns, wie das Telefonat ablief und ob es jemanden in Emmas Leben gab, der ihr schaden wollte.«

Eileen Wildemann presste die Lippen zusammen und bemühte sich, die Tränen mit Max' inzwischen völlig durchnässtem Papiertaschentuch aufzuhalten. Er hielt ihr ein neues hin. Sie ergriff es und schnäuzte hinein. Dann holte sie tief Luft und sprach weiter: »Sie hatte Ärger mit ihrem Ex. Ralf heißt er. Er konnte nicht von ihr lassen, lud sie zum Kaffee ein, wollte immer wieder mit ihr reden und am liebsten den ganzen Tag mit ihr verbringen. Ich habe ihr gesagt, sie solle den Kontakt zu ihm abbrechen. Es war schließlich aus und schon die Beziehung war vollkommen toxisch gewesen.

Stellen Sie sich mal vor, sobald sie fünf Minuten länger mit mir unterwegs war als geplant, hat er ihr eine Szene gemacht. Emma hat sich ständig an Männer rangeworfen, die sie beherrschen wollten. Kontrollfreaks, die sie nur für sich allein haben wollten.« Sie zog die Nase hoch und ließ sich von Max ein weiteres Taschentuch geben. »Vielleicht habe ich zu viel Druck auf sie ausgeübt. Sie hat es mir übel genommen und mir gesagt, ich solle sie für ein paar Tage in Ruhe lassen. Sie wollte sich in ihre Wohnung zurückziehen und über alles nachdenken.«

»Wissen Sie, wann Emma Ralf Brückner zuletzt getroffen hat?«, erkundigte sich Max.

Eileen schloss kurz die Augen. Sie dachte nach. »Auf jeden Fall war er am Morgen unseres Telefonats bei ihr. Sie haben gemeinsam gefrühstückt. Emma wollte eine Lösung finden, mit der sie beide leben könnten. Dabei gibt es in solchen Dingen keinen Kompromiss. Ralf war eine Klette und nahm ihr die Luft zum Atmen.«

»Hat sie Ihnen erzählt, wie diese Lösung aussehen sollte?«

Eileen schüttelte den Kopf. »Ich habe ihr die Meinung gesagt und dann haben wir uns auch schon gestritten.«

»Hat Ralf Brückner Ihre Freundin jemals bedroht oder ist handgreiflich geworden?«

»Nicht, dass ich wüsste. Sie fühlte sich jedoch von ihm in die Enge getrieben. Vor acht Wochen ist sie umgezogen. Hals über Kopf. Ralf muss sie vom Schwimmbad aus verfolgt haben, denn er stand plötzlich vor ihrer Tür. Dabei hatten wir uns alle Mühe gegeben, die neue Adresse geheim zu halten. Leider hat es nicht funktioniert. Sie hätte noch einmal umziehen können, doch sie wollte nicht weiter weglaufen. Er hätte sie früher oder später sowieso aufgespürt. Sie hätte ja ihren Beruf nicht aufgegeben. Deshalb hat sie letztendlich wieder mit ihm geredet.« Eileen machte ein verzweifeltes Gesicht. »Hätte ich mich bloß schneller bei ihr gemeldet, bestimmt hätte ich Schlimmeres verhindern können. Das werde ich mir nie verzeihen.«

»Es ist nicht Ihre Schuld«, sagte Max. »Sie hätten ihr nicht helfen können, glauben Sie uns.«

»Wir haben uns das Apartment von Emma heute Morgen angeschaut. Es wirkt ziemlich klein und ...« Laura versuchte, die richtigen Worte zu finden. »Ich hatte den Eindruck, dass sie dort nicht besonders lange wohnen wollte.«

Eileen seufzte. »Na ja, sie ist Hals über Kopf umgezogen. Auf die Schnelle fand sich nur dieses Apartment. Sie hat es sicherlich nicht als Dauerlösung angesehen. Sie hat jeden Cent gespart. Für alle Fälle, hat sie immer gesagt. Als wenn sie es geahnt hätte, dass Ralf eines Tages durchdrehen würde.«

»Trauen Sie ihm denn einen Mord zu?«, wollte Laura wissen, die inzwischen wenigstens eine Ahnung bekam, wie Emma Riedel als Mensch gewesen war.

Eileen zögerte. Ihr Blick huschte unruhig zwischen Laura und Max hin und her.

»Ich weiß es nicht«, erwiderte sie schließlich. »Er ist eigentlich kein brutaler Typ. Nur sehr anhänglich.«

Laura drückte Eileen ihre Visitenkarte in die Hand. »Falls Ihnen noch etwas zu Emma einfällt, von dem Sie glauben, es wäre relevant, rufen Sie an. Egal wann.«

Laura und Max erhoben sich und verließen das

Schwimmbad. Als sie wieder im Auto saßen, klingelte Lauras Handy.

»Das ist Ben Schumacher«, verkündete Laura. Max verzog das Gesicht. Sie hob ab.

»Ich habe gute Neuigkeiten«, sprudelte es aus dem neuen Leiter der Spurensicherung heraus. »Es ist uns gelungen, das fremde Haar auf der Leiche zuzuordnen. Es stammt von einem vorbestraften Gewalttäter. Kommen Sie am besten sofort her, dann verrate ich Ihnen, wer der Mörder ist.«

10

Franziska hatte sich gewappnet. Auf keinen Fall wollte sie aus Professor Malchins Gruppe fliegen. Sie betrachtete die Skizzen, die sie am Morgen nach dem ersten Kurs angefertigt hatte, und holte zufrieden Luft. Professor Malchin würde ihre Arbeiten mögen. Sie fühlte es jetzt schon. Er hatte sie dennoch bisher kaum beachtet. Irgendwie schien er unter Stress zu stehen. Niklas, ein stämmiger Student aus ihrer Gruppe, hatte ihr bei einem Kaffee gesteckt, dass er sich wohl gerade von seiner Frau trennte – oder sie sich von ihm. Niemand wusste es so genau. Jedenfalls hatte Franziska bemerkt, dass der Professor keinen Ring trug. Wenn sie Niklas Glauben schenkte, dann war Professor Malchin heute zum ersten Mal ohne Ehering in der Uni erschienen. Kein Wunder, dass er ihr am gestrigen Abend abgesagt und den Termin um einen Tag verschoben hatte. Franziska sammelte ihre Skizzen zusammen und legte sie in eine Mappe. Sie schaute auf die Uhr. Es war kurz vor acht. In einer Viertelstunde wollte sie sich mit Professor Malchin treffen. Sie würden über ihre Arbeit von gestern sprechen und hoffentlich einen Weg finden, ihn von ihrer Kreativität zu überzeugen. Franziska hatte ursprünglich einen Baum malen wollen – als Symbol des Lebens und der Vielfalt. Doch diese Idee hatte sie verworfen. Sie war ausgelutscht und nicht tiefgründig genug. Sie wollte mit ihrer Kunst komplexe Emotionen beim Betrachter wachrufen. Also hatte sie begonnen, auf den Baumstamm Gesichter aufzutragen. Menschliche Gesichter drückten Emotionen in sämtlichen Facetten aus. Sie hatte ein Buch darüber gelesen, und es gab so viele verschiedene Gesichtsausdrücke, dass sie sie kaum alle auf ihre Leinwand bannen konnte. Sie wünschte sich nichts sehnlicher, als dass Professor Malchin ihre Idee gefiel. Sie wollte in dieser Gruppe bleiben, vielleicht sogar ein Stipendium erhalten oder irgendwann einmal einen Kunstpreis gewinnen. Das konnte sie nur mit seiner Hilfe erreichen.

Sie zog sich die Schuhe an, warf ihren Mantel über und klemmte die Mappe mit den Skizzen unter den Arm. Sie hüpfte aufgeregt die Treppe hinunter und stieg aufs Rad, mit dem sie einhändig den Fahrradweg entlang Richtung Uni brauste. Als sie ankam, war der Campus wie leer gefegt. Kein Wunder. Die meisten Vorlesungen und Kurse endeten um sechs. Jetzt war es schon nach acht. Sie schob das Fahrrad in einen Ständer und sicherte es mit dem Schloss. Dann sah sie sich um, konnte Professor Malchin allerdings nirgendwo entdecken.

Franziska begab sich zum Eingang und drückte

gegen den Türknauf, doch die Tür war verschlossen. Verunsichert blickte sie auf die Uhr und stellte fest, dass sie ein wenig zu früh dran war. Unruhig trat sie von einem Fuß auf den anderen und suchte dabei die Umgebung ab. Sie hatte keine Ahnung, aus welcher Richtung der Professor kommen würde. Die Zeit zog sich wie Kaugummi. Franziska verspürte fast sekündlich den Drang, auf die Armbanduhr zu schauen. Inzwischen war Professor Malchin bereits fünf Minuten zu spät. Sie zwang sich zur Ruhe. Es war lächerlich. Vielleicht ging ihre Uhr vor. Und selbst wenn nicht, lag alles im Rahmen des Üblichen. Abermals schweifte ihr Blick über das Universitätsgelände. Jeden Augenblick konnte Professor Malchin auftauchen. Sie bemühte sich, nicht auf die Uhr zu sehen, und zählte, so langsam es ihr möglich war, bis zehn. Verflucht. Noch immer war der Professor nicht aufgetaucht. Enttäuscht schaute sie erneut auf die Uhr, als sich hinter ihr jemand räusperte.

»Tut mir leid, dass Sie warten mussten.«

Franziska fuhr herum.

Professor Malchin stand im Türrahmen und lächelte sie an. Sie hatte nicht bemerkt, dass er aufgeschlossen hatte.

»Waren Sie schon da?«, fragte sie überrascht.

Professor Malchin nickte. »Der Hausmeister schließt jeden Tag vorschriftsmäßig zwischen sieben und acht ab, egal ob noch jemand hier ist oder nicht. Ich hoffe, Sie haben sich nicht erschreckt.« Ein sorgenvoller Ausdruck huschte über sein Gesicht.

Franziska winkte ab. »Nein, nicht doch. Ich hatte Sie nur nicht bereits im Gebäude erwartet, sondern dachte, Sie kommen von dort drüben.«

Professor Malchin setzte ein verständnisvolles Lächeln auf. Niklas' Worte kamen ihr in den Sinn. Franziska konnte es sich nicht verkneifen, auf seine Hände zu starren. Er trug seinen Ring wieder nicht. Aber jetzt fiel ihr der schmale helle Streifen auf, der verriet, dass dort unlängst einer gesteckt hatte.

»Kommen Sie rein. Ich habe eine neue Leinwand vorbereitet – oder wollten Sie Ihre alte noch benutzen?«

»Ich habe mir ein paar Gedanken gemacht«, sagte Franziska und spürte auf einmal seine Hand auf ihrer Schulter, während sie zum Atelier gingen. Sie überlegte kurz, sich der Berührung zu entziehen, traute sich dann aber nicht.

»Das ist sehr gut«, lobte Professor Malchin und plötzlich konnte sie sogar sein herbes Parfüm riechen. »Wir sehen uns das gleich an.« Er ließ sie los, öffnete schwungvoll die Tür des Ateliers und winkte sie hinein.

Franziska drückte sich an ihm vorbei. Obwohl ihr die Situation unangenehm war, ertappte sie sich bei der Frage, ob sie ihn attraktiv fand. Sie eilte zum nächsten Tisch und klappte die Mappe mit den Skizzen auf. Unauffällig musterte sie die dunklen, zurückgekämmten Haare des Professors und seine schlanke Gestalt, während er sich über die Mappe beugte. Er war zweifellos nicht unattraktiv.

»Lassen Sie mich sehen«, murmelte er. Er breitete die Skizzen nebeneinander aus und tippte auf ein Blatt in der Mitte. »Dieser Entwurf hier gefällt mir außerordentlich gut. Das ist eine starke Idee.«

»Wirklich?«, hauchte Franziska überwältigt von seiner Auswahl. Professor Malchin hatte zielsicher auf die Skizze mit dem Baumstamm und den Gesichtern getippt.

»Überrascht?«, fragte der Professor und stupste sie auf die Nasenspitze. »Sehen Sie.« Er grinste breit. »Ihr Gesicht hat so viele faszinierende Ausdrücke. Ohne Ihnen zu nahetreten zu wollen, aber ich könnte Sie stundenlang betrachten.«

Franziska klopfte das Herz bis zum Hals. Sie dachte wieder an Niklas' Worte. *Seine Frau hat ihn sitzen lassen.* Und jetzt flirtete dieser Mann ganz offensichtlich mit ihr. Sie trat einen Schritt beiseite und wollte die Leinwand suchen, die sie tags zuvor bearbeitet hatte.

»Die Arbeiten von gestern sind hinter dem Vorhang.« Professor Malchin sah auf seine Uhr.

»Wissen Sie was? Ich gebe Ihnen eine Stunde Zeit. Sie arbeiten in Ruhe weiter und dann schauen wir uns Ihr Werk gemeinsam an. Ich habe etlichen Papierkram in meinem Büro zu erledigen. Was halten Sie davon?«

»Gerne«, nuschelte Franziska, immer noch berauscht von seiner Auswahl. Er mochte ihre Ideen. Er würde sie nicht aus der Arbeitsgruppe werfen. »Ich hatte ehrlich gesagt Angst, Sie würden meine Arbeiten nicht mögen«, entfuhr es ihr, bevor sie sich auf die Zunge beißen konnte.

Professor Malchin zog die Augenbrauen zusammen. »Ich wähle den engsten Kreis meiner Kunststudenten sorgfältig aus. Und mir ist dabei bisher nie ein Fehler unterlaufen. Sie müssen an sich glauben, Franziska. In Ihnen schlummert großes Talent. Sie sind wie ein Rohdiamant, und wenn Sie richtig an sich arbeiten, kann etwas sehr Beeindruckendes aus Ihnen werden.«

Er schwang herum und ergriff eine Mappe, die auf seinem Tisch lag.

»Schauen Sie hier. Das sind die Entwürfe einiger Studenten. Hier zum Beispiel dieser von Jan Schneider. Er hat auch einmal klein angefangen. Sprechen Sie doch mal mit ihm. Er ist wirklich nett und kann Ihnen viele Tipps geben.«

Franziska staunte, während Professor Malchin durch die Skizzen blätterte und ihr die ein oder andere Erläuterung zu Technik und Motiven gab. Nach einigen Minuten verabschiedete er sich und ließ sie allein. Franziska starrte auf die Blätter und verglich sie unwillkürlich mit ihren Arbeiten. Ob sie es jemals auf dieses Niveau schaffen würde? Sie ging zu ihrer Leinwand und bereitete gedankenverloren Pinsel und Farben vor. Sie arbeitete am liebsten mit Öl, auch wenn sie dafür Lösungsmittel benötigte. Schon bald stank der Raum nach Terpentin. Sie veränderte im ersten Schritt den Baum so, dass sie die Gesichter aufbringen konnte. Sie spielte mit den Farben und brachte Schicht für Schicht auf, um verschiedene Effekte auszuprobieren. Völlig in ihre Arbeit versunken, verlor sie jegliches Gefühl für die Zeit.

Professor Malchin räusperte sich plötzlich hinter ihr und sie ließ vor Schreck fast den Pinsel fallen.

Der Professor deutete auf die Uhr oberhalb des Ateliereingangs. »Es ist spät und ich muss mich gleich auf den Weg nach Hause machen. Lassen Sie uns kurz über Ihre Arbeit sprechen, sie gefällt mir sehr gut. Nur hier …« Er nahm ihr den Pinsel ab und korrigierte mit ein paar geschickt geführten Strichen eines der Gesichter, dessen lachender Ausdruck bisher nicht zur Geltung gekommen war.

Franziska spürte plötzlich ihre Blase.

»Entschuldigung«, presste sie mühsam hervor. »Tut mir leid. Ich muss dringend auf die Toilette.«

»Na dann schnell«, sagte Professor Malchin und legte den Pinsel beiseite.

Franziska stürmte aus dem Atelier und schaffte es gerade so zur Damentoilette. Als sie nach wenigen Minuten ins Atelier zurückkehrte, war der Professor gegangen. Er hatte noch eine zweite Korrektur vorgenommen und ein paar Falten auf der Stirn eines weinerlichen Gesichtes hinzugefügt. Franziska schürzte beeindruckt die Lippen. Der Professor wusste, was er tat. Sie säuberte die Pinsel und packte die Malutensilien ordentlich zusammen. Als sie fertig war, nahm sie die Skizzenmappe unter den Arm und verließ das Gebäude. Es war spät, die untergehende Sonne hatte sich in einen glühend roten Ball verwandelt. Franziska ging zu ihrem Fahrrad, das einsam im Ständer auf sie wartete, und erstarrte. Ein Stück Papier war am Gepäckträger festgeklemmt, an fast derselben Stelle, an der sie letztes Mal das Foto vorgefunden hatte. Sie blickte sich ängstlich um. Die Sache mit den Fotos hatte sie bei all der Aufregung um den Malkurs völlig verdrängt. Sie hatte gehofft, dass es nicht noch einmal vorkam. Doch jetzt war da schon wieder ein Foto. Sie machte einen energischen Schritt auf das Rad zu und packte das Papier.

Es war kein Foto. Sie atmete auf und faltete das Blatt auseinander. Es war eine Nachricht von Professor Malchin.

Konnte nicht länger warten. Habe zwei kleine Korrek-

turen vorgenommen. Wir sprechen morgen darüber. Fantastische Arbeit.

Ein schiefer Smiley unter der Nachricht grinste sie an. Franziskas Sorgen verwandelten sich in Euphorie. Sie drückte den Zettel an die Brust, als wäre es ein Lottogewinn. Dann stieg sie aufs Rad und flog beinahe nach Hause.

11

Ben Schumacher stolzierte vor dem Whiteboard im Besprechungsraum auf und ab, als wäre er gerade zum obersten Behördenleiter des Landeskriminalamtes befördert worden. Max blies die Wangen auf und verdrehte die Augen, während er in der letzten Reihe Platz nahm. Laura zögerte. Es war ihr Einsatzteam, das Ben Schumacher einberufen hatte, um über seinen Fund zu informieren. Die Spurenauswertung vom Fundort war offenbar abgeschlossen und nun wollte Ben Schumacher den Täter vor versammelter Mannschaft präsentieren. Das war im Grunde genommen in Ordnung, doch Laura durfte sich nicht die Führung aus der Hand nehmen lassen. Also schritt sie durch den Raum bis nach vorn und blieb neben Ben Schumacher stehen, der sie verdutzt anschaute.

Sie wartete, bis ihr Chef Joachim Beckstein, der gerade hereinkam, sich gesetzt hatte, und fing an zu sprechen: »Ich begrüße Sie zu unserer Einsatzbesprechung im Fall Emma Riedel. Zuerst wird Ben Schumacher die Ergebnisse der Spurenanalyse präsentieren und anschließend besprechen wir die weitere Vorgehensweise im Team.« Laura übergab Schumacher das Wort und setzte sich in die vorderste Reihe.

Ben Schumacher drückte ein paar Tasten auf dem Computer. Der Beamer startete und erhellte das Whiteboard in seinem Rücken. Ein Auszug aus einem Laborbericht erschien.

»Wir haben auf der weiblichen Leiche ein Haar sichergestellt. Heute Morgen kamen die Ergebnisse aus dem Labor. Wir konnten die DNS ermitteln und hatten einen Treffer in der Datenbank.« Wieder tippte Schumacher auf die Tastatur. Hinter ihm tauchte das Foto eines Mannes auf.

»Das Haar gehört zu Achim Köhler, zweiunddreißig Jahre alt und vorbestraft.« Schumacher hob den Zeigefinger und machte eine bedeutungsvolle Pause, bevor er weitersprach: »Wir haben außerdem am Eingang der Industriehalle, in der Emma Riedel gefunden wurde, die Fingerabdrücke von Achim Köhler sichergestellt. Sie befanden sich außerdem auf einem der roten High Heels.« Er holte Luft und schaute siegessicher in die Runde. »Meine Damen und Herren, auch einen Teilabdruck eines Schuhs können wir mit einer gewissen Wahrscheinlichkeit diesem Mann zuordnen. Er war am Fundort, er hat die Leiche berührt und …« Ben Schumacher fixierte Laura mit einem triumphierenden Blick. »Er hat den Notruf getätigt.«

Laura schluckte. Darüber hatte sie niemand informiert. Sie blickte sich zu Simon Fischer um, der die Lippen verzog und auf sein Handy tippte. Sofort überprüfte sie ihre Nachrichten. Tatsächlich hatte Simon ihr vor vierzig Minuten eine E-Mail geschickt. Daraus ging hervor, dass Ben Schumacher ihn um einen Stimmvergleich von Achim Köhler und dem Anrufer gebeten hatte. Simon hatte ein uraltes Video von Achim Köhler bei Facebook ausgegraben und festgestellt, dass die Stimme identisch war. Eigentlich hätte sich Laura über diese Entwicklung riesig freuen müssen. Es sah ganz danach aus, als ob sie den Täter ziemlich schnell entlarvt hatten. Doch ihre Freude wurde von Ben Schumachers Auftreten getrübt. Weshalb musste er sich so aufspielen? Sie waren ein Team und jeder von ihnen leistete seinen Beitrag. Schumacher konnte nicht ohne vorherige Absprache mit ihr und Max ein Meeting einberufen und sie dort mit Neuigkeiten überraschen. Es ging um einen Mordfall und nicht um einen Auftritt, bei dem alle Beifall klatschen sollten. Sie atmete tief durch und zwang sich zu einer objektiven Sichtweise. Trotz seines Verhaltens hatte er gute Arbeit geleistet. Wenn sie mit der Art und Weise seiner Präsentation nicht einverstanden war, musste sie das im Anschluss mit ihm klären.

»Prima«, stieß sie anerkennend aus und bedankte sich bei Ben Schumacher für seinen Einsatz.

Der strahlte über das ganze Gesicht. »Sie können sich gar nicht vorstellen, was mir für ein Stein vom Herzen gefallen ist, als dieser Datenbanktreffer auf meinem Bildschirm aufpoppte. Mehr Informationen haben wir noch nicht. Ich habe sofort alle zusammengetrommelt, um diese Ergebnisse bekannt zu geben.«

»Warum ist der Mann vorbestraft?«, fragte Joachim Beckstein. »Sehr gute Arbeit übrigens«, fügte er lächelnd hinzu.

Laura drehte sich zu Joachim Beckstein um. Ihr Blick wanderte von ihm weiter zu Max, der mit versteinerter Miene das Geschehen verfolgte.

»Er hat wegen Körperverletzung und Freiheitsberaubung eine Haftstrafe von vier Jahren abgesessen und ist seit einem Jahr wieder auf freiem Fuß.«

Zu Lauras Erstaunen setzte sich Ben Schumacher neben sie und gab ihr mit einem knappen Nicken zu verstehen, dass er ihr die weitere Führung der Besprechung überließ. Sie erhob sich und blickte in die Runde.

»Wissen wir schon mehr über diesen Mann?«

»Ich habe kurz zu Achim Köhler recherchiert«, ergriff Simon das Wort und zwinkerte Laura zu. »Er arbeitet tatsächlich auf einer Baustelle. Aufgrund der Auswertungen des Notrufs hatten wir bereits vermutet, dass der Anruf von einer Baustelle kam.«

»Interessant«, erwiderte Laura. »Wir teilen uns am besten auf. Max und ich werden mit Achim Köhler sprechen. Martina Flemming überprüft mit ihrem Team sein Alibi. Leider liegt der Obduktionsbericht bisher nicht vor, sodass wir über den genauen Todeszeitpunkt nur spekulieren können. Im Augenblick gehen wir davon aus, dass Emma Riedel seit ungefähr einer Woche tot ist. Simon Fischer wird ihren Computer überprüfen. Wir dürfen aber auch die anderen Spuren nicht vernachlässigen. Wie Sie alle wissen, überführt am Fundort sichergestellte DNS noch lange keinen Täter. Und neben Achim Köhler gibt es einen weiteren Verdächtigen, nämlich Emma Riedels Ex-Freund. Er hat sie nach dem Ende der Beziehung immer wieder bedrängt. So sehr, dass sie sogar umgezogen ist. Nach derzeitigen Erkenntnissen war Ralf Brückner der Letzte, der sie lebend gesehen hat. Zudem möchte ich einen Experten hinzuziehen, der sich die Malerei auf der Leinwand anschaut und seine Einschätzung abgibt. Aus meiner Sicht verfügt der Täter – oder wer auch immer die Leinwand bemalt hat – über künstlerische Fähigkeiten.«

»Sehr gut, Frau Kern, so machen wir es«, sagte Joachim Beckstein und erhob sich. »Ich sehe, dass wir in diesem Fall zügig vorankommen. Das freut mich. Sie haben sicher gehört, dass in den nächsten Tagen ein Gespräch mit der Innensenatorin ansteht, da können solche Erfolgsmeldungen nicht schaden.« Er lächelte zufrieden und verabschiedete sich aus der Runde.

Laura beendete das Meeting und bat Ben Schumacher, zu bleiben.

»Wir müssten da kurz was klären«, begann sie, als der Raum sich geleert hatte. »Ich weiß, dass Sie noch nicht oft in konkrete Ermittlungen eingebunden waren. Sie haben sicherlich viel um die Ohren in Ihrer neuen Position.«

Ben Schumacher nickte. »Umso erfreuter bin ich, dass wir diesen Fall so schnell abschließen können. Es war doch in Ordnung, alle sofort zu informieren?«

»Ehrlich gesagt wäre es mir lieber gewesen, wenn Sie mir und Max Hartung zuerst Bescheid gegeben hätten. Zumindest haben wir das bisher so gehandhabt. Wir leiten die Ermittlergruppe und sollten über alles informiert sein.«

Ben Schumacher kratzte sich am Kinn. »Da bin ich wohl in ein Fettnäpfchen getreten. Tut mir leid. Ich habe einfach momentan viel um die Ohren. Es stehen einige Jubiläumsfeiern an. Sie wissen ja, dass ich die immer organisiere. Deshalb dachte ich, die Vorgehensweise wäre praktisch, weil dann alle auf demselben Wissensstand sind. Aber ich verstehe natürlich, dass Sie und Ihr Partner die Dinge koordinieren müssen und die Kollegen vielleicht auch gerade im Stress sind. In Zukunft werde ich mich danach richten. Danke, dass Sie so offen sind. Dieser Fehler wird mir nicht noch mal unterlaufen. Ich war etwas übereifrig.«

»Kein Problem. Ich bin froh, dass Sie dieses Haar entdeckt haben. Und wer weiß, womöglich können wir den Fall bald abschließen. Ich danke Ihnen für Ihr Verständnis.«

»Ich bin es, der sich zu bedanken hat«, erwiderte Ben Schumacher und auf einmal kam er Laura gar nicht mehr arrogant vor. Sie hatte sich von ihren Emotionen mitreißen lassen und ihn vorschnell verurteilt. Zukünftig würde sie sich stärker zurücknehmen.

Sie gaben sich die Hand und verließen gemeinsam den Besprechungsraum. Auf dem Flur trennten sie sich. Laura lief zum Treppenaufgang, wo Max auf sie wartete.

»Ich kann den Kerl nicht ausstehen«, brummte er und hielt Laura die Tür auf. »Der ist fast hintenübergekippt, so gerade hatte er den Rücken durchgebogen. Als hätte er die Weisheit mit Löffeln gefressen.«

»Er hat sich entschuldigt«, sagte Laura.

»Was?« Max blieb stehen und sah sie ungläubig an.

»Ich glaube, er kannte die Abläufe einfach nicht. Er war stolz auf seinen Fund und wollte den Erfolg allen schnellstmöglich verkünden. Dabei hat er vergessen, erst die Ermittlungsleitung zu informieren.«

»Vergessen?«, äffte Max sie nach. »Jetzt sag bloß nicht, du fällst auf seine Speichelleckerei rein.«

Laura zuckte mit den Achseln. »Ich verstehe, dass du ihn wegen Hannah nicht ausstehen kannst. In diesem Fall ist er jedoch unschuldig. Wirklich. Er hat mich nicht veräppelt.«

»Na, wenn du meinst.« Max schnaubte und stapfte ein paar Stufen hinauf. Auf dem Treppenabsatz blieb er stehen und drehte sich zu ihr um.

»Sorry«, murmelte er. »Ich bin immer noch aufgewühlt wegen Hannah. Das darf ich nicht an dir auslassen. Ich werde mich mit Schumacher arrangieren. Versprochen.« Er breitete die Arme aus und grinste. »Komm her und lass dich drücken.«

»Blödmann«, stieß Laura schmunzelnd aus und ließ sich von Max in die Arme nehmen.

* * *

Achim Köhler arbeitete nicht auf der Baustelle, die Laura mit Max besucht hatte, sondern auf einer weiter südlich gelegenen, gut eine halbe Stunde vom Fundort der Leiche entfernt. Achim Köhler passte ins Täterprofil. Martina Flemming hatte ihn blitzschnell durchleuchtet. Gewalt hatte in Köhlers Leben bereits in der Kindheit eine Rolle gespielt. Er hatte mit seiner Mutter und seinem Bruder Wochen in verschiedenen Frauenhäusern verbracht, um sich vor dem gewalttätigen Vater zu schützen. Als erwachsener Mann war er immer wieder durch seine Brutalität aufgefallen. Zudem ging er nicht nur impulsiv vor, sondern plante seine Taten durchaus im Voraus. Die letzte Lebensgefährtin hatte er tagelang in seiner Wohnung festgehalten und sie psychisch und körperlich misshandelt. Während der Haft hatte er keine Reue gezeigt und das gesamte Strafmaß abgesessen.

Laura hatte Achim Köhler ins LKA einbestellt. Er sollte wissen, dass er in großen Schwierigkeiten steckte. Tatsächlich wirkte der Mann äußerst nervös. Sie hatte mit Max beschlossen, ihn ein wenig schmoren zu lassen. Seit zehn Minuten saß er in einem Vernehmungsraum und wartete auf sie. Sein Blick huschte immer wieder zur Tür. Er rieb sich alle dreißig Sekunden das Kinn und scharrte dabei mit den Füßen auf dem Boden.

»Lass uns loslegen«, sagte Laura zu Max und verließ den Nebenraum, durch den sie über verspiegeltes Glas in den Verhörraum hineinsehen konnten. Als sie eintrat, erhob Achim Köhler sich. Bei ihrem Anblick kniff er die Augen zu Schlitzen zusammen. Erst als er Max sah, entspannten sich seine Gesichtszüge wieder. Laura legte die Fallakte auf den Tisch und nahm neben Max Platz, der sich Köhler gegenübergesetzt hatte.

»Wir haben ein paar Fragen an Sie. Können Sie sich vorstellen, worum es geht?«

Achim Köhler schaute sie trotzig an. »Ich habe die Alte nicht angerührt, nur damit das von vornherein klar ist. Ich geh nicht zurück in den Knast. Verstanden?«

»Vielleicht erzählen Sie uns von Anfang an, was Sie gesehen haben, und dann schauen wir weiter. Wenn Sie nichts getan haben, kann Ihnen auch nichts geschehen.«

Köhlers Mundwinkel sanken herab. Er musterte Laura und wandte sich demonstrativ Max zu.

»Ich habe Mist gebaut … mit diesem Anruf. Aber was sollte ich denn tun? Ich bin verdammt noch mal vorbestraft. Ihr hättet mich doch sofort verhaftet, wenn ich die Wahrheit gesagt hätte.«

Max beugte sich zu Köhler über den Tisch. »Wir verstehen das natürlich. Doch wir müssen erfahren, was an jenem Abend passiert ist. Was hatten Sie in dieser Halle zu suchen?«

Köhler seufzte und rieb sich abermals übers Kinn. »Nach der Arbeit fahre ich oft verlassene Gewerbegebiete oder Bauruinen ab und schaue, ob ich etwas Brauchbares finden kann. Das Industriegebiet liegt ziemlich weitab vom Schuss, und ich dachte, in dieser Halle könnte ich Metall für den Schrotthandel oder Ähnliches finden. Ich bin da rein und fand ein Riesenchaos vor. Paletten, Steine, Tonnen, nichts, was man verticken könnte. Ich ging weiter rein, weil ich alles gründlich absuchen wollte, und dann habe ich sie gesehen. Im ersten Moment glaubte ich, die Frau lebt noch. Ich habe sie angefasst, aber da war sie schon kalt und steif.« Er machte eine Pause und warf Max einen beinahe flehenden Blick zu. »Verstehen Sie? Wie hätten Sie reagiert, wenn Sie vorbestraft sind? Ich bin natürlich postwendend abgehauen. Wie von Sinnen bin ich durch die Straßen gedüst und irgendwann stand ich auf der Baustelle. Mir ging diese tote Frau nicht aus dem Kopf, und mir war klar, dass die so schnell niemand findet. Ich wollte ihr irgendwie helfen, auch wenn sie tot war. Deshalb habe ich den Notruf gewählt und die Geschichte mit der Schießerei erfunden. Ich hatte ja keine Ahnung, dass Sie mich überhaupt finden. Ich dachte, dass ich nach dem Anruf aus der Nummer raus bin.«

»Sie kannten die Tote also nicht?«, fragte Max und schlug die Akte auf.

»Nein«, erwiderte Achim Köhler. »Wieso fragen Sie das?«

Max zog ein Blatt Papier aus dem Ordner und schob es zu Köhler hinüber.

»Sie wohnen nur drei Hausnummern von Emma Riedel entfernt. Wollen Sie immer noch behaupten, dass Sie diese Frau nicht kannten?«

Achim Köhler atmete geräuschvoll ein. Die Schlagader an seinem Hals trat deutlich hervor. Laura dachte schon, er würde jeden Moment explodieren. Doch dann entspannte er sich.

»Ich will einen Anwalt«, sagte Köhler und lehnte sich auf seinem Stuhl zurück. »Vorher sage ich kein einziges Wort mehr.«

»Also kannten Sie Emma Riedel?«, hakte Max nach, als hätte er Köhlers letzten Satz nicht gehört.

Köhler verschränkte die Arme vor der Brust. »Nein, verdammt. Ich habe die Schlampe nie zuvor gesehen, und jetzt geben Sie mir verflucht noch mal ein Telefon, damit ich meinen Anwalt anrufen kann!«

Laura betrachtete den Mann, der mit hochrotem Kopf vor ihnen saß. Sein linkes Augenlid zuckte, und Laura überlegte, ob der Kerl sie anlog und Emma Riedel doch gekannt hatte.

»Sie können Ihren Anwalt gerne hinzuziehen. Trotzdem werden Sie uns weitere Fragen beantworten müssen. Ihre DNS wurde auf der Leiche sichergestellt. Entweder Sie liefern uns eine glaubwürdige Erklärung und ein Alibi für den Tatzeitraum oder wir nehmen Sie vorläufig fest.«

Köhler starrte sie feindselig an. »Ich will einen Anwalt«, wiederholte er trocken.

Laura erhob sich. Jede Frage war von nun an Zeitverschwendung. Köhler würde nicht mehr kooperieren. Glücklicherweise reichten die Spuren vom Fundort allemal aus, um ihn vorerst festzuhalten.

»Wir sehen uns später wieder«, sagte sie, nahm die Akte vom Tisch und eilte mit Max aus dem Verhörraum.

* * *

»Ich darf nichts trinken«, gluckste Laura und verlor sich für einen Augenblick in Taylors dunkelbraunen Augen.

»Okay, ich verstehe«, flüsterte Taylor ihr ins Ohr und kitzelte sie dabei mit seinem Dreitagebart. »Ich trinke für dich mit. Schließlich bin ich nicht mehr im Dienst.«

»Mach das.« Laura schlürfte an ihrer Cola und sah ein wenig wehmütig zu, wie Taylor sich ein Bier bestellte. »Und du glaubst wirklich, dass ich Annika Sterenberg hier finde?« Taylor hatte sie in diese Bar in der Schönhauser Allee geschleppt. Eigentlich war es eher ein Keller, in dem ein Tresen und ein paar Tische mit Stühlen aufgestellt worden waren. Die dicken Rohre an der Decke waren mit Aluminiumfolie verkleidet, was dem Raum das Antlitz eines Raumschiffes verlieh. Zu den Gästen zählten überwiegend junge Leute. Laura kam sich in ihrer Gegenwart jedenfalls viel zu alt vor, auch wenn sie erst Anfang dreißig war.

Taylor grinste. »Vertraue mir. Ich kenne mich im Drogenmilieu aus, und nach allem, was du mir erzählt hast, ist die Wahrscheinlichkeit hoch.«

Er streckte den Daumen nach oben und begann

seine Argumente aufzuzählen: »Erstens: Annika Sterenberg stammt aus einer gutbürgerlichen Familie. Sie hat Geld und muss für Drogen nicht auf den Strich gehen. Diese Bar ist für solche Leute der Hauptanlaufpunkt.«

Taylors Zeigefinger schnellte in die Höhe. »Zweitens: Jemand wie Annika Sterenberg will nicht in einem tiefen Sumpf landen. Vermutlich durchlebt sie irgendeine persönliche Krise und betäubt sich. Es ist ein temporärer Zustand. Harte Drogen scheiden normalerweise aus. Sie wird sich mit Cannabis und LSD begnügen. Hast du nicht mit ihrer Mutter telefoniert?«

Laura nickte. Nachdem sie und Max Feierabend gemacht hatten, war ihr Joachim Becksteins Bitte wieder in den Sinn gekommen. Sie hatte mit Annikas Mutter gesprochen und anschließend Taylor um Hilfe gebeten, weil er in letzter Zeit häufiger im Drogenmilieu ermittelte. Frau Sterenberg hatte ihr erzählt, dass Annika eine Trennung durchlebte und vermutlich ihren Liebeskummer mit Drogen und Alkohol betäubte. Ihr Vater hatte ihr angedroht, sie in eine Entziehungskur zu stecken, und daraufhin war sie abgehauen. Es war nicht das erste Mal, doch bisher hatte sich Annika spätestens nach zwei Tagen wieder zu Hause blicken lassen. Vor allem hatte sie noch nie den telefonischen Kontakt zu ihrer Mutter abgebrochen. Sollte Laura heute Abend nicht weiterkommen, würde sie Simon Fischer um einen Gefallen bitten. Er könnte Annika anhand ihres Handys lokalisieren, auch wenn das nicht legal wäre.

Taylor wackelte mit dem Mittelfinger. »Drittens: Falls diese Annika hier doch nicht auftaucht – was natürlich in einer großen Stadt wie Berlin nicht abwegig ist –, fragen wir den Typen da drüben in der Ecke mit dem Spitzbart.«

Laura widerstand dem Wunsch, sich sofort umzudrehen.

»Wer ist das?«, fragte sie stattdessen und ließ ihren Blick unauffällig in die Runde schweifen.

»Aus dir wäre eine fantastische Agentin geworden.« Taylor nippte an seinem Bierglas, bevor er weitersprach: »Er ist ein Informant und er schuldet mir einen Gefallen. Frag lieber nicht, warum.«

Die Eingangstür öffnete sich und zwei Mädchen sowie ein junger Mann betraten die Bar. Sie gingen auf einen freien Tisch zu und nahmen ihn in Beschlag. Annika Sterenberg war nicht unter ihnen. Laura seufzte und wandte sich wieder ihrer Cola zu.

»Vielleicht bittest du gleich deinen Informanten, uns zu sagen, wo Annika stecken könnte. Ich habe nicht das Gefühl, dass das Mädchen hier auftaucht.«

Taylor ließ sich nicht aus der Ruhe bringen. Er hob das Glas und trank einen Schluck. »Der Abend hat gerade erst begonnen. Hab ein wenig Geduld. Ich …« Er unterbrach sich mitten im Satz und schielte zum Eingang. »Nicht umdrehen!«, flüsterte er. »Da ist sie. Sie kommt direkt auf uns zu.« Er beugte sich zu Laura hinüber und küsste sie, damit das Mädchen sein Gesicht nicht sah.

Laura linste über Taylors Schulter. Annika Sterenberg näherte sich mit schnellen, kleinen Schritten. Sie lehnte sich lässig an den Tresen und winkte den Barkeeper heran. Der brachte ihr ein Bier, mit dem sie ans andere Ende der Bar verschwand und sich auf einen Stuhl direkt vor der Wand setzte.

»Ich rede mit ihr, und falls sie abhaut, verfolgst du sie.« Laura schnipste mit dem Finger und bestellte sich ebenfalls ein Bier. Dann schlenderte sie mit dem Glas in der Hand durch den Raum und blieb neben Annika Sterenberg stehen.

»Willst du noch ein Bier?«, fragte sie und stellte das Glas vor ihr auf dem Tisch ab. Sie betrachtete das zierliche blasse Mädchen, das trotz seiner einundzwanzig Jahre wie ein Schulmädchen aus der Oberstufe aussah. Annika wirkte ein wenig ungepflegt. Die langen Haare fielen ihr in ungekämmten Strähnen über die Schultern, als hätte sie seit Tagen nicht geduscht. Auf ihrer Stirn stand ein dünner Schweißfilm und ihre Augen waren umrundet von dunklen Schatten.

»Kein Interesse«, murmelte Annika, ohne Laura auch nur eines Blickes zu würdigen. Sie schob das Glas von sich fort.

»Alles okay mit dir? Du siehst so aus, als könntest du Hilfe gebrauchen. Weißt du, wo du heute Nacht unterkommst?«

Jetzt hatte Laura die volle Aufmerksamkeit des Mädchens.

»Bist du Mutter Teresa oder was?«, polterte sie los. »Ich kann alleine auf mich aufpassen. Ich brauche niemanden. Verstehst du? Absolut niemanden.«

»Klar, du hast mich nur an eine Freundin erinnert.« Laura neigte sich ein Stück über den Tisch. »Hör mal, ich will dich nicht anlügen. Ich werde oft eingesetzt, um vermisste Personen aufzuspüren, und deine Mutter vermisst dich. Warum gehst du nicht ans Telefon, wenn sie anruft? Sie ist wirklich krank vor Sorge um dich.«

Annika Sterenberg starrte Laura an, als hätte sie

gerade ein Messer zwischen die Rippen gestoßen bekommen. Sie schnappte nach Luft und sprang auf.

»Spinnst du? Machst dich hier an mich ran, und dann kommt raus, dass meine Mutter dich schickt!« Annika stampfte mit einem Bein auf wie ein wütendes Kleinkind und wollte sich an ihr vorbeidrängen. Doch Laura hielt sie am Arm fest.

»Hey. Lass uns kurz reden. Okay? Ich zwinge dich zu gar nichts. Ich will nur rausfinden, wo dein Problem liegt.«

»Mein Problem? Du willst echt wissen, was ich für Sorgen habe?« Sie riss sich los, rannte jedoch nicht weg. »Ich bin verdammt noch mal lesbisch und meine Alten kriegen das nicht auf die Reihe. Mein Vater glaubt ernsthaft, dass eine klassische Ausbildung mich zur Vernunft bringen könnte. Ein bisschen bürgerlicher Lebensstil und schon wird sie wieder normal.« Sie prustete los und schüttelte verzweifelt den Kopf. Dann sah sie Laura an. In ihren Augen stand eine unermessliche Traurigkeit.

»Deine Mutter meint, du hättest Liebeskummer. Von einer Freundin hat sie ehrlicherweise nichts erzählt.«

Annika lachte schrill auf.

»Klar«, sagte sie hart. »Sie will es nicht wahrhaben. Sie nicht und auch nicht die Polizei. Sie alle wollen es nicht wahrhaben, obwohl es doch offensichtlich ist. Mari ist etwas zugestoßen, aber keiner hört mir zu.«

»Mari?«, entgegnete Laura und spürte, wie sich eine dunkle Ahnung in ihr auftürmte. »Erzähl mir von ihr.«

12

Kein *Wow* mehr, jedenfalls nicht heute. Er hätte nie geglaubt, dass sie sich auf diesen dicken Typen einlassen würde. Dieser Anblick ließ ihn einfach nicht los. Wie sie dasaß, den Kopf leicht geneigt, mit einem Lächeln auf den Lippen. Wie sie den Kaffee entgegennahm, den er ihr brachte. Ihm wurde übel bei der Vorstellung, wie sich die ganze Sache entwickeln könnte. Sie mochte den Dickschädel, das war sicher. Er hatte sich getäuscht in ihr, oder etwa doch nicht?

Er blieb an der Häuserecke stehen und beobachtete, wie sie den Zettel aus dem Fahrradständer zog und sich dann auf ihr Rad schwang. Sie wirkte glücklich. Ob das etwa an diesem dicken Kerl lag? Er sah zu, wie sie davonbrauste. Wie sie mit ihren schlanken Beinen in die Pedale trat und wie sich ihre Pobacken reizvoll nach rechts und links bewegten. Sie war eine überaus zierliche Person. Sie konnte sich unmöglich zu Fetten hingezogen fühlen. Er verzog angewidert die Lippen. Nein. Er irrte sich.

Schnell fuhr er nach Hause und öffnete das Fotoalbum, sobald er am Schreibtisch saß. Sehnsüchtig betrachtete er die Bilder, die sie bei allen möglichen Gelegenheiten zeigten. Sein Herz pochte wie verrückt in der Brust. Er strich liebevoll über ihr Gesicht und stellte sich vor, wie es sich anfühlte, sie in Wirklichkeit zu berühren. Wie weich ihre Haut wäre und wie sie sich unter ihm wand, während er in ihr war und ihr bewies, wie sehr er sie begehrte. Er seufzte und klebte ein neues Bild ein.

Eine Enttäuschung, schrieb er mit königsblauer Tinte unter das Foto, auf dem sie mit Dickschädel im Café saß.

Schon besser, dokumentierte er neben dem nächsten Bild, das er gerade erst ausgedruckt hatte. Sie brauste auf ihrem Rad davon, ein Lächeln auf dem Gesicht und die Haare im Wind. Das war sie, seine Traumfrau. Die Richtige. Die, nach der er immer gesucht hatte. Ihre feinen Proportionen, das Gesicht wie ein Gemälde, die Linien ihrer Augenbrauen voller Sinnlichkeit, schön geschwungene Lippen und eine schmale, elegante Nase. Es gab keine bessere Muse für ihn.

Er blätterte eine Seite zurück und betrachtete die Fotos, die er ein paar Stunden zuvor eingeklebt hatte. Die große Frau mit den breiten Schultern verfügte über einen ganz anderen Charme. Eine unglaubliche Kraft ging von ihr aus. Nicht nur ihre Statur, auch ihr Blick versprachen Stärke und Entschlossenheit. Es handelte sich um eine Frau, mit der er durch dick und dünn gehen könnte. Er lächelte entzückt und berührte ihre Lippen mit der Fingerspitze. Heute hatten sie sich zum ersten Mal getroffen. Es war ein echtes Date gewesen, eines, bei dem sie nur Augen für ihn gehabt hatte. Sie hatte von sich erzählt, von ihrem Studium, ihren Ängsten, ihren Lieblingsserien. Er hatte die Zeit mit ihr voll und ganz genossen. Kurz schloss er die Lider, um sich an ihren Duft zu entsinnen, den er wahrgenommen hatte, als er sie zum Abschied an sich zog. Er blätterte eine Seite vor und fragte sich, wie seine neue Eroberung wohl riechen würde. Duftete sie auch nach einem Hauch Vanille? Mit der Zungenspitze fuhr er sich erwartungsvoll über die Oberlippe. Er würde es herausfinden, so viel stand fest.

13

»Ihrer Tochter geht es gut«, sagte Laura ins Telefon, während sie mit Max durch die verspiegelte Scheibe in den Verhörraum blickte und Achim Köhler musterte, der neben seinem schmierigen Anwalt saß.

»Gott sei Dank«, stieß Frau Sterenberg erleichtert aus. »Wann kommt sie nach Hause?«

Laura zögerte mit ihrer Antwort. Sie hatte am Abend zuvor noch lange mit Annika Sterenberg gesprochen, über ihre Homosexualität, die Probleme mit ihren Eltern und über Mari Azarian, die ihre Liebe offenbar nicht erwidert hatte und kurz nach Annikas Liebesgeständnis verschwunden war. Laura hatte Annika versprochen, Mari Azarian zu suchen, im Gegenzug wollte sich Annika bei ihren Eltern melden. Allerdings nur telefonisch. Sie wollte nicht zurück zu ihrem Vater, der ihr ständig Vorschriften machte, und zu ihrer Mutter, die bei allem tatenlos zusah. Statt in der erdrückenden Spießigkeit ihres Elternhauses kam sie lieber bei irgendwelchen zwielichtigen Bekannten unter, wo sie sich frei fühlte. Laura konnte den Freiheitsdrang des Mädchens zwar nachvollziehen, hielt jedoch die Gefahr eines kompletten Absturzes in dem momentanen Umfeld für sehr hoch. Doch Laura wusste selbst nicht, wie sie Annika davon überzeugen konnte. Vielleicht half es, Mari Azarian aufzuspüren.

»Annika hat versprochen, ans Telefon zu gehen, wenn Sie sich das nächste Mal melden, Frau Sterenberg. Vorerst wird sie nicht zurückkehren.«

»Nicht? Du liebe Güte, wo schläft sie denn jetzt? Woher bekommt sie Essen und wo wäscht sie ihre Sachen?« Frau Sterenbergs Stimme überschlug sich und vermittelte Laura eine Idee davon, unter welchem Druck Annika zu Hause stand.

»Hören Sie, Frau Sterenberg. Das klingt bestimmt hart und nicht nachvollziehbar. Aber Annika braucht ein wenig Abstand. Wenn Sie ihr weiterhin Vorschriften machen, werden Sie Ihre Tochter verlieren. Sie hat sich entschlossen, ohne den elterlichen Druck zu leben. Insbesondere mit ihrem Vater ist es wohl in letzter Zeit nicht gut gelaufen. Mein Rat wäre, mit ihr zu telefonieren und einfach ein paar Tage ins Land gehen zu lassen.«

»Und Sie glauben, dann kommt Annika nach Hause? Ich weiß nicht …« Laura hörte ein verzweifeltes Seufzen am anderen Ende der Leitung.

»Ich verstehe Sie, Frau Sterenberg. Es ist nicht gerade beruhigend, dass sich Annika in der Gegend herumtreibt. Aber ich bin sicher, sie wird die Kurve kriegen. Sie dürfen sie nur nicht unter Druck setzen und ihren Trotz noch anheizen. Sie ist volljährig, und niemand kann sie zwingen, bei Ihnen zu leben.«

»Ich weiß«, hauchte Frau Sterenberg hilflos. »Ich tue, was Sie sagen. Hauptsache, Sie behalten Annika im Auge.«

»Das mache ich«, versprach Laura. »Ich melde mich wieder bei Ihnen.«

»Danke für Ihre Mühe«, erwiderte Frau Sterenberg.

Laura legte auf und gab Max ein Zeichen, dass sie fertig war.

»Na, dann wollen wir uns mal anhören, was Achim Köhler uns so Wichtiges mitzuteilen hat«, sagte sie und folgte Max, der bereits auf dem Gang stand. Zum Glück hatten sie einen offiziellen Haftbefehl wegen dringenden Tatverdachtes gegen Köhler erwirkt. Vor seiner Überstellung in die Justizvollzugsanstalt sollte auf Wunsch seines Anwaltes eine erneute Vernehmung stattfinden.

Achim Köhler hatte für den Tatzeitpunkt kein Alibi. Der Obduktionsbericht lag vor und hatte ihre Annahme bestätigt. Emma Riedel war sechs Tage vor dem Fund ihres Leichnams erdrosselt worden. Die Rechtsmedizin ging davon aus, dass der Täter sie nicht in der Industriehalle ermordet hatte und sie nach ihrem Tod noch einmal bewegt worden war. In ihrem Blut fanden sich keine Spuren von Betäubungsmitteln oder Drogen. Sie wies keine Anzeichen von Dehydrierung oder Unterernährung auf. Die Abwehrspuren an ihren Unterarmen deuteten auf einen kurzen, heftigen Kampf hin. Laura glaubte zwar nicht so richtig an Achim Köhler als Täter, weil er nichts mit Malerei und Kunst zu tun hatte, aber sie konnte es auch nicht ausschließen.

Das Erste, was ihr auffiel, als sie Köhler erneut gegenübersaß, waren die Schweißtropfen auf seiner Stirn und die dunklen Flecken unter seinen Achseln. Köhlers Anwalt, ein dunkelhaariger spindeldürrer Mann mit Brille und zurückgegelten Haaren, nickte seinem Mandanten zu und begann zu sprechen.

»Wie bereits angekündigt, haben wir Ihnen etwas mitzuteilen, und bevor ich das tue, möchte ich noch einmal hervorheben, wie wichtig uns die Kooperation mit Ihnen ist. Wir werden alles tun, um dieses scheußliche Verbrechen aufzuklären, und wir hoffen natürlich, dass das so schnell wie möglich geschieht. Mein Mandant ist im Übrigen unschuldig, auch wenn das, was ich gleich verlautbare, vielleicht auf den ersten Blick den gegenteiligen Eindruck erweckt.«

Laura schwirrte bereits der Kopf von der umständlichen Ausdrucksweise des Anwalts.

»Herr Lautermann, ich möchte nicht unhöflich wirken, aber könnten Sie uns einfach kurz und bündig mitteilen, was Ihr Mandant zu sagen hat?« Sie deutete auf die Uhr über der Tür. »Wir haben ziemlich viel zu tun und die nächste Befragung beginnt in einer halben Stunde.«

»Selbstverständlich.« Köhlers Anwalt schob die Brille den Nasenrücken hinauf und blickte Laura fest an. »Mein Mandant kennt das Opfer aus dem Supermarkt. Er wusste, dass sie in unmittelbarer Nachbarschaft wohnte. Sie haben sich ein paarmal unterhalten. Nur oberflächlich und vollkommen harmlos. Die Tatsache, dass er sie kennt, hat zu der besagten Kurzschlussreaktion geführt. Er hat den Notruf getätigt und gelogen, was die Schießerei anging. Das war dumm und mein Mandant entschuldigt sich in aller Form dafür.«

»Also doch«, stieß Max aus, noch bevor Laura etwas sagen konnte. Sie musterte Köhler fassungslos.

»Warum haben Sie denn ein zweites Mal die Unwahrheit gesagt? War der Anruf nicht genug?«, bohrte Max nach.

Achim Köhler saß hilflos wie ein Schuljunge in seinem Stuhl. Er öffnete den Mund, um ihn gleich wieder zu schließen. Vermutlich hatte ihm sein Anwalt eingebläut zu schweigen.

»Ich wiederhole mich: Mein Mandant hat in Panik reagiert. Er hat noch nie zuvor einen toten Menschen gesehen. Das können Sie bestimmt nachvollziehen. Deshalb dieser Anruf. Da er vorbestraft ist, wollte er natürlich nicht in die polizeilichen Ermittlungen hineingezogen werden. Daher stritt er zunächst ab, dass ihm das Opfer bekannt war. Doch sofort nach der Befragung rief er mich an und gestand mir seine falsche Darstellung der Dinge. Es ist nicht glücklich verlaufen. Das geben wir zu. Aber diese Aussage geschah nicht in böser Absicht. Mein Mandant fürchtete einfach, fälschlicherweise wieder im Gefängnis zu landen. Ich konnte ihm die Angst nehmen und habe ihn deshalb zu diesem Gespräch bewegt.«

»Und Ihnen ist nicht die Idee gekommen, dass er jetzt erst recht verdächtig wirkt? Ihnen hätte doch klar sein müssen, dass wir diese Verbindung früher oder später herausgefunden hätten.«

Achim Köhler verzog schuldbewusst das Gesicht, und wieder öffnete er seinen Mund, aber sein Anwalt hob die Hand, damit er nichts sagte.

»Wir entschuldigen uns nochmals in aller Form. Die Falschaussage liegt gerade vierundzwanzig Stunden zurück, und wir hoffen, dass Ihre Ermittlungen nicht allzu sehr beeinträchtigt wurden.«

»Schon gut«, entgegnete Laura und musterte Köhler eindringlich. Ihre Gedanken kreisten um die tote Frau. Saß vor ihnen der Mann, der Emma Riedel kaltblütig erdrosselt und anschließend auf die Leinwand gelegt hatte? Dass er das Opfer kannte, änderte die Lage erheblich. Die Spuren am Fundort, das fehlende Alibi, die Vorstrafe.

Sie mussten trotzdem erst alle anderen Möglichkeiten ausschließen, bevor sie sich auf Achim Köhler als Täter festlegen konnten. Sie hatten gleich ein Gespräch mit Emma Riedels Ex-Freund. Vielleicht würde sich der Tatverdacht gegen Köhler festigen.

»Vielen Dank für diese Aussage. Wir haben im Moment keine weiteren Fragen«, erklärte Laura und ließ Köhler und seinen Anwalt hinausbringen.

»Die Schlinge zieht sich zu«, murmelte Max, als sie über den Flur in den gegenüberliegenden Raum gingen. »Ich gönne Ben Schumacher seinen Triumph eigentlich nicht. Aber es gibt nicht viel, was gegen Achim Köhler als Täter spricht.«

»Was mir wirklich fehlt, ist sein Bezug zur Malerei. Doch ich gebe dir recht. Köhler könnte es tatsächlich gewesen sein. Gut, dass er erst einmal aus dem Verkehr gezogen ist.«

»Wir könnten unter diesen Umständen die Befragung von Ralf Brückner verschieben«, schlug Max vor. »Besser, wir beginnen mit der Durchsuchung von Köhlers Wohnung.«

»Ben Schumacher ist mit seinem Team bereits unterwegs. Wir sollten der Spurensicherung nicht dazwischenfunken.« Laura setzte sich an den Tisch. Emma Riedels Ex-Freund war noch nicht eingetroffen. Max stöhnte, während er neben ihr Platz nahm. »Wir könnten uns auch mit Köhlers Tatmotiv auseinandersetzen und ihn erneut damit konfrontieren. Vielleicht gesteht er ja und wir haken den Fall ab.«

Laura schüttelte den Kopf. Sie konnte selbst nicht sagen, warum sie all die Beweise letztendlich nicht überzeugen konnten. Ihr Instinkt sagte ihr, dass Achim Köhler nicht das Format zu diesem Mord hatte. Es steckte mehr dahinter und das Kunstwerk hatte eine Bedeutung. Womöglich fanden Ben Schumacher und seine Leute in Köhlers Wohnung Farben und Pinsel, die einen Zusammenhang offenbarten. Doch bis dahin würde sie stur alle vorhandenen Spuren abarbeiten.

»Wir müssen die Ermittlung ordentlich durchführen. Ich möchte nicht, dass uns der Fall später vor Gericht um die Ohren fliegt«, sagte sie zu Max und sprach nicht weiter, weil im Türrahmen eine Polizistin erschien.

»Ich habe hier Ralf Brückner für Sie.« Ein hochgeschossener, recht kräftiger Mann tauchte neben der Polizistin auf.

»Danke.« Laura erhob sich und nahm Emma Riedels Ex-Freund in Empfang.

»Wir haben ein paar Fragen an Sie. Bitte sagen Sie uns, wann Sie Emma Riedel zuletzt gesehen oder gesprochen haben.«

Ralf Brückner nickte unglücklich. »Ja, natürlich. Das

ist etwas mehr als eine Woche her. Wir haben am Samstag zusammen gefrühstückt.«

Laura schlug den Kalender in ihrem Notizbuch auf und deutete auf den Samstag in der vorletzten Woche.

»Sie meinen dieses Datum?«

»Ja. Ich war von zehn bis zwölf bei ihr. Wir haben uns ausgesprochen. Ich wollte mich mit ihr aussöhnen.«

»Und wie ist das Gespräch gelaufen? Wollte Emma wieder mit Ihnen zusammen sein oder hatte sie kein Interesse mehr an einer Beziehung?«

Brückner senkte betroffen den Blick. »Es war aus und sie wollte nicht mehr.«

Max nickte verständnisvoll. »Was haben Sie denn nach dem Treffen gemacht?«

»Ich bin zu mir nach Hause und habe für eine Prüfung gelernt. Ich studiere Mathe und Englisch auf Lehramt und nach dem Wochenende standen etliche Klausuren an.«

»Kann das jemand bezeugen?«, fragte Max.

»Mein Mitbewohner, Sascha Baumgard. Wir sind im selben Semester und haben uns gemeinsam vorbereitet.«

Laura notierte sich den Namen. »Waren Sie wütend, weil Emma Riedel Sie abgewiesen hat?«

»Wütend ist nicht das richtige Wort. Ich bin eher traurig. Es war mir ernst mit Emma.«

»So ernst, dass Sie das Beziehungsende nicht wahrhaben wollten?« Laura fixierte Ralf Brückner mit scharfem Blick.

»Hören Sie«, entgegnete Brückner und wischte sich ein paar Tränchen aus den Augenwinkeln. »Ich verstehe, worauf Sie hinauswollen. Sie haben bestimmt schon mit Eileen gesprochen, und ich kann dazu bloß sagen, dass sie von Anfang an gegen unsere Beziehung war. Ich habe versucht, Emma zurückzugewinnen, aber ich bin kein Stalker. Es stimmt nicht, dass sie meinetwegen umgezogen ist.«

»Warum hat Emma sich denn eine neue Wohnung gesucht?«

»Sie wollte auswandern, am liebsten nach Südamerika. Dafür hat sie jeden Cent gespart. Die neue Wohnung hat fast nur die Hälfte gekostet. Das war ein Schnäppchen.«

Laura machte sich eine Notiz dazu. Simon Fischer sollte den Browserverlauf auf Emma Riedels Computer überprüfen. Falls sie wirklich vorgehabt hatte, auszuwandern, müssten sie dort entsprechende Sucheinträge und Websites finden.

»Malen Sie gerne?«, fragte Laura.

»Ein wenig, wieso?«

»Sie können also mit Farben, zum Beispiel Acryl oder Öl, gut umgehen?«

»Ich versuche mich ab und zu an einem Bild. Es entspannt mich.«

»Gab es jemanden in Emmas Leben, der sie nicht mochte? Hatte sie Streit oder wissen Sie von irgendwelchen Konflikten?«

Ralf Brückner schüttelte den Kopf. »Nein. Wir standen uns in den letzten Wochen allerdings auch nicht mehr so nahe.«

Laura blickte zu Max und gab ihm mit einem knappen Nicken zu verstehen, dass sie keine weiteren Fragen mehr hatte.

»Okay. Das wäre es erst einmal für heute. Halten Sie

sich bitte für eventuelle Nachfragen bereit. Danke fürs Kommen.« Max erhob sich und drückte Ralf Brückner eine Visitenkarte in die Hand. Dann übergab er ihn an die Polizistin, die draußen gewartet hatte, und schloss die Tür.

»Was hältst du von dem Kerl? Ein Alibi von einem Mitbewohner erscheint mir nicht sonderlich haltbar«, brummte Max und strich sich nachdenklich über den Schädel.

»Ich kaufe ihm die Nummer mit dem Auswanderungsvorhaben nicht ab. Wir sollten Emma Riedels Nachbarn befragen. Die können vielleicht sagen, wie häufig Brückner vor dem Haus herumgelungert hat.«

Max schaute auf die Uhr. »Es ist schon spät. Tut mir leid, aber Hannah hat heute ihren freien Abend.«

»Verstehe. Fahr ruhig nach Hause. Ich treffe mich gleich noch mit einem Professor von der Universität der Künste. Martina Flemming hat den Kontakt hergestellt. Möglicherweise kann er anhand der bemalten Leinwand Rückschlüsse auf den Täter ziehen. Es gibt so viele Kunstrichtungen, die ich nicht kenne, womöglich hat Professor Malchin eine Idee oder kann die verwendeten Farben oder die Leinwand einem bestimmten Laden für Künstlerbedarf zuordnen.«

Max warf ihr einen anerkennenden Blick zu. »Du gibst wohl niemals auf, oder?«

»Das kann ich nicht«, erwiderte Laura und strich sich unwillkürlich über die Narben unter ihrem Schlüsselbein. »Wir haben es mit einem sehr gefährlichen Täter zu tun. Sosehr ich mir auch wünsche, dass es Köhler ist – falls wir uns irren, wäre es fatal und könnte weitere Menschen in Gefahr bringen.«

»Ruf mich an, wenn du Hilfe brauchst. Notfalls muss ich Hannah anrufen.« Max zog die Augenbrauen hoch. »Ich hoffe, sie trifft sich tatsächlich mit ihrer Freundin.«

»Mach dich nicht verrückt«, entgegnete Laura und klimperte mit dem Autoschlüssel. »Wir sehen uns morgen.«

* * *

Laura bewunderte die großen Fenster des Ateliers. »Sie haben es sehr schön hier«, sagte sie und wünschte sich für einen Moment, sie hätte ebenfalls Talent zum Malen. Eine Fähigkeit, die sie jeden Tag an einen Ort wie diesen führte und nicht zu Tatorten, wo alles, was sie sah und wahrnahm, an das Böse erinnerte. Ob Professor Malchin eine Ahnung davon hatte, wie grausam das Leben sein konnte?

Sie betrachtete den attraktiven dunkelhaarigen Mann mit den klugen Augen, der sie die ganze Zeit taxierte, als wäre sie eine Außerirdische. Im gewissen Sinne war sie das ja auch. Bestimmt hatte ihn noch nie eine Ermittlerin des Landeskriminalamtes um Mithilfe gebeten. Sie spürte, wie sein Blick über den Kragen ihrer Bluse glitt und für den Bruchteil einer Sekunde dort hängen blieb. Fast hatte sie den Eindruck, er wüsste, warum sie ihr Dekolleté versteckte.

»Die Schönheit besteht oft aus ungewöhnlichen Dingen, die anders sind, als wir es eigentlich erwarten.« Er deutete auf eine Leinwand, die einen Baum zeigte, aus dessen Stamm Gesichter wuchsen. »Meine Studenten experimentieren gerne mit verschiedenen Materialien und Formen. Es entstehen befremdliche

Bilder, denen man sich trotzdem nicht entziehen kann. Aber natürlich sind sie nicht grausam wie dieses Werk.« Nachdenklich hielt er eins der Fotos hoch, die Laura ihm mitgebracht hatte und das die tote Emma Riedel auf der bemalten Leinwand zeigte.

»Ich denke, dass derjenige, der dieses Bild geschaffen hat, auf alle Fälle in der Malerei ausgebildet wurde. Sehen Sie sich die Linienführung der Wellen an, das Wasser wirkt unglaublich realistisch. Das schafft niemand, der zum ersten Mal einen Pinsel in der Hand hält. Ohne Ihre Erklärung hätte ich niemals erkannt, dass die Frau auf dem Bild nicht mehr lebt. Sie sieht aus, als schliefe sie nur. Ich hielt es für Performance-Kunst.« Er schüttelte entsetzt den Kopf und schloss die Augen für einen Moment. »Ich hoffe, ich kann Ihnen überhaupt weiterhelfen. Es wäre vermutlich besser, ich würde mir das Original anschauen. Anhand des Fotos kann ich nicht erkennen, ob es sich zum Beispiel um Öl- oder um Acrylfarben handelt.«

»Es wurden Ölfarben verwendet. Warten Sie«, sagte Laura und zog einen Teil des Laborberichtes aus ihrer Handtasche. »Hier ist detailliert aufgeführt, welche Farben von welchem Fabrikat eingesetzt wurden.«

Professor Malchin schaute sich das Papier gründlich an.

»Das sind auf alle Fälle Profi-Farben mit einer hohen Lichtechtheit. Es wurden außerdem Materialien für die Grundierung der Leinwand benutzt. Im Fachhandel sind diese Dinge überall erhältlich.«

»Ja, das haben unsere Ermittlungen auch ergeben. Beziehen Sie die Farben eigentlich über einen speziellen Händler?«

Professor Malchin nickte. »Ja, den Laden finden Sie nicht weit von der Universität. Wir haben natürlich auch eigene Vorräte für die Studenten angelegt.«

Laura wurde hellhörig. »Sind in letzter Zeit Materialien abhandengekommen?«

Professor Malchin zuckte mit der Schulter. »Nicht, dass ich wüsste, aber ich kann morgen früh gerne in der Verwaltung nachfragen.«

»Das wäre nett.«

Professor Malchin schaute plötzlich unruhig auf die Uhr. »Ich muss mich entschuldigen. Ich weiß, dass ich Ihrer Kollegin gesagt hatte, ich hätte eine Stunde Zeit. Leider habe ich einen wichtigen Termin vergessen. Ich habe nur noch fünf Minuten. Wie wäre es, wenn wir uns morgen Nachmittag wieder treffen? Ich nehme die Fotos mit und analysiere sie bis dahin.«

»Natürlich. Kein Problem«, erwiderte Laura und überließ ihm die Fotos. »Ich bedanke mich für Ihre Zeit. Immerhin ist mir jetzt klar, dass wir nach jemandem suchen, der Malerei gelernt hat.«

Sie ließ sich von Professor Malchin zum Ausgang begleiten. Vor der Tür trennten sie sich. Laura passte der kurze Termin gut in den Zeitplan, denn sie hatte noch etwas vor. Sie ging zu ihrem Wagen und stieg ein. Annika Sterenberg hatte ihr berichtet, dass ihre Freundin Mari Azarian Kunst studierte und sich zum Malen gerne in ein verlassenes Straßenbahndepot zurückzog. Zwar hatte Annika dort bereits nach Mari gesucht, aber Laura wollte sich selbst einen Eindruck verschaffen. Sie fuhr Richtung Pankow, wo sie nach knapp einer halben Stunde das weitläufige, denkmalgeschützte Gelände erreichte, das wegen der Einsturzgefahr der alten verfallenen Hallen rundum eingezäunt war. Laura kannte die Diskussionen um den stillgelegten Straßenbahnbetriebshof, die sich seit Jahren ohne Lösung hinzogen. Es gab kein Budget für eine Restaurierung. Schon von Weitem sah sie ein paar ausgesonderte Straßenbahnwagen, die trostlos vor sich hin rosteten. Etliche Schienen zerschnitten den riesigen Platz vor dem Depot. Pflastersteine hatten sich aus ihrer Verankerung gelöst und verwandelten das Gelände allmählich in eine Buckelpiste. Neben der Halle lag ein mit Graffiti beschmiertes, leer stehendes Verwaltungsgebäude, das nicht ganz so verfallen wirkte wie der Rest des Betriebshofes. Oben unter dem Dach hatte Mari Azarian sich laut Annika Sterenbergs Aussage häufig zurückgezogen und Skizzen zu ihren Ideen angefertigt. Laura hatte Mari Azarians Zimmer im Studentenwohnheim überprüfen lassen. Sie war vor knapp fünf Monaten unbekannt verzogen. Die Frau aus der Verwaltung hatte behauptet, sie wäre zurück in ihre Heimat Armenien gegangen, allerdings hatte sie sich von ihrem Kunststudium bisher nicht abgemeldet. Weitere Nachforschungen hatte Laura in der Kürze der Zeit nicht angestellt. Sie wollte Mari finden, damit Annika Sterenberg zur Vernunft kam und ihre Zukunft nicht verspielte. Sie wusste nicht, was sie in dem ehemaligen Straßenbahndepot erwartete, aber sie musste nachsehen, ob Mari sich gegebenenfalls hier versteckte.

Laura parkte vor dem Zaun und stieg aus. Sie schlüpfte durch ein mannshohes Loch auf das Gelände und überquerte rasch den Platz. Die Tür zum Verwaltungsgebäude war nicht abgeschlossen. Laura trat ein. Es roch nach Staub und abgestandener Luft. Graffiti-

Malereien zogen sich über die Wände des Treppenhauses. Laura nahm die Stufen bis ins oberste Geschoss. Annika hatte ihr genau beschrieben, wo sie das kleine Zimmer fand, das Mari regelmäßig aufsuchte.

Oben angekommen wandte sich Laura nach rechts und schritt durch einen schmalen Gang bis zu einer offenen Tür am Ende. Sie erblickte ein leeres Zimmer mit einem klapprigen Holzstuhl in der Ecke. An den Wänden hingen ein paar Blätter, die mit durchsichtigem Klebeband angebracht waren. Die Bleistiftzeichnungen zeigten Landschaften mit Bergen und weiten Feldern. Aber auch Maschinen, Industriegebäude und Straßenbahnwaggons, die offenbar in diesem Depot standen. Laura sah keine Signatur auf den Zeichnungen, weshalb sie nicht wusste, ob Mari Azarian sie angefertigt hatte. Ansonsten deutete nichts in diesem Raum auf die Anwesenheit einer Kunststudentin hin. Laura fragte sich unwillkürlich, wie jemand in diesen ungemütlichen Mauern inspiriert werden konnte. Ihr Blick schweifte zurück zu den Skizzen. Womöglich waren es die technischen Details des Straßenbahnbetriebes, die ein Künstler erst sehen musste, um sie dann aufs Papier zu bannen. Oder es war die unglaubliche Stille, die über diesem Ort lag und jeden Laut zu schlucken schien. Laura sperrte die Ohren auf. Keine Stimmen, kein Scharren von Füßen, kein Baulärm. Vielleicht brauchte Mari Azarian diese Ruhe, um ihrer Kreativität freien Lauf zu lassen. Im Studentenwohnheim herrschte sicherlich permanenter Trubel. Laura sah aus dem Fenster hinunter auf den Platz, den sie gerade überquert hatte. Niemand schien sich mehr hierher zu verirren. Kein Wunder, die Gebäude waren einsturzgefährdet.

Das hatte sich offenbar bei Hausbesetzern, Obdachlosen und vagabundierenden Jugendlichen herumgesprochen.

Laura machte kehrt und ging zurück durch den Flur, wo sie in die angrenzenden Räume hineinschaute. Es bot sich ein ähnliches Bild. Keine Möbel, hier und da ein wenig Müll und maroder Putz, der von den Wänden bröckelte. Anscheinend hatte sich kein anderer Kunststudent in dieses Gebäude verirrt. Laura stieg die Treppe hinab und durchsuchte das Geschoss darunter, ohne auf etwas Interessantes zu stoßen. Anschließend inspizierte sie die restlichen Etagen, bis sie wieder im Erdgeschoss angekommen war. Vermutlich würde sie nun doch Simon Fischer um einen Gefallen bitten müssen. Er konnte die Studentin hoffentlich im Internet aufspüren.

Laura blieb stehen und blickte sich um. Es gab noch eine Treppe, die in den Keller führte. Unten gelangte sie in einen dunklen muffigen Gang. Sie aktivierte die Taschenlampe ihres Smartphones und leuchtete über die nackten Betonwände. Vor ihr lagen mehrere Kellerräume, die nach rechts und links abgingen. Im ersten stapelten sich irgendwelche Kisten, gegenüber huschten ein paar Ratten vor ihrem Lichtstrahl davon. Der Kellerraum am Ende des Ganges war mit einer uralten stählernen Brandschutztür verschlossen. Laura musste drei Hebel umlegen, um sie zu öffnen. Sie umfasste den untersten Hebel und versuchte, ihn hinunterzudrücken. Im Inneren der Tür quietschte die Mechanik, während sie ihre ganze Kraft einsetzte, bis der Hebel endlich nachgab. Sie stemmte sich gegen den obersten Hebel, der sich glücklicherweise leichter bewegen ließ, und drehte zum Schluss den Hebel in der Mitte der Tür um fünfundvierzig Grad. Die schwere Tür gab langsam nach. Das Erste, was Laura wahrnahm, war der Gestank. Er setzte sich sofort in ihrer Nase fest und verursachte ein Grummeln in ihrem Magen. Sie kannte diesen Geruch, der eine leicht süßliche Note hatte und ansonsten übelkeiterregend stank. Sie stieß die Tür auf und leuchtete mit ihrem Smartphone in den Raum.

Sie erstarrte auf der Stelle. Direkt vor ihren Füßen befand sich eine Leinwand. Eine grüne, in Öl gemalte Landschaft erhob sich auf dem hellen Untergrund. Zu den Seiten rahmten Bäume eine Blumenwiese ein, in deren Mitte eine Frau lag. Laura presste sich den Ärmel vor Nase und Mund, weil der Geruch unerträglich war. Sie blickte in ein zerfressenes Gesicht und völlig leere Augenhöhlen. Ein kleiner Schatten huschte an der Wand entlang und floh vor ihrem Lichtstrahl. Lauras Magen begann zu brodeln. Hastig wandte sie sich ab und rannte aus dem Raum. Erst draußen an der frischen Luft blieb sie stehen. Ihre Finger wählten automatisch Max' Nummer.

»Kannst du Gedanken lesen?«, brummte seine tiefe Stimme erfreut. »Ich wollte gerade mit dir sprechen, weil Hannah vermutlich bei Ben Schumacher ist.«

Laura kämpfte mit der aufsteigenden Übelkeit in ihrem Magen.

»Laura? Alles okay?«

»Nein, gar nichts ist gut«, brachte sie schließlich stockend hervor. »Ich habe eine Leiche entdeckt. Eine tote Frau, die auf einer bemalten Leinwand liegt.«

14

Vor achtzehn Jahren

»Verdammt noch mal, Mutter! Hör auf zu saufen oder ich schlage dir die Flasche aus der Hand.« Er stemmte wütend die Arme in die Hüften und funkelte sie an.

Die Frau, die für ihn früher die schönste der Welt gewesen war, rieb sich über die roten ausgetrockneten Wangen und starrte ihn aus glasigen Augen an.

»Reg dich nicht so auf, Junge«, lallte sie. »Ich habe nicht viel getrunken. Nur ein bisschen. Ich stelle die Flasche weg. Zufrieden?«

»Ja«, brummte er ernüchtert und griff ihr unter die Arme, um sie hochzuziehen. Er war aus der Schule gekommen und hatte sie mit der Flasche auf dem Küchenboden sitzend erwischt. Ein Drittel hatte sie bereits ausgesoffen. Hätte er nicht wegen der Krankheit eines Lehrers eine Freistunde gehabt, wäre die Flasche leer gewesen. Er bugsierte seine Mutter auf einen Stuhl. Dann verschloss er die Wodkaflasche und stellte sie oben auf den Küchenschrank.

»Ich dachte, du wolltest aufhören?« Er hatte diese Frage schon tausendmal gestellt und ebenso oft die gleiche Antwort erhalten.

»Ich versuche es ja, mein Junge. Ich versuche es wirklich.« Sie deutete auf einen Briefumschlag, der aufgerissen auf dem Küchentisch lag. »Die drehen uns den Strom ab, wenn wir die Rechnung nicht innerhalb der nächsten Tage begleichen.« Ein hysterisches Lachen drang aus ihrer Kehle. »Ich habe kein Geld. Dein Vater hat sich aus dem Staub gemacht und die Kohle für den ganzen Monat mitgenommen. Was soll ich bloß tun?«

Er nahm den Brief und las ihn. Hastig überschlug er seine Ersparnisse. Er hatte noch ein paar wertvolle Auto-Sammelkarten, die er tauschen könnte.

»Ich bezahle das und du schläfst jetzt deinen verdammten Rausch aus! Um Vater kümmern wir uns, wenn du wieder nüchtern bist.«

Seine Mutter blinzelte ihn ungläubig an. »Woher willst du denn das Geld haben? Hm? Hast du im Lotto gewonnen oder warum spielst du hier den Großkotz?«

»Ich helfe dir verflucht noch mal«, zischte er und zwang sich zur Ruhe. Wenn seine Mutter Alkohol getrunken hatte, war jedes Wort vergebens. Ihr Hirn war ausgeschaltet und reagierte nicht auf Vernunft. Sie schlug um sich wie ein verletztes Tier und beschimpfte jeden, der sich in ihrer Nähe befand. Sobald sie wieder nüchtern war, hatte sie alles vergessen. Er griff ihr abermals unter die Arme und zog sie vom Stuhl hoch.

»Los, mach schon. Ab ins Bett. Du musst heute Abend klar im Kopf sein.«

Sie nuschelte irgendetwas vor sich hin, das er nicht verstand. Es war auch egal. Er konnte auf ihre Beleidigungen verzichten. Sein Bruder war noch beim Sport. Zum Glück. Es wäre nicht gut, wenn er mitbekam, wie Mutter ein ums andere Mal abstürzte. Er konnte nur hoffen, dass sie sich bis zu seiner Rückkehr wieder gefangen hatte. Als sie endlich im Bett lag, deckte er sie zu.

»Schlaf jetzt«, sagte er und ging in sein Zimmer, um die Autosammelkarten zu suchen. Dann rannte er aus dem Haus und brauste mit seinem Fahrrad davon. Er würde die Sache in Ordnung bringen. Das schwor er sich.

Als er eine Stunde später zurückkehrte, schlief seine Mutter tief und fest im Bett. Er riss das Fenster auf, um den Gestank aus dem Raum zu kriegen. Der Alkohol kroch aus jeder ihrer Poren und verbreitete einen scharfen, säuerlichen Geruch, der die Luft im Schlafzimmer unerträglich machte. Immerhin hatte er es geschafft, das Geld zusammenzukratzen. Gleich am nächsten Morgen würde er zur Bank gehen, es überweisen. Zumindest hätten sie dann Strom. Doch wie sollte es weitergehen? Er musste verhindern, dass sein Vater immer wieder aufkreuzte und sich am Kühlschrank und am Portemonnaie seiner Mutter bediente. Der alte Säufer hatte hier nichts mehr zu suchen. Plötzlich kam ihm eine Idee. Er würde das verdammte Schloss austauschen. Nicht umsonst half er ab und zu beim Vater eines Freundes in dessen Laden für Eisenwaren und Werkzeug aus.

In der Küche entleerte er die Wodkaflasche in die

Spüle und brachte sie nach draußen zu den Mülltonnen. Mutter durfte die leere Schnapsflasche nicht finden. Es wäre nicht das erste Mal, dass sie versuchte, den letzten Tropfen herauszubekommen. Das Beste war, wenn sie durch nichts an den Alkohol erinnert wurde, nach dem ihr Körper so sehr lechzte. Er wollte gerade ins Haus zurückgehen, als er die Stimme seines Bruders hörte. Er prüfte die Uhrzeit und wunderte sich. Sein Bruder war früh dran. Eigentlich dauerte das Training noch gute dreißig Minuten. Panisch überlegte er, wie er ihn davon abhalten könnte, ins Schlafzimmer zu gehen und Mutter betrunken vorzufinden. Er würde sofort merken, dass wieder etwas nicht stimmte. Doch ihm fiel nichts ein. Hilflos sah er mit an, wie sein kleiner Bruder immer näher kam, während er neben einem Mädchen hertrottete, das die ganze Zeit auf ihn einplapperte.

»Kommst du morgen mit ins Kino oder nicht?«, fragte sie, und er wunderte sich, wie erwachsen die Zwölfjährige wirkte. Ihre klugen Augen fixierten seinen Bruder mit diesem gewissen Glanz. Er blinzelte, weil er in ihm bisher nichts weiter gesehen hatte als ein Kind. Doch das Mädchen schien ihn anders wahrzunehmen. Sie himmelte ihn regelrecht an. Seinen Bruder, der verschwitzt in einem zerrissenen Fußballtrikot neben ihr herlief und bei jedem dritten Satz, den sie sagte, desinteressiert nickte.

»Also, kommst du mit?«, drängte sie ihn und verstellte ihm den Weg. »Gib mir eine Antwort, bevor du reingehst. Bitte.«

»Morgen kann ich nicht. Vielleicht ein anderes Mal«, erwiderte sein Bruder ausweichend. In seinen Mundwinkeln zuckte es gefährlich. Er kannte diesen Gesichtsausdruck.

»Ach bitte, tue es für mich. Ich würde mich so freuen. Nena und Flori kommen auch mit.«

»Na, die haben mir gerade noch gefehlt.«

Das Mädchen schreckte zurück ob der Härte im Tonfall seines Bruders.

»Du weißt doch, dass ich Flori nicht ausstehen kann. Du bist vielleicht eine doofe Kuh!« Sein Bruder ließ das Mädchen stehen und rannte ins Haus.

Er starrte ihm hinterher und schämte sich für ihn. Wie konnte er nur so mit diesem Mädchen umspringen? Sie wandte sich ab und lief weiter. Rasch folgte er seinem Bruder nach oben. Er hockte schon in seinem Zimmer auf dem Bett. Erst jetzt fiel ihm auf, dass er links ein Veilchen hatte.

»Hey«, grüßte er ihn und lehnte sich an den Türrahmen. »Hattest du Ärger in der Schule?«

Sein Bruder schüttelte den Kopf. »Beim Training. Ich habe einen Ellenbogen ins Gesicht bekommen. Susi hat mich nach Hause begleitet.« Seine Lippen verzogen sich zu einem Grinsen. »Du solltest Martin mal sehen. Ihm fehlt jetzt leider ein Schneidezahn. Da sieht mein Auge echt harmlos gegen aus.«

»Du hast Martin einen Zahn ausgeschlagen?« In seinem Kopf begannen die Gedanken zu kreisen. Das würde Ärger geben. Er konnte sich ausmalen, wer den Streit begonnen hatte. Er sah es in den Augen seines Bruders.

»Du hast versprochen, dich nicht mehr zu prügeln. Willst du von der Schule fliegen? Was soll denn bloß aus dir werden?«

Sein Bruder warf ihm einen gelangweilten Blick zu. »Du hörst dich schon an wie Mutter. Lass mich einfach in Ruhe. Martin hat es nicht anders verdient.«

»Wie du meinst«, sagte er und knallte enttäuscht die Tür zu. Diese Familie war völlig kaputt. Er musste dringend etwas ändern, wenn er nicht mit ihr untergehen wollte.

15

Max hatte weniger als eine Stunde gebraucht, um zum Straßenbahnbetriebshof zu kommen und die gesamte Mannschaft mitzubringen. Er hielt sich ein Taschentuch vor die Nase und fluchte.

»Das stinkt schlimmer als in der Hölle. Warum zum Teufel ist das niemandem aufgefallen? Hat nicht diese Annika hier nach ihrer Freundin gesucht?«

Laura deutete auf die Stahltür mit den drei Hebeln. »Ich denke, die Tür hat den Raum beinahe luftdicht verschlossen. Ich habe den Geruch auch erst wahrgenommen, als ich sie ein Stück geöffnet hatte.«

»Wie bist du überhaupt auf dieses Straßenbahndepot gekommen?«

»Weißt du noch, Joachim Beckstein wollte, dass wir nach Annika Sterenberg suchen. Sie hat mich darauf gebracht«, flüsterte Laura, weil sie nicht wollte, dass andere etwas davon mitbekamen. »Ich wollte mich eigentlich nur nach ihrer vermissten Freundin umsehen. Ich konnte ja nicht ahnen, dass ich dabei auf ein weiteres Opfer unseres Killers stoße.«

Laura deutete auf das Foto, das sie von Annika Sterenberg erhalten hatte und das ihre Freundin in Großaufnahme zeigte. »Ich vermute wegen dieser Haarspange, dass es sich bei der Toten um Mari Azarian handelt. Vom Gesicht ist ja leider nicht viel übrig.«

Max nahm ihr das Foto ab und hielt es neben den Schädel der Toten. »Es ist auf alle Fälle dieselbe Spange. Und das Oberteil passt im Übrigen ebenfalls.«

Darauf hatte Laura noch gar nicht geachtet. Auf dem Foto war lediglich der schmale Ausschnitt eines dunklen T-Shirts zu sehen. Aber jetzt, wo sie genauer hinschaute, erkannte sie die kleinen Steinchen, die auf dem Rand des Shirts angebracht waren.

»Du hast recht. Auf der Polizeiwache hat Annika Sterenberg jedenfalls niemand geglaubt, dass ihrer Freundin etwas zugestoßen sein könnte. Sie haben eine Vermisstenanzeige aufgenommen und festgestellt, dass Mari Azarian das Studentenapartment gekündigt hat. Damit war die Sache für sie erledigt. Ich vermute, der Täter steckt dahinter. Er hat es so aussehen lassen, als wäre Mari Azarian nach Armenien zurückgekehrt.«

»Das ist alles unfassbar«, erwiderte Max und studierte die tote Frau auf der Leinwand. »Sie liegt genauso da wie Emma Riedel. Hast du dir mal die Schuhe angesehen? Die sind offenbar wieder zwei Nummern zu groß.«

Laura nickte und ging in die Hocke. »Leider scheint sie schon sehr lange in diesem Keller zu liegen. Ich kann nicht erkennen, ob sie ebenfalls erdrosselt wurde. Was meinst du, wann sie ermordet wurde?«

Max zog nachdenklich die Stirn in Falten. »Wenn wir Parallelen zu Emma Riedel ziehen, müsste es kurz nach ihrem Verschwinden passiert sein.«

»Das wären ungefähr fünf Monate«, murmelte Laura. »Wie konnte das nur die ganze Zeit über unbemerkt bleiben? Niemand hat sie vermisst und Annika wurde nicht geglaubt.« Sie schüttelte entsetzt den Kopf und vergaß, durch den Mund zu atmen. Angewidert verzog sie das Gesicht und hielt sich dann ebenfalls ein Tuch vor die Nase. »Was hältst du von der Malerei? Sieht mir nach den gleichen Farben aus, oder?«

Max nickte. »Die Spurensicherung soll nach irgendwelchen Mülltonnen oder Abfallsäcken Ausschau halten. Apropos Malerei. Konntest du bei diesem Kunstprofessor etwas in Erfahrung bringen?«

»Nur, dass seiner Meinung nach jemand am Werk ist, der Talent besitzt und bereits öfter einen Pinsel in der Hand gehalten hat.«

»Die Spurensicherung hat in Achim Köhlers Wohnung keine Malutensilien entdeckt. Ich bin gespannt, ob sich auf der Leiche hier auch DNS-Spuren von ihm befinden. Vielleicht hatte er ja einen Helfer für die Malerei.«

»Kann sein. Er könnte die Leiche später auf der Leinwand platziert haben.« Laura zweifelte jedoch an ihren eigenen Worten. Eigentlich war sie sicher, dass der Täter die Leinwand bemalt hatte, weil er damit etwas ausdrücken wollte. Die Leinwand und die Art der Malerei waren der Schlüssel zur Lösung dieses Falls. Sie musste unbedingt noch einmal mit Professor Malchin sprechen.

Ben Schumacher betrat den Kellerraum mit einem

schwarzen Müllsack in der rechten Hand. Max kniff die Augen zusammen und richtete sich zu voller Körpergröße auf.

»Er war vor dir hier«, zischte Laura ihm leise ins Ohr. »Gut möglich, dass du dich irrst, was Hannah betrifft.«

Max atmete aus.

»Den Sack haben wir hinter dem Haus gefunden. Der liegt da schon ein bisschen länger. Es sind Sportschuhe drin.« Er hielt Max den Sack vor die Nase und sah ihn an. »Habe ich irgendwas falsch gemacht?«

»Wie kommen Sie denn darauf?«, brummte Max missmutig und nahm ihm den Müllsack ab.

»Nur so ein Gefühl.« Ben Schumacher warf Laura einen prüfenden Blick zu. »Es ist doch wieder alles in Ordnung? Ich meine wegen des Meetings.«

»Alles okay«, erwiderte Laura rasch und beeilte sich, einen Schuh aus dem Beutel zu fischen. »Ich schaue mal, ob der Schuh passt.« Sie ging in die Hocke und zog einen der knallroten High Heels vom Fuß der Toten. Erneut fragte sie sich, was diese roten Schuhe zu bedeuten hatten. Es handelte sich um dieselbe Marke wie beim letzten Mal in Größe vierzig, was mindestens eine Nummer zu groß war. Sie schob den Sportschuh auf den rechten Fuß.

»Passt«, sagte sie und erhob sich.

»Wir suchen gleich alles noch einmal gründlich nach Spuren ab. Vielleicht finden wir ein Haar. Sollte es wieder von Achim Köhler stammen, wird es für eine Anklage reichen.«

»Hoffen wir es mal«, knurrte Max und drehte sich zu der Leiche um.

Ben Schumacher winkte ein paar Mitarbeiter in weißen Schutzanzügen herein. Ein Fotograf machte sich an die Arbeit und knipste ununterbrochen, während die Spurensicherung gelbe Schildchen aufstellte, um die Fundstücke zu dokumentieren.

»Wir sind vorerst fertig hier«, erklärte Laura und machte noch ein eigenes Foto von der Toten und der Leinwand. »Sobald Sie auf etwas Wichtiges stoßen, rufen Sie mich sofort an«, bat sie Ben Schumacher.

»Selbstverständlich«, erwiderte er und nahm Laura den Sportschuh aus der Hand, um ihn in eine Asservatentüte zu stecken.

Laura und Max verließen den stickigen Keller und schnappten vor dem Gebäude nach Luft.

»Puh, der Gestank ist nicht auszuhalten«, sagte Max.

»Du darfst Ben Schumacher nicht so angehen. Bleib cool.« Laura hielt Max an der Schulter fest und schaute ihn an. »Kläre die Sache mit Hannah. Stell sie zur Rede, wenn du glaubst, sie wäre bei Schumacher in der Wohnung gewesen.«

»Ich überlege es mir«, versprach Max und machte ein zerknirschtes Gesicht.

Laura verabschiedete sich von ihm und sah zu, wie er in sein Auto stieg. Sie seufzte. Er würde Hannah nicht ansprechen, das ahnte sie. Sollte sie es tun? Nicht heute oder morgen, aber wenn es sich ergab. Sie ging ebenfalls zu ihrem Auto und setzte sich hinein. Als sie den Motor startete, klingelte ihr Handy. Es war Taylor. Erfreut hob sie ab.

»Hey, bitte komm zu mir. Ich muss dich heute Nacht noch sehen«, flüsterte Taylor ins Telefon.

»Ja, bis gleich«, erwiderte Laura und nahm sich vor,

bis zum nächsten Morgen nicht mehr an die tote Frau im Keller des Straßenbahnbetriebshofs zu denken.

* * *

Laura bewunderte die Fingerfertigkeit von Professor Malchin. Der Mann war offenbar ein Künstler auf vielen Gebieten. Es gelang ihm nicht nur, Farbe auf eine Leinwand zu bannen, er konnte auch wunderbaren Cappuccino zaubern.

»Mit extra viel Schaum?«, fragte er lächelnd und zog an einem Hebel an der Kaffeemaschine.

»Gerne«, sagte Laura und leckte sich unwillkürlich die Lippen. Sie hatte sich mit Professor Malchin am frühen Morgen verabredet und er hatte ihr dieses kleine Café in der Nähe der Universität vorgeschlagen. Es gehörte seinem Bruder, und so wie es aussah, half Professor Malchin des Öfteren hier aus.

Er schob ihr zwei dampfende Tassen über den Tresen und folgte ihr an den Tisch, an dem Max auf sie wartete. Laura hatte ihn bisher nicht auf Hannah angesprochen, aber an seiner Miene konnte sie sehen, dass er es nicht getan hatte.

»Bitte schön. Ein Cappuccino für dich.« Sie stellte einen Kaffee vor Max ab, setzte sich und trank genüsslich einen Schluck aus ihrer eigenen Tasse.

»Wir haben leider keine guten Neuigkeiten und brauchen noch mehr Unterstützung von Ihnen«, begann Laura das Gespräch, nachdem Professor Malchin sich gesetzt hatte, und gab ihm ein Foto von der Leinwand aus dem Straßenbahndepot.

»Die Frau wurde unkenntlich gemacht?«, fragte

Professor Malchin und inspizierte die Aufnahme mit scharfem Blick.

»Ja, denn sie lag dort bereits längere Zeit. Es wäre wahrscheinlich ein zu schockierender Anblick«, erklärte Laura.

»Ich habe mir gestern Abend noch das erste Bild mit dem Meer und dem Ruderboot genauer angesehen, und wenn ich jetzt das neue Werk betrachte, erinnert es mich offen gestanden an die Arbeit eines Kollegen. Er liebt es, verschiedene Kunstrichtungen miteinander zu kombinieren. Vor ein oder zwei Jahren hat er an unserer Einrichtung einen Kurs für Malerei und Performance-Kunst gegeben. Diese beiden Bilder könnten dazu passen. Ich würde Ihnen gerne vorschlagen, dass wir nach dem Kaffee rüber in die Uni gehen und uns die archivierten Arbeiten des Kurses ansehen.« Professor Malchin deutete auf das Bild mit den Bäumen und der grünen Wiese. »Irgendetwas an dieser Arbeit kommt mir bekannt vor.«

Laura schaute auf die Uhr. Ein wenig Zeit konnten sie noch entbehren, bevor sie zurück ins Landeskriminalamt mussten. Joachim Beckstein wollte über den Stand der Ermittlungen in Kenntnis gesetzt werden. Da sie bisher nicht allzu viel vorweisen konnten, hatte Laura es nicht sonderlich eilig. Max schien es ebenso zu ergehen. Er leerte seinen Cappuccino und erhob sich.

»Ihr Angebot nehmen wir selbstverständlich an.«

Sie liefen hinüber zur Uni, die nur so von jungen Menschen wimmelte. Professor Malchin führte sie in das Gebäude, das Laura bereits kannte. Sie kamen an dem Atelier vorbei und bogen in einen weniger belebten Gang nach rechts ab.

»Dort hinten befindet sich die Werkstatt, in der die Leinwände gefertigt werden. Wir bringen sie selbst auf Holzrahmen an, weil das günstiger ist. Sie kennen das vermutlich. Das Budget in öffentlichen Einrichtungen ist begrenzt.« Professor Malchin öffnete schwungvoll die Tür.

Sie betraten einen großen Raum, in dem es nach Farbe und chemischen Stoffen roch. Ein Mann in einem grauen Kittel spannte eine Leinwand auf einen riesigen Holzrahmen und hämmerte ein paar Nägel ein.

»Guten Morgen, Professor«, sagte er und nickte Laura und Max zu. »Ich hoffe, Sie brauchen die neuen Leinwände nicht sofort. Wir sind noch nicht fertig.«

»Schon gut, ich wollte den Herrschaften nur das Archiv zeigen. Übrigens: Die Tür zum Atelier klemmt seit zwei Tagen. Könnten Sie jemanden schicken, um sie zu reparieren?«

Der Mitarbeiter deutete auf einen Mann hinter sich, der ebenfalls einen Schutzkittel trug und eifrig mit dem Pinsel eine transparente Flüssigkeit auf der Leinwand verteilte.

»Klar, Daniel kann das übernehmen, sobald er mit der Grundierung fertig ist.«

»Prima. Danke.« Professor Malchin führte sie durch die Werkstatt, bis sie zu einer weiteren Tür gelangten.

Dahinter lag das Archiv. Ein fensterloser Raum mit stickiger Luft, der durch kalte bläuliche Neonleuchten erhellt wurde. Professor Malchin ging auf einen Schrank zu und zog ein Register heraus. Er studierte eine Karte, befeuchtete dann die Spitze seines Zeigefingers und blätterte um.

»Wir müssen zum Regal *Achtzehn C*«, verkündete er schließlich und eilte voraus.

Laura schritt an vollgestopften Regalen vorbei, in denen sich die Leinwände dicht an dicht drängten. Professor Malchin stoppte urplötzlich.

»Falsche Richtung«, stieß er aus und wandte sich um. Laura konnte sein herbes Aftershave riechen und trat überrascht zur Seite.

»Entschuldigen Sie bitte, ich hoffe, ich habe Sie nicht mit dem Ellenbogen getroffen. Wir hätten zwei Regale vorher links abbiegen müssen.«

»Meinen Sie hier?«, fragte Max, der ihnen nicht so schnell gefolgt war und an einem Spalt zwischen zwei Regalreihen wartete.

»Ja, genau dort. Sehen Sie nach oben zu den Schildern. Die achtzehn muss gleich kommen.«

»Hier drüben ist es«, rief Max und verschwand hinter einem Kunstwerk. Für einen Moment übermannte Laura ein seltsames Gefühl. So, als würde sie beobachtet werden. Beunruhigt blickte sie sich um. Doch inmitten der vielen Regale und Leinwände regte sich nichts. Nicht mal ein Luftzug, der ihr ein wenig frische Luft beschert hätte. Sie zögerte einen Augenblick, um sich zu vergewissern, dass sie sich nicht irrte. Dann folgte sie dem Professor, der längst wie Max in dem schmalen Gang verschwunden war. Ohne sich dessen bewusst zu werden, berührte sie die schwieligen Narben über ihrer Brust.

»Hier haben wir es«, verkündete Professor Malchin mit Stolz in der Stimme. Er holte eine Mappe hervor. »Die meisten Werke sind ausgestellt. Europaweit. Wir haben Kopien in Originalgröße erstellen lassen. Es wäre zu schade, wenn wir die wunderschöne Sammlung nur in Teilen vorzeigen könnten. Wie gesagt, es sind leider kaum noch Originale vorhanden, aber die Fotografien sollten uns genauso gut weiterhelfen.« Er blätterte durch die Seiten und zog schließlich eine Fotografie heraus.

»Ich wusste doch, dass mir diese Wiese bekannt vorkommt. Schauen Sie sich das an. Es erinnert stark an das letzte Foto, das Sie mir gezeigt haben.« Er blätterte zurück, bis er auf der vordersten Seite angekommen war, und fuhr mit der Fingerspitze über die aufgelisteten Künstlernamen.

»Dieses Gemälde wurde von einer unserer Kunststudentinnen angefertigt. Ich erinnere mich an sie. Eine sehr talentierte junge Frau. Ihr Name ist Mari Azarian.«

Laura schluckte. Der Professor kannte das zweite Opfer oder vielmehr das erste, denn Mari Azarian war bereits vor fünf Monaten gestorben.

»Haben Sie viel mit ihr zu tun?«, fragte Max wie aus der Pistole geschossen, weil er offenbar denselben Gedanken wie Laura hatte. Sein Blick bohrte sich in den Professor.

»Sie hat die Kurse meines Kollegen besucht. Bei mir war sie nicht sehr oft, aber sie ist mir im Gedächtnis geblieben. Sie können mit Torben Schleyer sprechen, er wird Ihnen Auskunft geben können.«

Laura notierte sich den Namen. »Was ist mit dem ersten Foto, das ich Ihnen gezeigt habe? Befindet sich in dieser Mappe vielleicht eine ähnliche Malerei?«

Professor Malchin blätterte die Abbildungen von vorn durch und schüttelte schließlich den Kopf. »Leider nein. Wasser, Boote und Rettungswesten kommen mir nicht oft in die Finger. Meine Studentinnen und Studenten zieht es eher in die abstrakte Richtung der Malerei und sie kombinieren auch nicht häufig diese Kunstrichtung mit anderen. Aber wissen Sie was? Mein Kurs beginnt gleich.« Er schaute auf die Uhr und klappte die Mappe zusammen. »Offen gestanden fängt meine Vorlesung in dieser Sekunde an. Begleiten Sie mich doch und ich werde das erste Foto mit meinen Studenten besprechen. Möglicherweise finden wir so heraus, ob es eine ähnliche Arbeit bereits gibt.«

Laura machte ein Foto von Mari Azarians Gemälde, das der Leinwand am Fundort bis aufs Haar glich. Es war skurril, dass der Täter sie gewissermaßen in ihr eigenes Kunstwerk verfrachtet hatte. Eine Gänsehaut breitete sich auf Lauras Armen aus. Die junge Frau hatte ihren Mörder höchstwahrscheinlich gekannt. Sie dachte an Achim Köhler und fragte sich, ob er derjenige war, der das Leben der jungen Frau für immer zerstört hatte. Oder handelte es sich bei dem Täter möglicherweise um einen Studenten? Vielleicht hatte er jeden Tag in einem der Hörsäle neben seinem Opfer gesessen und es unauffällig beobachtet.

Sie folgten Professor Malchin in das Atelier und setzten sich in die hintere Reihe. Der Professor stellte sie knapp als zwei Kollegen vor, die dem Kurs beiwohnen wollten. Ungefähr zwanzig Studierende saßen im Raum, was in heutigen Zeiten garantiert ein Luxus war. Laura musterte jeden Einzelnen, insbesondere die Männer. Ob einer von ihnen der Täter war? Keiner wirkte wie ein Frauenmörder, doch eines hatte Laura in ihrer langjährigen Tätigkeit gelernt: Man sah es einem Menschen meistens nicht an, ob er gut oder böse war. Ob seine

Gedanken tagtäglich ums Töten kreisten, während er seine dunkle Seite perfekt vor seiner Umgebung versteckte. Ihr Blick schweifte weiter zu Professor Malchin. Er wirkte freundlich und kompetent. Doch auch hinter einer solchen Fassade konnte sich das Böse verstecken.

Der Professor warf das Foto von der Leinwand, auf der Emma Riedel lag, mit einem Beamer an die Wand. Er hatte die tote Frau abgedeckt.

»Wer interpretiert mir diese Darstellung und wem kommt dieses Bild in irgendeiner Form bekannt vor?«, fragte er in die Runde.

Ein Raunen ging durch die Anwesenden. Einige Studenten tuschelten aufgeregt miteinander. Schließlich meldete sich eine blonde Frau zu Wort.

»Es erinnert mich an den Kurs von Torben Schleyer. Wir haben dort vor ungefähr zwei Wochen mit Farben und Gegenständen experimentiert.«

»Vielen Dank, Franziska.« Professor Malchin warf der jungen Frau ein fröhliches Lächeln zu.

Laura seufzte. Das war keine neue Information. Sie brannte aber darauf, mit Torben Schleyer zu sprechen. Ein Student hob die Hand.

»Bitte, Jan. Haben Sie eine Idee?«

Der junge Mann schüttelte den Kopf. »Das nicht. Ich wollte nur fragen, warum Sie die Mitte abgedeckt haben.«

»Das ist eine sehr gute Frage. Nehmen Sie es bitte einfach so hin. Es ist nicht relevant für Sie.«

»Aber ich …«, entgegnete der Student, doch Professor Malchin brachte ihn mit einer unwirschen Handbewegung gleich wieder zum Schweigen.

»Ich sagte schon, es ist nicht relevant.« Erneut lächelte Professor Malchin, wobei es dieses Mal kalt wirkte.

»Torben Schleyer könnte es selbst gemalt haben. Ich kann leider seinen Pinselstrich nicht so gut erkennen. Aber es wäre sein Stil«, rief ein anderer Student, ein großer dunkelhaariger Kerl mit einer markanten Nase.

»Okay«, entgegnete Professor Malchin und rieb die Handflächen aneinander. »Wir beenden das Thema an dieser Stelle und kommen wieder zu den abstrakten Künstlern des letzten Jahrhunderts. Jan Schneider, Peter Romberg und Franziska Neumann – was hat Ihre Arbeitsgruppe hierzu erarbeitet?«

Die drei Studierenden begaben sich nach vorn und breiteten verschiedene Plakate aus. Im Hörsaal erhob sich Gemurmel. Professor Malchin klatschte in die Hände und augenblicklich wurde es still.

»Ich habe noch eine wichtige Erinnerung für Sie. Denken Sie an die Abgabe der Skizzen. Morgen ist der Stichtag.«

Laura und Max erhoben sich und gingen zum Ausgang. An der Tür drehte sich Laura noch einmal um und betrachtete den Professor erstaunt. Diese Dominanz hätte sie ihm gar nicht zugetraut.

16

Frauen waren eine einzige Enttäuschung für ihn. Egal wie sehr er sich vorbereitete, wie lange er sie vorher beobachtete, sobald er ihnen näherkam, entblößten sie ihr wahres Gesicht. Wie hatte sie ihm das antun können? Er wollte doch nur für sie da sein. Er bewunderte sie. Ihr Aussehen und ihren glasklaren Verstand. Wieso war es immer zu früh, um irgendetwas Gemeinsames zu tun? Wie verdammt konnte sie behaupten, sie würden sich noch nicht gut genug kennen?

Wie war es denn mit ihrem Ex-Freund gewesen? Mit dem war sie bereits in der ersten Nacht im Bett gelandet. Er hatte sie bloß ausgenutzt und nach einem halben Jahr war alles vorbei gewesen. Er hingegen bedachte genau, was er tat. Er bändelte nicht einfach mit irgendeiner Frau an. Nein. Er überlegte sich vorher, auf wen er näher einging und auf wen nicht. Sobald er sich entschieden hatte, meinte er es auch ernst, und auf sie war seine erste Wahl gefallen. Aber sie schien das nicht würdigen zu können. Wusste sie denn nicht, dass er ein aufstrebender Künstler war? Dass sie als seine Muse zu einem Star werden könnte? Ihr Gesicht auf seiner Leinwand würde Heerscharen von neuen Bewunderern anziehen. Doch das alles interessierte sie offenbar nicht. Zugegeben, es war eine ihrer Eigenschaften, die ihn anfangs zu ihr hingezogen hatten. Sie war nicht auf Ruhm oder Geld aus. Es ging ihr um echte Gefühle. Er hatte sie allerdings für erwachsen genug gehalten, um zu wissen, dass nur von Luft und Liebe auf Dauer niemand leben konnte. Er könnte ihr all das bieten, wovon sie träumte. Eine Zukunft mit einem vernünftigen Auskommen und einem Mann, der alles für sie tat. Was wollte sie denn noch? Mehr, als sie einzuladen, konnte er doch nicht tun. Aber sie hatte beschlossen, ihm aus dem Weg zu gehen.

So fing es immer an. Zuerst ließen sie sich am Telefon verleugnen, dann hoben sie gar nicht mehr ab und am Ende mieden sie jede auch noch so zufällige Begegnung. Sie machten sich einfach aus dem Staub. Doch das würde er dieses Mal nicht zulassen. Er war kein Spielball und er hatte sich wirklich Mühe gegeben. Sie war an ihm interessiert, das konnte sie nicht leugnen. Vermutlich verzehrte sie sich bereits nach ihm. Er musste es ihr vielleicht nur noch einmal klarmachen. Es gab Menschen, die ihre Gefühle ganz tief in ihrem Herzen wegschlossen. So tief, dass sie glaubten, es gäbe sie nicht. Aber zu jedem Gefängnis existierte auch ein Schlüssel – und er würde ihn finden.

Verdammt. Da war so viel Wut in ihm, dass er zitterte. Er musste aufpassen, dass es niemand bemerkte. Nicht auffallen, hatte er gelernt. Nicht handgreiflich werden und vor allem erst einmal durchatmen, um die Wut zu vertreiben.

Er tat es.

Er atmete ein.

Er atmete aus.

Er konnte nicht mehr und sprang auf und lief nach draußen. Tränen der Verzweiflung stiegen in ihm hoch. Warum musste die Liebe nur so wehtun? Sollte sie nicht etwas Schönes sein? Etwas, das alle Zärtlichkeit in ihm zum Schwingen brachte und ihn so leicht werden ließ, dass er fliegen könnte?

Vielleicht spürte er ja gar keine Liebe zu dieser Frau. Womöglich war diese Beziehung von Anfang an vergiftet. Er hörte Stimmen in seinem Rücken und zwang sich zur Ruhe. Er durfte jetzt nicht ausrasten. Nicht jetzt und nicht hier. Die Polizei war ständig in seiner Nähe. Und sobald seine Maske fiel, würden sie ihn erkennen.

17

»Ich wollte mich noch einmal ausdrücklich dafür bedanken, dass Sie Annika Sterenberg so schnell gefunden haben. Ihren Eltern ist ein Stein vom Herz gefallen.« Joachim Beckstein räusperte sich. »Das war nicht selbstverständlich. Schließlich handelte es sich nicht um eine offizielle Anfrage.«

»Kein Problem«, entgegnete Laura. »Ich bin wirklich froh, dass ich Annika aufspüren konnte, und ich hoffe, dass sie wieder auf den richtigen Weg findet.«

»Das hoffe ich auch. Da wir jetzt wissen, dass Emma Riedel nicht das einzige Opfer ist, hat Achim Köhler inzwischen ein Geständnis abgelegt?«, fragte Beckstein und zupfte seine Krawatte zurecht.

»Nein. Sein Anwalt hat ihm geraten, zu schweigen. Wir werden gleich erfahren, was die Spurensicherung bei der Durchsuchung seiner Wohnung herausgefunden hat.« Laura warf einen Blick auf ihre Uhr. In wenigen Minuten begann die Teambesprechung. Sie erhob sich und wartete, bis Joachim Beckstein sein Jackett übergezogen hatte.

Als sie im Besprechungsraum ankamen, stand Max bereits vorn und winkte Laura zu.

»Gibt es Neuigkeiten?«, fragte sie.

»Keine guten. So wie es aussieht, hat Köhler für den ersten Mord an Mari Azarian ein Alibi.«

»Was?«, entfuhr es Laura überrascht. »Ist der Obduktionsbericht mit dem Todeszeitpunkt schon da?«

»Nein, aber Köhler hat vor fünf Monaten auf einer Baustelle im Ausland gearbeitet. Das hat sein Anwalt vorhin mitgeteilt. Martina Flemming liest es gleich vor.«

»Okay, dann starten wir mal.« Laura begrüßte das Team und übergab sofort Martina Flemming das Wort.

»Wir konnten es noch nicht überprüfen, doch Achim Köhler soll sich auf einer Baustelle in Frankreich befunden haben, als Mari Azarian gestorben ist. Er hat dort einen Monat verbracht.«

Laura dachte nach. Sollte Mari Azarian weniger als fünf Monate tot sein, zählte dieses Alibi nichts mehr.

»Wann bekommen wir erste Ergebnisse aus dem Obduktionsbericht? Wir müssen dringend den Todeszeitpunkt wissen.« Laura wartete ungeduldig, während Martina Flemming ihre Unterlagen durchblätterte.

»Ich habe gestern mit dem zuständigen Rechtsmediziner gesprochen. Er hat die Obduktion abgeschlossen, aber es fehlen noch die Laborergebnisse. Vorher möchte er keine Auskunft erteilen. Er hat allerdings schon angedeutet, dass er nur einen Zeitraum benennen kann, in dem Mari Azarian umgekommen ist.«

»Verstehe«, sagte Laura und wandte sich an Ben

Schumacher. »Hat die Spurensicherung DNS von Achim Köhler am Fundort von Mari Azarians Leiche sicherstellen können?«

Der Leiter der Spurensicherung sah zerknirscht auf. »Nichts, keine Haare und leider auch keine Fingerabdrücke.«

Laura verkniff sich einen lauten Fluch. Wenn Achim Köhlers Anwalt das herausfand, würde der Kerl nicht mehr lange in Haft sein. Und falls er die Morde begangen hatte, würde er weitermachen, das konnte Laura spüren.

Frustriert bat sie Simon Fischer, seine Ergebnisse vorzutragen.

Simon leckte sich hastig über die Lippen und erhob sich. »Ich habe mir Emma Riedels Laptop angeschaut. Sie war in den sozialen Netzwerken kaum aktiv und bei den einschlägigen Kontakt- oder Partnerbörsen hatte sie kein Profil. Ich habe sie gründlich durchleuchtet, aber über das Internet kann sie ihren Mörder nicht kennengelernt haben. Sie hat das Netz, soweit es ging, gemieden.«

»Was ist mit der Aussage ihres Ex-Freundes, dass sie angeblich auswandern wollte?«

Simon zuckte mit den Achseln. »Auch dazu habe ich nichts gefunden. Ich denke, es stimmt nicht.«

Martina Flemming hob zaghaft den Arm. »Wir haben die Nachbarn befragt. Ein älterer Herr, der neben ihr wohnte, sagte aus, dass ein junger Mann sehr oft vor ihrem Apartment oder dem Haus herumgelungert hat. Ich habe ihm ein Foto von Ralf Brückner gezeigt und er glaubte, es könnte sich um diesen gehandelt haben. So ganz sicher war er sich allerdings nicht.«

»Was ist mit dem Alibi von Brückner?«, hakte Laura weiter nach. »Er ist bei Emma Riedel abgeblitzt, vielleicht wollte er sich rächen.«

»Er hatte bei der Befragung angegeben, mit seinem Mitbewohner Sascha Baumgard für eine Prüfung gelernt zu haben. Baumgard hat sein Alibi bestätigt. Ich habe mich jedoch an der Uni erkundigt. Demnach fanden in dieser Woche überhaupt keine Prüfungen statt. Für den Todeszeitraum von Mari Azarian vor fünf Monaten kann er nichts vorweisen. Natürlich kennen wir den genauen Zeitraum noch nicht, aber er war nicht im Urlaub und es gab wohl auch keine längeren Ausflüge.«

Laura machte sich eine Notiz und fragte: »Gibt es eine Verbindung zwischen Ralf Brückner und Mari Azarian?«

»Wir sind dran. Bisher konnten wir nichts finden.«

»Und was ist mit Achim Köhler? Wir wissen, dass er Emma Riedel kannte. Gilt das auch für Mari Azarian? Standen die beiden irgendwie in Kontakt? Sie müssen das prüfen.«

Martina Flemming nickte eifrig. »Wir sind an der Sache dran. Leider konnten wir bisher zwischen den beiden Opfern keine Gemeinsamkeiten aufdecken. Emma Riedel hat als Schwimmlehrerin gearbeitet und Mari Azarian war als Kunststudentin eingeschrieben. Wir haben im Schwimmbad nachgefragt. Sie hatte dort nie einen Kurs belegt und umgekehrt gibt es keine Verbindung von Emma Riedel zur Kunstszene. Laut Aussage ihrer Mutter konnte sie weder zeichnen noch malen. Sie besaß kein großes Talent und hat es nie versucht. Sie konnte jedoch gut fotografieren. Das ist ja eigentlich auch eine Kunst und wäre die einzige geringfügige Gemeinsamkeit zwischen den beiden Opfern.«

»Okay, finden Sie heraus, ob Emma Riedel dennoch mal was mit der Universität zu tun hatte«, bat Laura Martina Flemming.

»Was ist mit Köhler, müssten wir ihn nicht gehen lassen?«, fragte Dennis Struck von der Spurensicherung.

»Nein, die fehlenden DNS-Spuren oder Fingerabdrücke bedeuten nicht, dass er unschuldig ist. Er könnte einfach vorsichtiger gewesen sein. Womöglich wurde er beim zweiten Mord gestört oder hatte schlicht seine Handschuhe vergessen. Im Rausch kann so etwas passieren.« Laura schüttelte energisch den Kopf. »Der Mann steht weiterhin unter Tatverdacht, vor allem solange wir den Todeszeitpunkt von Mari Azarian nicht kennen.« Sie drehte sich zum Whiteboard um und deutete auf die Namen von Achim Köhler und Ralf Brückner.

»Diese beiden Männer sind im Augenblick unsere Hauptverdächtigen. Konzentrieren Sie sich auf die Lücken und suchen Sie die fehlenden Puzzleteilchen zusammen. Köhler könnte beide Opfer gekannt haben, und Ralf Brückner lügt offenkundig, was sein Alibi angeht. Versuchen Sie herauszufinden, warum.« Laura beendete das Meeting und schickte das Team zurück an die Arbeit.

»Wir stehen nicht besonders gut da«, schimpfte sie, als sie mit Max in den Fahrstuhl stieg. »Irgendwie passt hier nichts zusammen. Vor allem wissen wir immer noch nicht, welche Bedeutung diese Kunstwerke haben. Ich hoffe, dass Professor Malchin uns gleich weiterhelfen kann.«

Der Fahrstuhl stoppte im Erdgeschoss. Laura und Max begaben sich zum Empfang, wo Professor Malchin und Torben Schleyer bereits von einem Kollegen begrüßt worden waren.

»Schön, dass Sie kommen konnten«, sagte Laura. Sie gaben beiden die Hand. Torben Schleyer schwitzte aus allen Poren, obwohl die Klimaanlage die Luft gut heruntergekühlt hatte.

»Folgen Sie uns bitte in den Asservatenbereich. Die Kollegen haben die Leinwände bereits vorbereitet«, sagte Max und ging voraus zum Treppenhaus.

»Es freut uns, dass Sie uns unterstützen. Vielleicht können Sie uns helfen, herauszufinden, wer diese Leinwände bemalt hat.« Laura trat einen Schritt zur Seite und ließ Professor Malchin und seinem Kollegen den Vortritt.

»Ich kann immer noch nicht fassen, dass Mari Azarian tot ist. Sie war so ein großes Talent«, sagte Professor Malchin mit bekümmertem Blick. »Uns ist natürlich daran gelegen, Ihnen zu helfen. Wie bereits erwähnt, experimentiert mein Kollege gerne mit verschiedensten Techniken und außerdem war Mari Azarian in einem seiner Kurse. Gut möglich, dass er vielleicht etwas sieht, das mir nicht aufgefallen ist.«

Die Tür des Fahrstuhls öffnete sich surrend. Sie waren im zweiten Untergeschoss angekommen und folgten Max, der durch den Gang marschierte und schließlich an eine graue Metalltür klopfte. Ein Mann mit Glatze und Vollbart erschien im Türspalt.

»Hartung und Kern?«, fragte er und winkte sie herein, als Max seinen Ausweis zeigte.

»Gehen Sie durch. Die Leinwände haben wir ganz hinten an zwei Wänden angebracht.«

Sie durchschritten den Raum, der vollgestellt war mit Regalen und Beweismitteln. Die beiden Leinwände hingen über Eck. Die Stellen, an denen die toten Frauen gelegen hatten, waren mit weißem Papier gekennzeichnet. Die roten High Heels standen auf dem Fußboden unter den Leinwänden und wirkten deplatziert. Die Blumensträuße waren entfernt und durch künstliche Blumen ersetzt worden. Bloß die Rettungsweste war nach wie vor auf dem gemalten Rettungsboot befestigt.

»Die Leinwände sind viel größer, als ich es mir vorgestellt hatte.« Professor Malchin streckte den Finger aus.

»Halt!«, stieß der Beamte aus. »Sie müssen sich vorher Handschuhe überziehen.« Er hielt dem Professor zwei dünne farblose Gummihandschuhe hin. »Bitte schön.«

Professor Malchin folgte seiner Anweisung. Torben Schleyer streifte sich ebenfalls Handschuhe über. Er tupfte sich die schweißnasse Stirn mit einem Papiertaschentuch ab und verzichtete im Gegensatz zu Professor Malchin darauf, die Farben auf der Leinwand zu berühren. Stattdessen musterte er den Rand der Leinwand, auf der Emma Riedel gelegen hatte, eingehend.

»Es sind mehrere Farbschichten aufgetragen, soweit ich das erkennen kann.« Aus einer Tasche holte er einen schmalen Spachtel, der aussah, als hätte er ihn aus einer Zahnarztpraxis mitgenommen. »Darf ich ein wenig abkratzen?«

Laura schaute sich Hilfe suchend zu dem Kollegen um, der die Fundstücke in der Asservatenkammer verwaltete. Der starrte Torben Schleyer strafend an, griff dann jedoch zum Telefon.

»Ich frage Ben Schumacher.« Er wechselte mit ihm einige Worte und gab ihnen kurz darauf zu verstehen, dass sie an der Stelle etwas Farbe entfernen durften.

Torben Schleyer machte sich an die Arbeit. Geschickt trug er mehrere Farbschichten ab. Unter dem Blau des Meeres kam eine grüne Schicht zutage und darunter eine weiße.

»Es wurde eine Grundierung benutzt, um die Deckkraft der Farben zu verstärken«, erklärte Schleyer. »Hier wurde ein Halbkreidegrund verwendet.« Er hielt sich den Spachtel unter die Nase und roch an den hellen Farbstückchen, die daran klebten. »Ich empfehle diese Beschichtung meinen Studierenden, weil dadurch die Brillanz der Farben besonders schön zur Geltung kommt.«

Er drehte sich zu Professor Malchin. »Was halten Sie von dem Pinselstrich? Ich könnte einige Künstler und Studenten aufzählen, die infrage kämen.«

»Mir fallen da auch etliche Namen ein«, antwortete Professor Malchin nachdenklich und trat ein Stückchen näher an die Leinwand. »Das Erste, was sich feststellen lässt, ist, dass es sich bei den beiden Leinwänden um denselben Hersteller handelt, auch die Grundierung und die Farben sind identisch. Es wurde mit mehreren Schichten gearbeitet – mit der sogenannten Impasto-Technik – und der Pinselstrich stimmt ebenfalls überein. Vincent van Gogh ist beispielsweise ein berühmter Vertreter dieser Technik, bei der die Farbe besonders dick aufgetragen wird und Reliefstrukturen entstehen.«

Torben Schleyer nickte grinsend und deutete auf

seinen Kollegen. »Ohne dich in Bedrängnis bringen zu wollen, aber du verwendest diese Maltechnik doch auch oder hast du dich inzwischen einer neuen Richtung zugewandt?«

»Ich?«, stieß Professor Malchin erstaunt aus und fing an zu lachen. »Ich habe offenbar von den Großen gelernt.«

»Richtig. Und mir geht es da wohl nicht anders.« Schleyer klopfte dem Professor auf die Schulter und sah dann Laura an. »Aber um noch einmal auf Ihre dringlichste Frage zurückzukommen: Es ist schwierig, von diesen Gemälden auf einen Künstler zu schließen. Wie gesagt, der Pinselstrich erscheint identisch, aber uns müssten eine Menge mehr Kunstwerke vorliegen, um wirklich sichergehen zu können. Ich würde jedoch schon behaupten, dass diese beiden Bilder vom selben Künstler angefertigt wurden, oder wie siehst du das, Jacob?«

Professor Malchin wiegte den Kopf. »Ich kann mich dem anschließen. Ich denke auch, es handelt sich hier um denselben Künstler.«

Max zeigte den Dozenten Fotos der Opfer. »Wir wissen bereits von Professor Malchin, dass Sie beide Mari Azarian kannten. Ist das richtig?« Max blickte Torben Schleyer an.

»Wie mein Kollege eben erwähnte, hat Mari einen meiner Kurse besucht. Sie war eine sehr begabte Frau. Allerdings habe ich sie schon länger nicht mehr gesehen. Ich meine, jemand hätte mir erzählt, dass sie zurück nach Armenien gegangen wäre«, erklärte Torben Schleyer.

»Und was ist mit der zweiten Frau?«

»Ich kenne sie nicht.« Professor Malchin tippte auf das Foto von Emma Riedel.

»Ich auch nicht. Studierte sie ebenfalls Kunst?« Torben Schleyer nahm Max das Foto aus der Hand und betrachtete es ausgiebig.

»Nein. Sie hat als Schwimmlehrerin gearbeitet«, antwortete Max und steckte die Fotos wieder ein.

»Könnten Sie uns eine Liste aller derzeitigen Studenten zur Verfügung stellen, die in der Lage wären, solche Malereien anzufertigen?« Laura nickte in Richtung der Leinwände. »Wir müssen jedem noch so kleinen Hinweis nachgehen. Deshalb wäre es gut, wenn Sie uns außerdem auch die Studierenden auflisten, die mit Mari Azarian in einem Kurs waren und die Technik beherrschen. Eine abschließende Frage hätte ich noch an Sie: Ist Ihnen an Mari Azarian etwas aufgefallen, als sie noch bei Ihnen studierte? Hatte sie vielleicht Streit mit jemandem?«

Torben Schleyer schüttelte energisch den Kopf. »Um Himmels willen. Nein. Sie wurde von allen gemocht und geschätzt. Es tut mir wirklich weh, dass ein so bemerkenswerter Mensch uns auf diese schreckliche Art und Weise verlassen hat.«

»Ich kann mich da nur anschließen«, murmelte Professor Malchin. »Die Namen stellen wir Ihnen gerne zusammen. Ich melde mich, sobald wir fertig sind.«

»Vielen Dank für Ihre Unterstützung«, sagte Laura und begleitete gemeinsam mit Max die beiden Dozenten aus dem Kellergeschoss nach oben.

»Meinst du, es könnte jemand aus dem Umfeld der

Universität gewesen sein?«, fragte Max, als sie wieder allein waren. Er öffnete die Tür zum Treppenhaus.

Laura schlüpfte an ihm vorbei und nahm die ersten Stufen zu ihrer Büroetage.

»Ich weiß nicht. Martina Flemming erwähnte einen wichtigen Punkt. Sie meinte, dass Fotografie auch zur Kunst gehöre, und Emma Riedel hat fotografiert.«

»Das könnte eine Verbindung sein«, gab Max ihr recht. »Weißt du was, ich bespreche das gleich mit Martina. Vielleicht hat sie diesbezüglich schon etwas herausgefunden.«

Laura schaute auf die Uhr. Der Abend rückte bereits näher und sie hatte immer noch nicht mit Annika Sterenberg gesprochen. Sie wollte ihr unbedingt persönlich die Nachricht vom Tod ihrer Freundin überbringen und sie gleichzeitig dazu überreden, wieder nach Hause zu gehen.

»Okay, mach das. Ich rede mit Annika Sterenberg. Sie weiß bisher nichts vom Tod ihrer Freundin.«

Max nickte und hielt ihr die nächste Tür auf. Laura bog zum Büro ab und Max schlug den Weg zu Martina Flemming ein. Kaum hatte Laura das Büro betreten, klingelte ihr Handy. Simon Fischers Name erschien auf dem Display.

»Hey, hast du was Neues?«

»Würde ich sonst anrufen?« Es knisterte ein wenig in der Leitung. Vermutlich biss Simon gerade in einen Kartoffelchip oder in etwas ähnlich Ungesundes. »Ich bin nicht sicher, ob es wichtig ist. Aber ich wollte es dir nicht vorenthalten. Ich habe mich in den Mailaccount von Mari Azarian hineinbegeben. Das ging zum Glück online, denn einen Computer oder irgendwelche

Sachen haben wir ja nicht von ihr. Jedenfalls hat sie recht häufig Nachrichten mit diesem Kunstprofessor ausgetauscht, den du zu unseren Ermittlungen hinzugezogen hast.«

»Du meinst Professor Malchin?«

»Ja, genau den. Jacob Malchin heißt er und die beiden hatten einen intensiven Austausch, der zwei Monate vor ihrem Tod aufhörte.«

»Und worum ging dieser Austausch?«

»Hauptsächlich ging es um Kunststile, um Ausstellungen, Wettbewerbe und um Ideen für neue Kunstwerke. Mari Azarian hat für armenische Landschaften geschwärmt. Na ja, ich wollte dir das nur sagen.«

»Danke«, entgegnete Laura und legte auf. Sie fragte sich, ob Simons Entdeckung etwas zu bedeuten hatte. Dann nahm sie den Autoschlüssel vom Schreibtisch und begab sich mit dem Fahrstuhl hinunter in die Tiefgarage.

* * *

Annika Sterenbergs Haare hatten anscheinend seit ihrem letzten Treffen keine Dusche gesehen. Vielleicht kam es Laura auch nur so vor, weil sie sich auf eine Parkbank gesetzt hatten und es im Gegensatz zu der schwachen Beleuchtung in der Bar heute noch hell war.

»Ich habe deine Freundin gefunden«, begann Laura vorsichtig und biss sich auf die Unterlippe, als sie einen freudigen Funken in Annikas Augen aufblitzen sah. »Es tut mir wirklich sehr leid, Annika. Ich hätte dir so gerne gute Nachrichten überbracht. Aber du lagst mit deinen

Befürchtungen richtig. Mari Azarian ist tot. Sie wurde ermordet.«

»Nein!«, stieß Annika aus und vergrub das Gesicht in den Händen. »O nein. Ich habe es geahnt. Niemand hat mir geglaubt. Niemand außer dir.« Sie flog in Lauras Arme und zitterte am ganzen Leib.

Laura strich ihr sanft über den Kopf. »Es tut mir so leid, Kleines. Ich konnte leider nichts mehr für Mari tun.«

»Du hast sie gefunden«, schluchzte Annika und löste sich von Laura, um die Tränen mit einem Papiertaschentuch abzutupfen. »Wer hat ihr das angetan?«

Laura seufzte. »Wir sind dabei, alle Spuren auszuwerten. Vielleicht kannst du uns sagen, ob sie Streit mit jemandem hatte oder ob etwas nicht stimmte.«

Annika griff sich an die Schläfen und schluchzte erneut auf. »Sie war ein guter Mensch. Im Wohnheim kam sie mit jedem zurecht. Ich … ich weiß nicht.«

»Gab es womöglich einen Freund oder einen Ex-Freund, mit dem es gekriselt hat?«

Annika blickte Laura an, als hätte sie der Schlag getroffen. »Na ja, Freund würde ich nicht sagen. Eher Affäre. Aber du hast recht. Da lief etwas mit jemandem von der Uni. Irgendein Künstler. Sie hat ihn immer Pi genannt.«

»Pi?«

»Ja, weil er für sie ein kleiner Picasso war. Er hat wohl so ähnlich gemalt.«

»Und wieso war es bloß eine Affäre?«

»Er wollte nichts Festes.« Annika wischte sich erneut mit dem Tuch übers Gesicht. »Mir war es recht. Ich dachte, sie will sich nicht an einen Mann binden. Es hat sie nicht groß gestört. Ich hatte gehofft, dass sie sich für mich entscheidet.« Sie warf das Taschentuch auf die Erde und schüttelte den Kopf. »Aber ich lag total daneben. Mari war zwar bisexuell, aber auf mich stand sie einfach nicht.«

»Verstehe«, sagte Laura und notierte sich den Spitznamen. Vielleicht konnte sie herausfinden, wer dahintersteckte. »Gab es noch weitere Freunde?«

Annika verneinte. »Mari wollte sich nicht binden. Ab und zu hat sie geflirtet, aber es war nichts Bedeutsames.«

»Hast du diesen Pi mal getroffen? Ich meine, könntest du diesen Mann wiedererkennen?«

»Nein. Hab nicht mal ein Foto gesehen. Wie gesagt, diese Affäre lief auf niedriger Flamme so nebenher. Ich habe das gar nicht richtig für voll genommen und Mari hat nicht viel darüber geredet. Manchmal habe ich auch etwas aufgeschnappt, wenn sie mit ihm telefoniert hat.«

»Danke für die Info«, sagte Laura und sah Annika tief in die Augen. »Du musst mir jetzt etwas versprechen. Etwas wirklich Wichtiges.«

Annika nickte. »Okay. Was denn?«

»Ich weiß im Moment nicht, wer Mari getötet hat. Falls dieser Mann frei herumläuft, ist es gut möglich, dass du dich in Gefahr befindest. Auf der Straße oder wo auch immer du derzeit unterkommst, bist du leichte Beute für so jemanden. Für ein paar Euro bekommt er ganz schnell heraus, wo du gerade steckst. Du kannst niemandem vertrauen, und deshalb möchte ich, dass du zumindest vorerst wieder zu Hause einziehst.«

Annika fiel die Kinnlade herunter. »Nein!«, stieß sie aus. »Auf keinen Fall. Ich lasse mich nicht länger herumkommandieren und höre mir auch keine klugen Ratschläge mehr an.«

»Ich verstehe, dass du es zu Hause momentan schwer aushältst. Es ist nur gerade ein denkbar schlechter Zeitpunkt, um auszuziehen. Ich möchte dich nicht so wie Mari in einem Keller voller Ratten finden. Bitte, Annika. Ich rede mit deinen Eltern. In Ordnung?«

Annika zögerte. Die Vorstellung, ihr könnte dasselbe wie ihrer Freundin passieren, behagte ihr ganz offenbar nicht. Langsam begann sie zu nicken.

»Ich mache es«, krächzte sie schließlich.

Laura sprang auf. »Ich fahre dich hin und spreche mit deiner Mutter und deinem Vater.«

Unglücklicherweise störte genau jetzt ihr Handy. Simon Fischer versuchte sie zu erreichen.

»Hi, Simon, ich bin gerade in einem Gespräch«, sagte sie und winkte Annika mit sich.

»Ich habe da was entdeckt. Kannst du in das Studentenwohnheim kommen?« Simon gab ihr die Adresse durch. »Ich bin im Keller und ...« In der Leitung war es plötzlich still.

»Simon?«, fragte Laura und runzelte die Stirn. Sie wählte Simons Nummer, doch sein Telefon war aus. Die Mailbox sprang sofort an.

»Hier ist Laura. Ich bin unterwegs«, sprach sie auf das Band und drehte sich nach Annika um.

»Ich finde alleine nach Hause. Bin erwachsen«, sagte Annika, bevor Laura etwas sagen konnte.

»Warte. Hier ist Geld für ein Taxi. Fahre bitte direkt nach Hause.« Sie drückte Annika einen Zwanzig-Euro-Schein in die Hand und beschleunigte ihre Schritte. »Und rufe mich an, falls irgendetwas ist.«

»Keine Sorge. Ich hab es kapiert.«

Laura musterte die junge Frau noch für eine Sekunde und rannte dann zum Wagen. Im Laufen wählte sie abermals Simons Nummer. Fehlanzeige. Sein Handy war nicht mehr erreichbar.

18

Franziska löffelte genüsslich den Milchschaum aus ihrem Cappuccino. Sie liebte diesen Geschmack, der warm und süß zugleich war. Die Sonne schien zum Fenster des Cafés herein und sie musste Professor Malchin unvermittelt zulächeln. Heute waren all ihre Sorgen wie weggeblasen. Früh am Morgen hatte Jan Schneider ihr ein paar Tricks verraten. Er studierte bereits seit drei Jahren Kunst, und er war so unfassbar gut in dem, was er machte, dass Franziska immer noch hin und weg war. Aber auch sonst lief dieser Tag einfach super. Professor Malchin hatte sie eingeladen, um abschließend ihre Arbeit zu besprechen. Das Bild war gestern fertig geworden und sie hatte ein gutes Gefühl.

»Es freut mich sehr, dass Sie meine Einladung angenommen haben«, sagte Professor Malchin und lächelte zurück. Er beugte sich kaum merklich zu ihr hinüber und sah sie mit einem ernsten Blick an. Franziskas Herz rumpelte überrascht von dem Stimmungswechsel.

»Ich weiß, ich bin locker fünfzehn Jahre älter als Sie, aber trotzdem: Ich heiße Jacob.« Er streckte ihr die Hand über den Tisch entgegen.

»Franziska«, erwiderte sie und gab ihm erleichtert die Hand. Sie schüttelte unsicher den Kopf. »Ich habe jedes Mal Angst, Sie ... ich meine ... du könntest mich aus der Gruppe werfen.«

Jacob Malchin grinste. »Siehst du, genau das mag ich an dir. Du hast nicht dieses übersteigerte Selbstbewusstsein, das so viele junge Frauen heutzutage zur Schau tragen, weil sie glauben, das gehöre dazu. Du bist einfach du selbst. Ich würde dich nie rausschmeißen. Wie gesagt, bevor ich jemanden aufnehme, mache ich mir ausführliche Gedanken. Bisher habe ich mich noch nie geirrt. Deine neueste Kreation spricht für sich. Ich finde sie wirklich fantastisch.« Er legte seine Hand auf ihre, und Franziska zuckte im ersten Moment zurück, verzichtete jedoch darauf, ihre Hand wegzuziehen.

»Also ich habe vor, deine Arbeit bei einem sehr renommierten Kunstwettbewerb einzureichen. Du hättest gute Aussichten, in die finale Runde zu kommen.«

Franziska schnappte überrascht nach Luft. »Finden Sie, ich bin schon so weit?« Sie schlug die Hand vor den Mund. »Entschuldigung, ich muss mich erst daran gewöhnen, dass wir uns jetzt duzen. Das ist wirklich eine große Ehre für mich. Ich meinte natürlich: Findest du, dass ich schon so weit bin?«

Jacob Malchin trank einen Schluck Kaffee, stellte die Tasse gemächlich ab und nickte. »Ich würde es keinesfalls in Erwägung ziehen, wenn ich nicht überzeugt davon wäre.« Er blickte sie ernst an. »Ich habe auch einen Ruf zu verlieren, und selbstverständlich liegt es mir fern, meine Studenten zu verbrennen.«

Franziska wusste nicht, was sie antworten sollte. Sie war völlig überwältigt von seinem Vorschlag. »Ich ... ich fühle mich wirklich sehr geehrt«, sagte sie schließlich.

»Du hast es dir verdient. Die Idee mit dem Baum und den Gesichtern ist grandios. Ich kann mich darin verlieren und das passiert mir nicht oft.« Jacob Malchin zwinkerte ihr zu.

Franziskas Blick blieb an seinem Ringfinger kleben.

»Ich habe dich vor ein paar Tagen mit Niklas hier gesehen«, fuhr er fort, als hätte er ihre Gedanken erraten. »Triffst du dich öfter mit ihm?«

Franziska blinzelte überrascht, denn ihr waren gerade Niklas' Worte durch den Kopf gegangen. *Professor Malchin hat sich von seiner Frau getrennt.*

»Oh, wir verstehen uns gut. Ja, ich war schon mehrfach mit ihm hier.« Sie mochte Niklas. Er war ein lustiger und warmherziger Mensch und er schien sich wirklich für sie zu interessieren. Ganz im Gegensatz zu Maxim. Der kannte nur sich selbst und seine eigenen Bedürfnisse. Wie es ihr ging, war ihm im Grunde genommen egal. Er hatte sich in den letzten drei Tagen nicht bei ihr gemeldet, und zum ersten Mal hatte auch sie keine Lust mehr verspürt, mit ihm zu sprechen. Normalerweise rief sie ihn häufiger an. Aber etwas hatte sich verändert. Sie spürte, dass sie ihn nicht brauchte zum Leben. Es gab andere Dinge, die ihr wichtig waren und die sie ausfüllten. So wie die Gespräche mit Niklas oder die Arbeit mit Professor Malchin. Sie korrigierte sich stumm: Jacob Malchin.

Irgendwie war es verrückt, dass sie ihren Professor

jetzt duzte. Er war so viel erfahrener als sie und ein wirklich toller Künstler. Sie bewunderte ihn über alles. Und nun, wo sie ihm gegenübersaß, nahm sie abermals wahr, dass er durchaus attraktiv wirkte.

»Ich will dir nicht zu nahetreten, aber Niklas rangiert eher am unteren Ende der Gruppe, was seine Fähigkeiten angeht«, flüsterte Jacob Malchin und sah sich dabei vorsichtig um. »Wenn ich mich je geirrt habe, dann …« Er zog die Augenbrauen in die Höhe. »Wie auch immer. Du solltest dich nicht mit ihm einlassen, er ist eindeutig nicht auf deinem Niveau.«

Franziska stutzte, weil sie zuerst nicht begriff, was Jacob Malchin da erzählte. Doch in seinen Augen flammte etwas auf. Etwas, das ihr erneut sagte, dass er an ihr interessiert war. Abermals starrte sie auf seinen Ringfinger und fragte sich, ob sie seine Gefühle erwiderte.

»Verstehe mich nicht falsch, aber Niklas agiert nicht wie ein eigenständiger Mensch. Er wäre ein Klotz an deinem Bein. Du solltest dich auf deine Kunst konzentrieren und jegliche Komplikationen vermeiden. Insbesondere die der emotionalen Art.«

»Verstehe«, entgegnete Franziska, und sie verstand tatsächlich, was er meinte. Menschen wie Maxim. Er kostete sie viel zu viel Energie. Bei Niklas war es allerdings umgekehrt, er stärkte ihr den Rücken. Und was war mit Professor Malchin? Gab er ihr Kraft oder schwächte er sie? Er lächelte sie schon wieder an und in seinen Augen blitzte es.

19

Simon Fischer war ein erwachsener Mann. Er konnte sehr gut selbst auf sich aufpassen. Trotzdem raste Lauras Puls, als sie vor dem Studentenwohnheim einparkte. Sie hatte gefühlt hundertmal versucht, ihn zu erreichen. Sein Telefon war aus, und auch im Büro hatte sie niemanden mehr sprechen können, der wusste, was Simon vorhatte. Wieso war er überhaupt in das Studentenwohnheim gefahren, in dem Mari Azarian gelebt hatte?

Laura fand die richtige Hausnummer, sprang die Stufen zum Keller hinunter und öffnete eine schwere Brandschutztür. Ihre Finger tasteten nach dem Lichtschalter.

Klick.

Nichts passierte. Sie versuchte es erneut. Das verdammte Licht ging nicht an. Rasch schaltete sie die Handytaschenlampe ein. Ein heller Lichtkegel streifte über den nackten Betonboden. Der Keller breitete sich zu zwei Seiten vor ihr aus. Laura folgte ihrem Instinkt und wandte sich nach rechts. Sie huschte lautlos durch den muffigen Gang und leuchtete abwechselnd nach rechts und links. Die Kellerabteile, oder vielmehr Boxen, waren lediglich durch Bretter voneinander getrennt. Laura wollte Simons Namen rufen, als sie im Augenwinkel eine Bewegung wahrnahm.

Sofort wirbelte sie herum. Ihr Handy streifte eine Bretterwand und glitt ihr aus den Fingern. Der Lichtstrahl verschwand. Übrig blieb ein schwacher Schimmer, der vom Display ausging und einen kleinen Kreis auf dem Boden erhellte. Laura fackelte nicht lange und sprang zu der Stelle, an der sie den Schatten wahrgenommen hatte. Ihre ausgestreckte Hand landete auf etwas Weichem, vermutlich Stoff. Laura griff zu und zog so kräftig, wie sie konnte.

»Aua!«, fluchte eine Männerstimme.

Laura ließ nicht los, sondern ging in die Hocke und hob ihr Handy auf. Das schwache Displaylicht erhellte ein bleiches Gesicht, das umrandet war von spärlichem dunklem Haar.

»Simon?«, stieß Laura überrascht aus. »Verdammt noch mal, was machst du hier im Dunkeln?«

»Ich hab dir doch gesagt, dass ich im Keller bin. Warum tust du so, als würde hier unten der größte Verbrecher aller Zeiten lauern?«

»Verflucht, Simon, ich habe hundertmal auf deine Mailbox gesprochen. Wieso gehst du nicht ans Handy?«

»Der Akku ist leer«, erwiderte Simon knapp.

»Und wieso funktioniert das Licht hier nicht?«

Simon schnaufte. »Das ist ein Studentenwohnheim.

Es gibt keinen Hausmeister, der gleich springt, wenn du anrufst.«

Laura konnte plötzlich nicht mehr an sich halten. Sie fand die Situation urkomisch und fing an zu lachen.

»Sag mal, ich dachte, du wolltest auf Außeneinsätze verzichten, und jetzt finde ich dich in einem stockdunklen Loch zwischen altem billigem Kram.«

Simon brach ebenfalls in Gelächter aus. »Ich hatte echt Schiss. Verdammt. Du bist hier mit so festen Schritten hereingestürmt, dass ich nicht sicher war, ob du es bist oder ein durchgeknallter Irrer.« Simon hielt sich den Bauch und schnappte glucksend nach Luft. »Warum hast du nicht nach mir gerufen? Läuft das bei Einsätzen nicht so, dass erst eine Warnung ausgesprochen wird, bevor man über jemanden herfällt?«

»Okay, die Nummer ist echt dumm gelaufen. Hab ich dich gekratzt?«

»Nein, es ist nicht schlimm. Aber du kannst verdammt hart zupacken. Ich habe nicht auf den Akku-Stand meines Handys geachtet. Plötzlich war es aus. Ich bin es einfach nicht mehr gewohnt, daran zu denken. Ich arbeite ja ständig dort, wo es Steckdosen gibt. Für Außeneinsätze bin ich wohl tatsächlich nicht gemacht. Ich habe blöderweise auch keine Powerbank dabei. Sorry, dass du meinetwegen Sorgen hattest.«

»Schon gut. Ich bin froh, dass du okay bist. Also, jetzt spann mich nicht weiter auf die Folter. Was hast du entdeckt?«

Simon nahm Laura das Handy aus der Hand, schaltete die Taschenlampe wieder ein und leuchtete das Kellerabteil neben ihnen aus. Der Strahl landete auf einem abgewetzten dunkelbraunen Lederkoffer.

»Der gehörte Mari Azarian. Da ich im Internet nichts über sie herausgefunden habe und mir auch die Verwaltung keinerlei Auskünfte geben konnte, habe ich mich selbst auf den Weg gemacht. Martina Flemming und ihr Team haben so viel zu tun, da fand ich es nicht richtig, ihnen noch mehr aufzudrücken. Ich wollte ja auch nur kurz mit der Nachmieterin sprechen. Diese hat mir von dem Koffer erzählt. Sie wollte ihn nicht entsorgen, weil sie dachte, ihre Vormieterin würde ihn irgendwann abholen.«

Laura kramte in ihrer Tasche nach einem Paar Gummihandschuhe und streifte sie über. »Ben Schumacher hätte vermutlich etwas dagegen, dass wir den Koffer ohne ihn öffnen, aber ich kann keine Sekunde länger warten.« Sie zog den Reißverschluss auf und klappte vorsichtig den Deckel hoch.

In dem Koffer herrschte ein wildes Durcheinander. Kleidungsstücke, Schuhe, Schreibhefte, Pinsel und Farbtuben waren hineingequetscht. Laura zog eine Tube heraus.

»Das ist Ölfarbe«, murmelte sie und durchwühlte die Sachen. Sie zog ein paar Skizzen hervor und musterte sie kurz. Ganz am Boden stieß Laura auf drei Fotos und betrachtete sie neugierig. Das erste zeigte Mari Azarian schlafend, das zweite auf einer Parkbank und das dritte hinter einer Fensterscheibe. Laura sah genauer hin.

»Ich glaube, das ist das Café, in dem Max und ich uns mit Professor Malchin getroffen haben.«

»Apropos Kunstprofessor«, entgegnete Simon, der sich ebenfalls Handschuhe übergestreift hatte und den oberen Teil des Koffers durchsuchte. »Ich denke, die beiden hatten etwas miteinander.« Er hielt Laura mehrere Zettel hin.

Laura las die erste Notiz: »Triff mich um eins im Park. Jacob.«

Auf dem nächsten Zettel stand in derselben verschnörkelten Handschrift. »Ich liebe dich. *Pi*.«

Laura schluckte. *Pi*. So hatte Annika Sterenberg die Affäre von Mari Azarian genannt. Pi, der Picasso, könnte also Jacob Malchin sein? In ihrem Kopf überschlugen sich die Gedanken. Der Professor hatte gesagt, dass er das Opfer kannte. Über eine Affäre hingegen hatte er kein Wort verloren. Ganz im Gegenteil hatte er die Beziehung als oberflächlich abgetan und auf Torben Schleyer verwiesen, bei dem Mari Azarian angeblich mehr Kunstkurse belegt hatte als bei ihm.

»Kannst du versuchen herauszufinden, ob Malchin Emma Riedel ebenfalls kannte? Vielleicht hatte sie sich an der Uni für einen Kurs über Fotografie eingeschrieben.«

Simon nickte und blätterte durch ein paar Hefte aus dem Koffer. »Mir wäre es ehrlich gesagt lieber gewesen, wir würden in diesen Sachen Hinweise auf Achim Köhler finden. Oder auf Ralf Brückner. Dann könnten wir endlich jemanden festnageln.«

Laura seufzte. »Immerhin hockt Achim Köhler im Gefängnis und kann im Augenblick niemandem etwas antun. Bei Brückner sieht es anders aus. Ich bin mir unsicher. Aber je mehr ich nachdenke, desto eher glaube ich, wir müssen uns im Umfeld dieser Künstler umschauen.« Sie tippte auf das Foto, das Mari Azarian in dem Café zeigte. »Ich muss mir noch mal die sichergestellten Sachen von Emma Riedel anschauen. Vielleicht gab es von ihr ein ähnliches Foto.« Sie versuchte sich zu entsinnen, kam allerdings zu keinem Ergebnis.

»So ein Mist«, fluchte Simon. »Ich hatte gehofft, dass in diesem Koffer ein Handy oder ein Laptop steckt. Wir hätten herausfinden können, worüber und mit wem sie zuletzt kommuniziert hat.« Er rieb sich die Schläfen. »Es ist wirklich schwierig. Wir stehen vor einem Riesenhaufen an Fragen und können sie nicht beantworten. Im Netz war Mari Azarian ein Phantom. Da sie keine Familie mehr hat, können wir auch niemanden befragen.«

»Ich weiß«, gab Laura zurück. »Aber ich habe eine Idee, von wem wir trotzdem ein paar Antworten bekommen könnten.«

* * *

Andrea Malchin zählte zu den Frauen, die einem unweigerlich im Gedächtnis blieben. Im Gegensatz zu Laura trug sie ein sommerliches kurzes Kleid, das ihr bis zur Mitte der Oberschenkel reichte und einen Ausschnitt hatte, bei dem Laura niemals würde mithalten können. Unwillkürlich berührte sie die Narben über ihrer Brust und stellte sich vor, welcher Anblick sich bieten würde, wenn sie in diesem Kleid steckte. Sie könnte sich nicht so freizügig zeigen. Froh, dass die hochgeschlossene Bluse ihren Makel verdeckte, setzte sie sich auf einen Stuhl in der Küche und nahm Frau Malchin die dampfende Tasse ab, die diese ihr entgegenhielt.

»Danke, dass Sie sich so schnell Zeit für mich genommen haben«, sagte Laura und trank einen großen

Schluck Kaffee. Es war noch früh am Morgen und sie hatte sich eigentlich auf dem Weg zum LKA befunden. Doch als Andrea Malchin ihr anbot, sofort mit ihr zu sprechen, hatte sie gewendet.

»Es ist eine etwas delikate Angelegenheit, und ich wäre Ihnen dankbar, wenn Sie es nicht an die große Glocke hängen würden«, hob Laura an. »Ich habe ein paar Fragen zu Ihrem Mann.«

»Bald Ex-Mann«, warf Andrea Malchin mit scharfem Tonfall ein. »Und machen Sie sich keine Sorgen. Zwischen Jacob und mir herrscht derzeit absolute Funkstille. Alles läuft über die Anwälte. Ich will ganz ehrlich zu Ihnen sein. Es tut mir gut, nichts von ihm zu hören, denn aus seinem Mund kommen hauptsächlich Lügen.« Sie machte eine wegwerfende Handbewegung. »Wir haben bereits seit Längerem Schwierigkeiten in unserer Ehe. Jacob ist nicht gerade der monogame Typ.«

»Verstehe«, sagte Laura und legte Andrea Malchin die Fotos der beiden Opfer hin. »Kennen Sie zufälligerweise diese Frauen?«

Andrea Malchin verdrehte die Augen und tippte zielsicher auf Mari Azarian. »Die hatte mal was mit meinem Mann, so vor ungefähr einem halben Jahr. Ich denke, zu dem Zeitpunkt lief es schon einige Monate. Er sucht sich häufig Studienanfängerinnen aus, die er unter seine Fittiche nimmt.« Sie stieß ein hohes zynisches Lachen aus. »Ich höre mich an wie ein eifersüchtiger, bösartiger Ehedrachen, nicht wahr? Aber Sie haben ja keine Vorstellung, wie ich gelitten habe und wie viel Kraft es gekostet hat, mich endlich von ihm zu trennen.

Ich wollte immer Kinder, wissen Sie? Und jetzt gehe ich auf die vierzig zu und bin wieder Single.«

Laura verstand Andrea Malchin nur allzu gut. Die Frau stand vor den Scherben ihres Lebens und musste sich alles neu aufbauen. Außerdem war sie bitter enttäuscht von dem Mann, mit dem sie eine Familie hatte gründen wollen.

»Das ist eine schreckliche Situation, in der Sie da stecken. Es tut mir echt leid.« Sie wollte eigentlich noch sagen, dass Andrea Malchin ganz sicher in ein paar Jahren froh sein würde, ihren Mann vor die Tür gesetzt zu haben. Doch das ginge zu weit. Sie kannte diese Frau kaum und ein Urteil stand ihr nicht zu. Also fragte sie nur: »Was ist mit dieser Frau? Kommt sie Ihnen bekannt vor?«

Andrea Malchin schüttelte den Kopf. »Nicht auf Anhieb. Ich kenne nicht jede von Jacobs Affären. Sie könnten aber mal mit seinem Bruder sprechen. Soweit ich weiß, trifft Jacob sich gerne mit seinen Eroberungen in dessen Café. Ich kann Ihnen jedoch nicht versprechen, dass sein Bruder Stillschweigen über eine solche Befragung wahren wird. Die beiden sind unzertrennlich.«

Laura notierte sich den Namen. Sie schob dieses Gespräch gedanklich erst einmal auf. Bisher schien Professor Malchin ihnen wertvolle Hinweise zum Täter geliefert zu haben. Sie wollte ihn nicht unnötig irritieren, obwohl sie über seine Lüge, was die Beziehung zu Mari Azarian anging, sehr verärgert war. Der Professor hatte ihnen nicht die Wahrheit gesagt, und sie fragte sich, ob er etwa in den Fall verstrickt war.

»Wann haben Sie sich von Ihrem Mann getrennt?«, wollte sie wissen.

»Vor vier Monaten«, antwortete Andrea Malchin wie aus der Pistole geschossen. »Es war unser Hochzeitstag und er kam mit einem Blumenstrauß an. Die Rechnung klebte noch am Papier. Er hatte zwei Sträuße gekauft. Einen für mich und den anderen vermutlich für diese Frau dort.« Ihr Finger flog zu dem Foto von Mari Azarian. »In diesem Moment hat es mir gereicht. Ich hab ihn rausgeworfen. Er hat sich nicht gewehrt, hat nichts abgestritten. Er hat einfach auf dem Absatz kehrtgemacht, ist raus aus der Wohnung und das war es.« Sie hob die Schultern und ließ sie wieder sinken. »Sieben Jahre Ehe für nichts. Ich habe Wochen gebraucht, um es überhaupt zu begreifen.«

Laura rechnete nach. Mari Azarian war seit fünf Monaten tot. Für wen auch immer dieser Blumenstrauß bestimmt war, für Azarian konnte er nicht gewesen sein. Vielleicht hatte der Professor Emma Riedel mit dem zweiten Strauß beglückt oder noch eine andere Person, die sie im Moment nicht auf dem Schirm hatten.

»Wissen Sie, wie viele Affären er in den letzten ein, zwei Jahren hatte?«

»Das kann ich nicht genau sagen. Er flirtet ständig und landet sicherlich nicht mit jedem Flirt im Bett. Ich denke, wahrscheinlich waren es zwei oder drei. Alle paar Monate jemand Neues.«

»Interessiert Ihr Mann sich neben der klassischen Malerei auch für Fotografie?«, fragte Laura und dachte an Emma Riedel und einen möglichen Zusammenhang.

»Sicher. Er ist ein Allround-Talent, wie man so schön sagt. Klassisch, modern, Theater. Er hat sogar mal

Comics mit einer Gruppe von Studenten gezeichnet. Wieso fragen Sie?«

Laura tippte auf Emma Riedel. »Sie hat sich für Fotografie begeistert.«

»Ich hoffe, die Bekanntschaft mit meinem Mann ist ihr erspart geblieben«, entgegnete Andrea Malchin trocken.

Laura seufzte. »Ich danke Ihnen für das offene Gespräch. Falls ich neue Fragen habe oder wenn Sie sprechen wollen, dann lassen Sie uns telefonieren.«

Andrea Malchin nickte und begleitete Laura zur Tür.

Auf dem Weg ins Landeskriminalamt ging ihr Professor Malchin nicht aus dem Kopf. Die Blumensträuße, die seine zukünftige Ex-Frau erwähnt hatte, tauchten immer wieder vor ihrem inneren Auge auf. Schließlich hatten bei beiden Leichen ebenfalls Blumensträuße gelegen.

Als Laura kurz darauf die Tür zu ihrem Büro aufstieß, erwartete Max sie bereits. Unter seinen Augen hingen dunkle Schatten. Er sah so müde aus, dass Laura ihn am liebsten nach Hause ins Bett geschickt hätte.

Stattdessen fragte sie: »Gibt es Neuigkeiten? Alles okay mit Hannah?«

»Hannah?« Max rieb sich das schlecht rasierte Kinn. »Wir haben noch nicht miteinander gesprochen, falls du das meinst. Aber das ist jetzt auch Nebensache. Ich habe tatsächlich Neuigkeiten. Wo hast du so lange gesteckt?«

»Bei der Ex von Professor Malchin, und du?« Laura ließ sich auf ihren Schreibtischstuhl plumpsen und streckte sich. Sie hatte die Nacht allein verbracht und trotzdem fühlte sie sich nicht besonders ausgeschlafen.

»Ich habe mit Martina Flemming sämtliche Kunstkurse aus dem letzten halben Jahr überprüft. Normalerweise muss man eingeschrieben sein, aber es gab auch ein paar Workshops für Kunstinteressierte. Du hattest den richtigen Riecher. Emma Riedel hatte einen dieser Workshops belegt. Das war vor ungefähr vier Monaten.«

Schon wieder vier Monate, fuhr es Laura durch den Kopf. Sie berichtete Max kurz vom Gespräch mit Andrea Malchin und ihrem Ausflug mit Simon Fischer am Abend zuvor. »Jetzt sag bloß nicht, ihr konntet eine Verbindung zu Professor Malchin feststellen? Dieser Kerl hat es, was Frauen angeht, offenbar faustdick hinter den Ohren.«

»Doch, konnten wir«, erklärte Max triumphierend. »Er war an genau fünf Terminen als Gastdozent eingeladen.«

»Fünfmal?« Laura dachte nach. Das genügte vermutlich, um sich an eine Teilnehmerin heranzumachen.

»Ich bin noch nicht fertig. Nicht nur du hast geschuftet«, fuhr Max fort. »Ich habe lange mit der Uni-Verwaltung gesprochen. Im letzten halben Jahr sind auffällig viele Materialien abhandengekommen, vor allem Farben. Nicht so, dass man wegen Diebstahl die Polizei alarmiert hätte, aber insgesamt mehr als in den Jahren zuvor. Und ausreichend, um damit mehrere Leinwände zu bemalen.« Max nahm einen Zettel vom Schreibtisch und wedelte mit ihm durch die Luft. »Ich habe eine Aufstellung bekommen und die Farben, die an der Uni verwendet werden, sind vom selben Hersteller wie die, die unser Täter benutzt hat.«

»Das heißt, wir müssen uns dringend in der Universität umsehen. Habt ihr was Neues über Achim Köhler und Ralf Brückner?«

Max schüttelte den Kopf. »Martina Flemming ist dran, aber sie braucht mehr Zeit.« Er legte den Zettel ab und sah Laura an. »Ich weiß, was du denkst. Wir schauen uns die Uni an – und insbesondere diesen Kunstprofessor!«

20

Es tat ihm wirklich leid, dass er ihr in den letzten Tagen nicht die Aufmerksamkeit geschenkt hatte, die sie verdiente. Er war mit seinen Gedanken bei einer anderen Frau gewesen. Er sah sie vor sich, ohne ihren Namen zu gebrauchen. Er bewunderte Frauen, doch meist nannte er sie nicht sofort beim Namen. Er prüfte sie erst. Denn wenn sie seinen Anforderungen nicht entsprachen, vergaß er sie sowieso. Sie brauchten keinen Namen, weil sie für ihn nicht existierten. Aber mit dieser einen Frau war es anders gewesen. Sie hätte die große Liebe werden können. Ein Leben voller Lust und Abenteuer, das sie gemeinsam hätten verbringen können. Er seufzte unwillkürlich und schüttelte traurig den Kopf. Es hatte nicht sein sollen. Er hatte ein weiteres Mal danebengelegen. Diese Frau war nicht das, was sie vorgab zu sein. Sie war kein Mensch mit tiefen Gefühlen. Sie brauchte niemanden, der jeden Morgen neben ihr aufwachte und sie in den Arm nahm. Sie war sich selbst genug. Zu viel Nähe engte sie offenbar ein. Das hatte er unterschätzt. Und nicht nur das. Anfangs hatte er gedacht, sie wäre pünktlich und gründlich. Sie würde überlegen, was sie wollte, und danach handeln. Dabei war sie doch, wie viele Frauen, ein Schmetterling. Flog mal hierhin und mal dorthin. Von einer Blüte zur nächsten und wieder im Kreis zurück. Er stöhnte genervt, weil er die Wahrheit nicht früher erkannt hatte. Nun war sie fort und das war gut so. Er würde damit klarkommen. Sie war schließlich nicht die einzige Frau auf Erden, die zu ihm passen könnte. Es gab viele von ihnen. Er musste sich nur die Richtige heraussuchen. Klar, das war nicht einfach. Er brauchte Geduld und durfte nicht sofort aufs Ganze gehen. Er lehnte sich in seinem Stuhl zurück und schloss die Augen.

»Vergiss sie«, sagte er sich und ließ für einen Moment die Trauer zu. Dann straffte er sich und setzte sich kerzengerade an den Tisch. Er schlug das Fotoalbum auf und betrachtete die Fotos, die er von ihr gemacht hatte. Sie war zweifelsohne eine wunderschöne Frau. Mit dem Finger berührte er das letzte Bild, unter das er ihren Namen mit Tinte geschrieben hatte. Er blätterte um und *wow*. Da war sie, die andere. Die Frau, die es sein könnte. Die er von sich weggeschoben hatte, zumindest gedanklich. Dabei liebte er es, wie sie ihren Cappuccino schlürfte und wie ihre Zungenspitze über die schön geschwungene Oberlippe glitt, um den Schaum abzulecken. Außerdem war sie äußerst talentiert. Sie verstand nicht nur ihr Handwerk, ihre Kunstwerke hatten das gewisse Etwas. Auch ihre Besonnenheit und Selbstzweifel gefielen ihm. Arroganz schien für sie ein Fremdwort zu sein. Warum hatte er sich eigentlich die ganze Zeit auf die Falsche fokussiert? Er begriff es selbst nicht mehr. Er war der dummen Tussi hinterhergelaufen, obwohl die Richtige längst in sein Leben getreten war. Nachdenklich betrachtete er das Foto, das sie schlafend zeigte. Sie wirkte so friedlich. Würde sie ihm auch schöne Augen machen und es sich dann anders überlegen? Würde sie ein Zieh- und Zerrspielchen mit ihm beginnen? Er erinnerte sich daran, wie sie ihren ersten Cappuccino bei ihm bestellt hatte. Er schüttelte unwillkürlich den Kopf. Nein, das würde sie nicht tun, weil sie nachdachte, bevor sie sich entschied. Wenn er erst einmal ihr Herz erobert hatte, gehörte sie ihm. Die andere konnte ihm gestohlen bleiben. Er war froh, dass sie fort war. Weg aus ihrer Wohnung, ihrem Leben und aus seinem Herzen!

21

»Er ist schon raus?« Laura spürte, wie sich ihr Puls beschleunigte, während sich in ihrem Kopf die Gedanken überschlugen.

»Achim Köhler hat ein Alibi für den Mord an Mari Azarian. Sein Bruder hat es bestätigt. Sie haben zusammen auf der Baustelle in Frankreich gearbeitet, als das Opfer vor fünf Monaten verschwunden ist.« Joachim Beckstein trommelte mit dem Kugelschreiber auf die Tischplatte seines Schreibtischs. »Mir wäre es auch lieber, er wäre noch im Gefängnis.«

Laura versuchte Ordnung in das Chaos in ihrem Inneren zu bringen.

»An der zweiten Leiche fanden sich keine Spuren von ihm, weder DNS noch Fingerabdrücke. Zudem konnten wir bisher keine Verbindung zu Mari Azarian herstellen. Hinzu kommt das Alibi. Trotzdem hat er in den Befragungen gelogen und er kannte Emma Riedel. Auf ihrer Leiche befand sich seine DNS. Außerdem ist Köhler einschlägig vorbestraft.« Laura ratterte die

Punkte herunter. Das bestätigte Alibi änderte alles. Sie musste die Entscheidung billigen. »Stimmt. Vermutlich würde kein Richter der Welt Achim Köhler unter diesen Umständen auch nur eine Minute länger als nötig in Haft lassen. Seit wann ist er denn aus dem Gefängnis raus?«

»Ich habe es eben erst erfahren. Köhler wurde bereits gestern Morgen entlassen. Sein Anwalt hatte bei Gericht einen Antrag gestellt, und dort hat man vergessen, uns zeitnah zu informieren.«

»Unschuldig, bis das Gegenteil bewiesen ist«, murmelte Laura. Sie hatte schon länger an Achim Köhlers Schuld gezweifelt. Trotzdem mussten sie sichergehen, dass Köhlers Alibi standhielt.

»Ich muss mit Martina Flemming sprechen. Sie wollte den Todeszeitpunkt für Mari Azarian bei der Rechtsmedizin erfragen. Kann ich notfalls eine Streife zu Köhlers Wohnung schicken?« Sie sprang auf.

»Einverstanden«, entgegnete Joachim Beckstein und wandte sich seinem Computer zu.

Laura hastete in ihr Büro und wollte den Telefonhörer heben, um Martina Flemming anzurufen, als Max in der Tür erschien.

»Alles in Ordnung?«, fragte er mit zwei dampfenden Tassen Kaffee in der Hand. »Ich wollte dich eigentlich überraschen«, fügte er hinzu und stellte einen Kaffee vor Laura ab.

»Danke, den kann ich gebrauchen. Stell dir vor, Achim Köhler ist bereits seit gestern wieder auf freiem Fuß.«

Max starrte sie einen Moment lang völlig

fassungslos an. »Das kann doch nicht wahr sein«, stieß er dann aus.

»Er hat ein Alibi. Sein Bruder war mit ihm auf der Baustelle in Frankreich.« Laura tippte Martina Flemmings Nummer ins Telefon, stellte es auf Lautsprecher um und fragte sie nach dem Todeszeitpunkt von Mari Azarian.

»Ich habe gerade mit der Rechtsmedizin gesprochen. Die Laborergebnisse liegen vor, aber der Zeitpunkt kann nicht genau eingegrenzt werden. Sie sagen, dass Mari Azarian vor fünf Monaten gestorben ist, plus minus eine Woche. Sie ist wie Emma Riedel erdrosselt worden.«

»Das heißt, dass Achim Köhler sie nicht ermordet haben kann«, schlussfolgerte Laura, denn in diesem Zeitraum hatte sich der Verdächtige in Frankreich aufgehalten. Sie legte auf.

»Wenn sein Bruder nicht lügt«, schimpfte Max. »Ich halte Köhler für hochgefährlich. Seine DNS war auf Emma Riedels Leiche. Verdammt. Zählt das eigentlich gar nichts?«

»Ich glaube nicht, dass Köhler der Täter ist«, erwiderte Laura.

»Hast du mal mit Simon Fischer gesprochen? Vielleicht hat er inzwischen was rausbekommen und wir können den Mistkerl sofort wieder einsperren.«

Laura seufzte. »Hab ich noch nicht geschafft.« Sie griff zum Hörer. »Ich rufe Simon an.«

»Hier Simon Fischer«, meldete sich der IT-Experte mit einer Stimme, als wäre er aus dem Tiefschlaf hochgeschreckt. »Ist was passiert?«

»Achim Köhler ist wieder draußen. Hast du etwas über ihn rausgefunden?«

Am anderen Ende der Leitung herrschte Schweigen. Dann hörte Laura, wie Simon seine Tastatur bearbeitete. Sekunden später erklang ein Ton auf ihrem Computer, der eine neue E-Mail meldete.

»Ich bin da gestern Nacht auf was gestoßen und hätte dich deswegen auch gleich angerufen. Aber es ist keine so große Sache, eher ein kleines Indiz und ich habe noch nichts verifiziert.«

Laura öffnete die E-Mail, sie enthielt einen Kreditkartenauszug.

»Ich habe mir das Konto von Köhler angeschaut. Ich habe so gut wie nichts Interessantes entdeckt, offenbar zahlt er viel bar. Aber bei einer Position wurde ich stutzig. Er hat fast dreißig Euro in einem Blumengeschäft ausgegeben.«

Laura prüfte das Datum. Simon hatte es rot eingekreist. Köhler hatte zwei Tage vor Emma Riedels Ermordung in dem Blumengeschäft eingekauft.

»Hast du da mal nachgefragt, ob es ein Blumenstrauß war?«

»Wollte ich gleich machen. Mir ist es wie gesagt in der Nacht ins Auge gefallen. Der Laden macht erst um zehn auf, also in anderthalb Stunden.«

»Du musst versuchen rauszukriegen, was er gekauft hat. Danke dir, Simon.« Laura legte auf. Sie sah zu Max, der frustriert die Hände zu Fäusten ballte.

»Wir könnten die Spurensicherung ein zweites Mal zum Fundort schicken. Vielleicht haben die was übersehen?«

Laura schüttelte den Kopf. »Dann lass uns lieber eine Streife vor Achim Köhlers Haus platzieren.«

Max wies telefonisch eine Streife an, während Laura vor dem Whiteboard mit den Namen der Opfer und der Verdächtigen hin und her lief. Unter dem Stichwort Universität der Künste schrieb sie einen Namen hinzu: Professor Malchin.

»Wir können keine vollständige Verbindung zwischen den beiden Hauptverdächtigen und den Opfern herstellen.« Sie tippte auf Malchins Namen. »Aber der Kunstprofessor kannte offenbar beide Opfer. Er oder jemand aus seinem Umfeld könnte sehr wohl als Täter infrage kommen. Uns fehlt momentan nur ein mögliches Motiv.«

»Er könnte Mari Azarian beseitigt haben, weil sie nicht länger seine heimliche Geliebte sein wollte«, mutmaßte Max. »Und wer weiß, womöglich verhielt es sich bei Emma Riedel ähnlich. Wir sollten uns die Teilnehmer des Seminars für Fotografie vornehmen. Möglicherweise wurde Emma Riedel mit Professor Malchin in einer eindeutigen Situation gesehen.«

Laura überlegte. Wäre der Professor zu zwei Morden in der Lage? Sie zweifelte. Andererseits pflegte Professor Malchin offenbar etliche Affären und vielleicht flirtete er in genau diesem Moment bereits mit der Nächsten. Weshalb hätte er zwei seiner Liebschaften töten sollen und die anderen nicht? War es möglich, dass er sich die Beziehung vom Hals schaffte, sobald den Frauen ihre Rolle als Geliebte nicht mehr ausreichte?

»Okay«, sagte Laura. »Wir dehnen unsere Ermittlungen in diese Richtung aus. Schick das Team von

Martina Flemming los. Sie sollen jeden Kursteilnehmer unter die Lupe nehmen. Und schaffe Ralf Brückner und seinen Mitbewohner her. Ich will wissen, warum die beiden bei der Frage nach dem Alibi gelogen haben. Und wer weiß, wenn wir ein bisschen Druck machen, vielleicht verrät uns Brückner, ob er Mari Azarian kannte.«

Max sah sie fragend an. »Und was ist mit dem Professor? Wollen wir ihn nicht auf seine Affären ansprechen? Er hätte uns darüber aufklären müssen.«

Laura neigte den Kopf. »Der Professor ist klug. Sobald er merkt, dass wir ihn verdächtigen, wird er seine Spuren komplett verwischen, und wir laufen Gefahr, dass wir ihn nicht überführen können. Ich weiß noch nicht, wie wir diesbezüglich weiter vorgehen. Vielleicht schaue ich mich erst einmal unauffällig in dem Café seines Bruders um.« Sie rieb sich angestrengt die Schläfen. »Aber bevor wir das tun, habe ich eine andere Idee. Wir befragen noch einmal Emma Riedels Freundin Eileen Wildemann. Möglicherweise erkennt sie das andere Opfer oder Achim Köhler, wenn wir ihr Fotos zeigen.« Am besten, wir passen sie gleich zu Hause vor Arbeitsbeginn ab.

* * *

Ermittlungen konnten so zermürbend sein. Laura blickte in das blasse Gesicht von Eileen Wildemann und fragte sich, ob sie ihre Zeit verschwendeten. Sie tippte abermals auf das Foto von Achim Köhler, das auf Eileen Wildemanns Küchentisch lag.

»Sind Sie wirklich sicher, dass Sie diesen Mann

noch nie gesehen haben? Hat Emma vielleicht mal seinen Namen erwähnt?«

Eileen Wildemann starrte die Aufnahme an. Ihre Finger verkrampften sich, während sie in ihrem Gedächtnis kramte. Laura fasste sich in Geduld. Sie warf einen Seitenblick auf Max, der mindestens genauso zermürbt wirkte, wie sie sich fühlte.

»Tut mir leid«, erklärte Eileen Wildemann schließlich. »Aber Emma hat ihn nie erwähnt und ich habe diesen Mann auch noch nie gesehen. Als Schwimmlehrerin unterrichte ich so viele Menschen und ich kann mir Gesichter und Namen gut merken.«

Laura versuchte, ihre Enttäuschung zu verbergen. Sie entnahm ihrem Ordner ein Foto von Mari Azarian und legte es vor Eileen Wildemann auf den Tisch.

»Kennen Sie diese Frau?«, wollte Laura wissen und machte sich auf ein erneutes Kopfschütteln gefasst.

Doch Eileen Wildemann zögerte. Sie nahm das Foto in die Hand und betrachtete es ausgiebig.

»Wer ist das?«, fragte sie.

»Das wollte ich eigentlich von Ihnen erfahren«, gab Laura zurück und musterte Eileen Wildemann aufmerksam.

»Sie kommt mir bekannt vor. Ich weiß allerdings nicht mehr woher.« Eileen Wildemann kräuselte die Stirn. »Ich komme nicht darauf, wo ich sie schon einmal gesehen haben könnte. Es war jedenfalls nicht im Schwimmkurs. Aber wo dann? Können Sie mir nicht ihren Namen nennen? Dann könnte ich in meinen Kontakten nachsehen.«

Laura hatte den Namen des Opfers eigentlich nicht preisgeben wollen, doch unter diesen Umständen wusste sie sich nicht anders zu helfen. Es war enorm wichtig, eine Verbindung zwischen den Opfern und den Verdächtigen zu finden.

»Sie heißt Mari Azarian.«

Eileen Wildemann erhob sich und nahm das Handy. Sie wischte mehrfach über das Display, wobei sie immer wieder den Kopf schüttelte. Lauras Hoffnung schwand so schnell dahin, wie sie gekommen war. Vielleicht waren sich Eileen Wildemann und Mari Azarian irgendwo einmal begegnet. Es schien jedoch kaum mehr als eine flüchtige Begegnung gewesen zu sein.

»Tut mir leid. Ich habe meine Kontakte und E-Mails überprüft, doch ich kann diesen Namen nirgendwo entdecken.«

»Was ist mit diesem Mann?«, fragte Max und schob Eileen Wildemann ein Bild von Professor Malchin hinüber. »Hat Emma Professor Malchin von der Universität der Künste näher gekannt?«

Eileen Wildemann schürzte nachdenklich die Lippen. »Also ich weiß, dass sie mal einen Workshop an der Uni belegt hat. Aber mit wem sie dort zu tun hatte, kann ich leider nicht sagen. Diesen Professor hat sie jedenfalls nie erwähnt.«

»Danke«, sagte Laura und erhob sich. »Wir wollen Sie nicht länger von der Arbeit abhalten. Sofern Ihnen doch noch einfällt, woher Sie Mari Azarian kennen, melden Sie sich bitte umgehend.«

»Natürlich«, antwortete Eileen Wildemann und geleitete sie zur Wohnungstür.

* * *

»Es sieht nicht gut aus für Sie«, sagte Laura und bedachte Ralf Brückner und seinen Mitbewohner Sascha Baumgard mit einem kühlen Blick. »Die Gründe können Sie sich selbst ausmalen, und ich habe Sie beide ins Landeskriminalamt einbestellt, damit Sie sozusagen eine zweite Chance erhalten, die Dinge richtigzustellen.« Laura stellte zufrieden fest, wie sich auf Ralf Brückners Hals ein roter Fleck bildete. Sein Kehlkopf hüpfte auf und ab. Sein Mitbewohner hingegen wirkte gelassen. Baumgard saß zurückgelehnt auf dem Stuhl und musterte sie von Kopf bis Fuß.

»Brauche ich ...« Brückners Blick glitt zu seinem Begleiter hinüber. Er räusperte sich und fuhr fort: »Also ich meine, brauchen wir einen Anwalt?«

»Nun, wenn Sie nichts zu verbergen haben, dann nicht.« Laura sagte nichts mehr und ließ ihre Worte wirken.

Die beiden Männer schauten sich an.

»Haben wir nicht«, erklärte Sascha Baumgard mit lässiger Stimme. »Was wollen Sie denn eigentlich von uns?«

»Können Sie sich das nicht denken? Sie wissen doch sicherlich, dass wir jede Aussage gründlich überprüfen.«

»Ja und?«, fragte Sascha Baumgard und verzog die Lippen. »Ich habe ausgesagt, dass Ralf mit mir gelernt hat, nachdem er von Emma zurückgekehrt war. Wir waren den gesamten Abend zusammen in der Wohnung. Daran hat sich nichts geändert.«

Laura hob die Augenbrauen. »Mag sein«, gab sie zurück. »Sie haben jedoch auch behauptet, es ständen nach dem Wochenende Klausuren an. Wir haben das überprüft.«

Ralf Brückners Lider flatterten nervös. Auch Sascha Baumgard wurde eine Spur blasser.

»Okay, wir hatten keine Klausuren. Aber wir haben trotzdem gelernt und den restlichen Tag gemeinsam verbracht.«

»Erklären Sie mir bitte, warum Sie Klausuren erwähnt haben, wenn es keine gab«, forderte Laura Sascha Baumgard scharf auf.

»Wir haben uns geirrt.« Sascha Baumgard glotzte sie herausfordernd an. »Das ist doch nicht strafbar, oder?«

»Meine Herren«, fuhr Max dazwischen, »Behinderung von Ermittlungen ist keine gute Idee. Das nur so zur Info. Und ein Alibi, das teilweise auf einer Lüge aufbaut, auch nicht. Deshalb ein Rat von mir: Wir haben Sie herbestellt, um Ihnen die Möglichkeit zu geben, die Dinge richtigzustellen. Nutzen Sie diese Chance.«

Laura schwieg. Max machte seine Sache gut. Sie hatten sich vorher abgesprochen. Ihr Part war es, im Gespräch Druck zu machen, während Max den Kumpel spielte. Hinter der Stirn von Sascha Baumgard arbeitete es. Ralf Brückner sah aus, als würde er jeden Moment in Tränen ausbrechen.

»Wir dachten, es wäre glaubwürdiger. Es war eine blöde Idee«, brummte Sascha Baumgard plötzlich und hob die Hände resigniert. »Tut uns leid. Ich kann Ihnen nur versichern, dass Ralf mit Emmas Tod nichts zu tun hat. Der kann keiner Fliege etwas zuleide tun.«

»Und da sind Sie sich sicher?«, fragte Laura und beugte sich zu Sascha Baumgard vor. »Ihr Freund hat

Emma Riedel bedrängt. Dafür gibt es Zeugen. Sie wollte die Beziehung zu ihm beenden. Er hingegen nicht. Es wäre nicht die erste Verzweiflungstat dieser Art.«

»Wir waren den ganzen Tag seit seiner Rückkehr von Emma zusammen«, beharrte Sascha Baumgard.

»Was hat er denn über das Treffen erzählt?«, erkundigte sich Max freundlich.

Sascha Baumgard zuckte mit den Achseln. »Eigentlich nur, dass sie Zeit bräuchte und nachdenken wollte. Er klang ziemlich optimistisch.«

»Hat er am Abend noch mal versucht, Kontakt zu Emma aufzunehmen? Wenn es so gut gelaufen ist, wäre das doch der nächste logische Schritt?«, bohrte Max weiter.

»Das weiß ich nicht.« Sascha Baumgards Blick jagte hinüber zu Ralf Brückner.

»Ich habe sie nicht angerufen. Ich wollte ... ich wollte sie nicht nerven«, stotterte Brückner. »Ich habe ihr nichts getan. Wirklich nicht.«

»Wir konnten übrigens keinen Hinweis darauf finden, dass Emma auswandern wollte«, sagte Laura.

»Aber sie hat mir das gesagt. Echt jetzt. Vielleicht wollte sie mich auch nur loswerden.«

Laura änderte ihre Taktik. Sie zeigte den beiden ein Foto von Mari Azarian.

»Kennen Sie diese Frau?«

Die beiden Männer musterten das Bild. Eine unheimliche Stille legte sich über den Raum.

»Ich habe mich ein- oder zweimal mit ihr getroffen«, gestand Sascha Baumgard schließlich leise. »Das ist allerdings schon mehr als ein halbes Jahr her. Mathe und Englisch auf Lehramt kam mir damals zu schwierig vor. Ich hatte überlegt, auf die Uni der Künste zu wechseln. Dort kann man auch Kunst auf Lehramt studieren und ich brauchte ein paar Ratschläge von ihr.«

In diesem Augenblick öffnete sich die Tür zum Vernehmungszimmer. Joachim Becksteins Gesicht erschien und es sprach Bände.

»Ich muss Sie sprechen«, sagte er. »Und zwar sofort.«

Als Laura draußen mit Beckstein und Max im Flur stand, spürte sie, wie ihr Puls in schwindelerregende Höhen schoss. Sie wusste, was Beckstein sagen würde, bevor er es aussprach.

»Wir haben eine neue Leiche.«

»Wo?«, fragte Laura tonlos.

Beckstein sah sie an und der Ausdruck in seinen Augen spiegelte Fassungslosigkeit.

»In derselben Industriehalle, in der wir bereits die tote Emma Riedel gefunden haben.«

22

Vor fünfzehn Jahren

»Ihr könnt nicht einfach abhauen und mich alleinlassen!«, kreischte seine Mutter mit einer Stimme, die ihm durch Mark und Bein ging.

»Wir lassen dich nicht im Stich«, erwiderte er und nahm sie in den Arm. Es fiel ihm unendlich schwer, aus der Wohnung auszuziehen, aber er hatte trotzdem keine andere Wahl. Was sollte er tun? Er hatte doch nur dieses eine Leben. So viele Jahre waren schon verschwendet und hatten tiefe Narben auf seiner Seele und der seines Bruders hinterlassen. Sie konnten nicht bleiben, damit ihre Mutter sich für den Moment besser fühlte. In spätestens zwei Tagen griff sie sowieso wieder zur Flasche. Sie brauchte professionelle Hilfe. Davon war er inzwischen überzeugt. Die letzten Jahre hatte er nichts anderes versucht, als sie vom Alkohol wegzukriegen. Er hatte dafür gesorgt, dass Vater sie nicht mehr belästigte. Sie hatten genug Geld, um einigermaßen über die Runden zu kommen. Klar, es reichte oft nicht. Aber niemand hungerte. Sie konnten die Miete bezahlen und mit dem Geld, das er mittlerweile verdiente, ließ sich sogar das ein oder andere Extra kaufen.

»Hörst du! Ich habe gesagt, ihr könnt nicht gehen!« Seine Mutter stieß ihn von sich und baute sich im Türrahmen auf, um ihm den Weg zu versperren.

Er zog einen Zettel aus der Hosentasche. »Ruf diese Nummer an. Es ist eine Suchtberatung. Die werden dir helfen. Sobald du deine Sucht im Griff hast, kommen wir zurück oder du ziehst bei uns ein.«

Seine Mutter starrte ihn fassungslos an. »Du meinst es wirklich ernst? Hm? Hältst dich für was Besseres? Ja? Du bist nicht mehr mein Sohn!« Sie hob die Hände und trommelte ihm gegen die Brust. »Du bist nicht mehr mein Sohn! Verdammt! Scher dich doch fort. Ich will dich nie wiedersehen!« Sie schrie mehrere Flüche hinterher.

»Beruhige dich!«, brachte er mit zitternder Stimme hervor und deutete auf den Zettel. »Nimm jetzt bitte das Telefon und rufe dort an. Du musst nur deinen Namen sagen und bekommst einen Termin. Ich habe bereits mit denen gesprochen.«

Seine Mutter starrte ihn an und plötzlich liefen ihr Tränen über die Wangen.

»Ich schaffe es nicht ohne euch«, jammerte sie. »Ihr könnt nicht gehen.«

In seiner Brust schlugen zwei Herzen. Er wollte sie nicht alleinlassen, aber er musste seinen kleinen Bruder beschützen. Der wartete vor dem Haus auf ihn mit dem

Moped. Nur gut, dass er ihre Mutter nicht hören konnte. Es hätte ihn umgebracht. Sein kleiner Bruder hatte eine sensible Seele, und es war seine Aufgabe, für ihn zu sorgen. Das war von Anfang an so gewesen. Von der Stunde seiner Geburt an. Sie mussten raus aus dieser Hölle. Aus diesem ewigen Kreislauf von Sucht und Gewalt. Es gab keinen anderen Ausweg, und wenn sie nicht genauso enden wollten wie ihre Eltern, war es Zeit, die Zelte abzubrechen und woanders neu anzufangen.

Er hatte alles organisiert. Heimlich. Eine eigene Wohnung, weit genug entfernt, um sich nicht ständig über den Weg zu laufen. Aber nah genug, um nach Mutter sehen zu können. Es war ja nicht für immer.

»Ich rufe dich nachher an und morgen frühstücken wir zusammen. In Ordnung?« Er packte den Koffer und bewegte sich auf die Tür zu.

»Ist schon gut. Ich komm klar.« Seine Mutter hielt das Telefon hoch. »Ich rufe da jetzt an.«

Er zitterte am ganzen Körper. Hastig riss er die Tür auf und rannte davon. Er sah sich nicht mehr um. Wenn er das tat, würde er es nicht schaffen. Doch das musste er. Er hatte neben der neuen Wohnung sogar ein Schülerpraktikum für seinen Bruder in einer Galerie besorgt. Er sollte all das werden können, von dem er nur träumen konnte. Für ihn blieb nicht viel übrig, aber für seinen Bruder würde es reichen. Er würde für ihn kämpfen und ihm eine Zukunft ermöglichen, die ihn aus diesem grässlichen Dasein hinauskatapultierte. Und vielleicht, eines Tages, könnte er sich selbst auch etwas gönnen. Sein Aushilfsjob war gut, doch eine richtige Ausbildung oder gar ein Studium wären besser. Zuerst jedoch war sein Bruder dran. Er besaß großes Talent und das durfte nicht verschwendet werden.

»Lass uns fahren«, rief er, als er vor dem Haus stand und seinen Bruder auf dem Moped warten sah. Er sprang vorn auf den Sitz und startete den Motor. Die Stimme seiner Mutter klang noch in seinen Ohren, aber er verdrängte sie. Er wünschte sich nichts sehnlicher, als dass sie gesund werden würde. Allerdings konnte er zurzeit nicht mehr für sie tun. Er konnte nur hoffen, dass sie die Nummer wirklich anrief. Er gab Gas und sie fuhren davon. Hinaus in eine hoffentlich bessere Welt.

23

»Ich stehe echt unter Schock«, gestand Ben Schumacher und wischte sich ein paar Schweißperlen vom Gesicht. »Ich wollte mich noch mal umsehen, auch wenn wir die Halle längst freigegeben hatten. Keine Ahnung, ich bin ja erst seit Kurzem in der neuen Position, und ich musste einfach sichergehen, dass wir nichts übersehen haben. Ich kam jedenfalls hier an und dann habe ich die Tote entdeckt.«

Laura verstand Ben Schumacher nur allzu gut. Sie und Max befanden sich in derselben Halle, in der vor ein paar Tagen die ermordete Emma Riedel entdeckt wurde. Niemand konnte damit rechnen, dass der Täter so dreist war und die Halle zweimal als Ablageort benutzen würde. Vor ihnen lag eine neue Leinwand. Sie zeigte eine Bar mit einer Theke und mehreren Hockern davor. Auf dem gemalten Tresen standen eine Flasche Champagner und zwei Gläser. Die Champagnerflasche war genauso echt wie der Blumenstrauß in der Vase daneben. Sie waren mit Draht an der Leinwand befestigt. Die Blumen ließen ihre Köpfe nur ein wenig hängen. Es war schwer zu sagen, wie lange sich dieser Strauß dort schon befand. Er wirkte allerdings nicht annähernd so vertrocknet wie der Strauß neben Emma Riedels Leiche.

Die Tote war vor den Barhockern platziert. Sie lag mit angewinkelten Beinen auf der Seite. Die rot gefärbten Haare waren zu einem Pferdeschwanz zusammengebunden, die Füße steckten in roten High Heels. Dieses Mal schienen sie ihr jedoch zu passen. Die Frau war größer als die ersten beiden Opfer. Ein breiter schwarzer Lackgürtel schnürte das kurze Kleid in der Taille zusammen. Der tiefe Ausschnitt gab einen Blick auf die Brüste der Toten frei. Am Hals prangten dunkelrote Würgemale und auch an den Unterarmen erkannte Laura Striemen, die wie Abdrücke von Fingern aussahen. Offenbar hatte sich die Frau heftig gewehrt. Laura sank auf die Knie und schob das Kleid ein wenig die Oberschenkel hinauf, um zu sehen, ob Anzeichen für eine Vergewaltigung vorlagen. Doch auch diese Tote wies keine blauen Flecke auf und der Slip wirkte makellos. Das Kleid hatte keine Taschen, und auf der Leinwand fand sich ebenfalls nichts, was auf die Identität der Toten hindeutete.

»Haben Sie die Mülltonnen schon durchsucht?«, fragte Laura. Sie spürte, wie ihre Stimme vibrierte. Seit sie erfahren hatte, dass es eine neue Leiche gab, zweifelte sie an ihrem Urteilsvermögen. Hatte sie sich in Achim Köhler geirrt? War er womöglich doch der Täter? Sie hatte sich mit seiner Entlassung aus dem Gefängnis abgefunden und jetzt war eine weitere Frau tot. Laura fühlte sich miserabel.

»In der Mülltonne lagen wieder Farbtuben und Pinsel. Wir suchen gerade nach persönlichen Gegenständen des Opfers«, erklärte Ben Schumacher.

»Wie sieht es mit Fingerabdrücken aus?«, wollte Max wissen, der neben Laura hockte und einen der roten High Heels in der Hand hielt.

»Wir sind dran. Aber es scheint keine zu geben. Dieses Mal war der Täter offenbar vorsichtiger«, antwortete Ben Schumacher betrübt. »Ich fasse es nicht, dass dieser Mistkerl sich traut, diese Halle ein weiteres Mal zu benutzen.«

»Vermutlich hatte er nicht viel Zeit, sich nach einem neuen Ablageort umzuschauen«, sagte Laura und erhob sich wieder. »Sollte Achim Köhler der Täter sein, wäre es eine Erklärung. Er saß die letzten Tage in Haft und hatte keine Gelegenheit, nach geeigneten Orten zu suchen. Also hat er diese Halle erneut gewählt. Er konnte ja leicht feststellen, dass niemand von uns mehr hier war.«

Max runzelte die Stirn. »Da wir Köhler überwachen, würde es bedeuten, dass er diese Frau in den ersten vierundzwanzig Stunden nach seiner Entlassung ermordet hätte.«

Laura deutete auf den Blumenstrauß. »Ich denke, das könnte hinkommen. Wir sollten die Rechtsmedizin schnellstmöglich einbinden, damit wir den genauen Todeszeitpunkt bald kennen.«

Max nickte und entfernte sich mit dem Telefon.

»Erledigt«, sagte er nach einer Weile und kam zu ihnen zurück. »Morgen erhalten wir eine erste Einschätzung.«

Laura stand gedankenverloren vor der Leinwand.

Die Möglichkeit, dass Achim Köhler doch hinter den Morden stecken könnte, nagte an ihr. Hatte sie die Lage derartig falsch eingeschätzt? Köhler hatte keine Verbindung zu Mari Azarian und offenbar scherte er sich nicht sonderlich um Kunst. Aus Lauras Sicht war dieser Mann nicht imstande, eine Leinwand kunstvoll zu bemalen. Köhler verdiente seinen Lebensunterhalt auf einer Baustelle. Trotzdem, sie konnten ihn nicht komplett als Täter ausschließen und hätten deshalb irgendwie verhindern müssen, dass er aus der Haft entlassen wurde. Laura seufzte. Bei Professor Malchin gab es keinerlei Zweifel an seinen künstlerischen Fähigkeiten. Zudem kannte er die ersten beiden Opfer, ebenso wie der Ex-Freund von Emma Riedel. Ralf Brückner könnte mit seinem Mitbewohner Sascha Baumgard unter einer Decke stecken. Hinzu kam, dass beide malen konnten. Erneut seufzte Laura, diesmal tiefer. Alles, was sie hatten, waren Indizien. So drehten sie sich im Kreis. Sie brauchten dringend eine heiße Spur. Eine, die sie ohne Umwege zum Täter führte. Warum hatte der Täter abermals diese Halle ausgewählt? Sie schüttelte den Kopf und fluchte. Sie wusste es einfach nicht.

Ihr Telefon klingelte. Simon Fischer versuchte sie zu erreichen.

»Ich weiß, wer das neue Opfer ist«, begann er, ohne Laura zu Wort kommen zu lassen. »Lina Maas, fünfundzwanzig Jahre alt, arbeitete als Kellnerin und wird seit gestern vermisst.«

»Seit gestern?«

»Genauer gesagt seit gestern Vormittag. Da es nicht allzu viele Frauen mit langen roten Haaren gibt, ist sie mir gleich ins Auge gefallen. Ihre Mutter hat die

Vermisstenanzeige aufgegeben, und die Anzeige wurde aufgenommen, obwohl noch keine vierundzwanzig Stunden vergangen waren. Der Mutter stand eine Herzoperation bevor, und Lina Maas hat sie nicht abgeholt und war nirgendwo erreichbar gewesen. Auch ihre Freundin, eine Dörte Brinkhaus, konnte der Mutter nicht sagen, wo Lina Maas ist. Es war eindeutig, dass etwas nicht stimmte.«

»Sie ist genau in der Zeit verschwunden, in der wir Achim Köhler nicht überwacht haben«, sagte Laura tonlos.

»Ich weiß«, entgegnete Simon. »Ich recherchiere weiter und melde mich, sobald ich irgendwelche neuen Informationen habe.« Er legte auf.

Laura schaltete das Handydisplay mit einem mulmigen Gefühl im Magen aus, nur, um es gleich wieder zu aktivieren. Sie wählte Martina Flemmings Nummer.

»Könnten Sie mit den Nachbarn von Achim Köhler sprechen? Ich muss wissen, ob er innerhalb von vierundzwanzig Stunden nach Entlassung seine Wohnung verlassen hat.«

»Ich kümmere mich sofort darum. Wir haben übrigens mit allen Teilnehmern des Workshops für künstlerische Fotografie gesprochen. Niemand hat Anzeichen für eine Affäre zwischen Emma Riedel und Professor Malchin bemerkt. Das heißt natürlich nichts. Wenn da etwas lief, waren die beiden jedenfalls sehr vorsichtig.«

»Verstehe.« Laura seufzte. Vermutlich gab es keine Affäre. Das war schon wieder eine Fährte, die offenbar im Sande verlief. Sie hatte genug davon. »Könnten Sie bitte noch etwas für mich tun? Wir müssen wissen, wo sich Ralf Brückner und sein Mitbewohner Sascha Baumgard seit dem Verschwinden von Lina Maas aufgehalten haben. Schicken Sie jemanden hin, der sie befragt und die Angaben überprüft.« Laura legte auf.

»Wir sollten mit der Mutter reden«, sagte Max. »Und wir müssen uns in der Wohnung des Opfers umsehen. Vielleicht stoßen wir dort endlich auf eine Spur. Außerdem könnten wir Professor Malchin und Torben Schleyer hierherbitten, sobald die Spurensicherung den Fundort freigegeben hat und die Leiche abtransportiert ist.«

Lauras Laune besserte sich augenblicklich. »Genauso machen wir es«, erwiderte sie und zog ihn mit sich aus der Halle.

* * *

Laura mochte Krankenhäuser nicht. Sie erinnerten sie viel zu sehr an ihre eigene Vergangenheit. Wie oft war sie wegen ihrer Verletzungen operiert worden? Fast ein dutzendmal. Sie hatte sich bei ihrer Flucht aus dem Pumpwerk die Haut unter dem Schlüsselbein an einem rostigen Eisengitter aufgerissen. Die Wunden hatten sich infiziert und deshalb musste Haut von ihrem Oberschenkel transplantiert werden. Noch heute fühlte sich diese Haut wie ein Fremdkörper an. Wie ein Teil, der nicht zu ihr gehörte und den sie verstecken musste.

»Da vorne ist es«, sagte Max und deutete auf eine doppelflüglige Tür, über der in roten Buchstaben *Kardiologie* stand.

Sie eilten auf die Krankenschwester zu, die hinter einem Plexiglasfenster an der Anmeldung saß und sie mit einem genervten Gesichtsausdruck in Empfang nahm.

»Was kann ich für Sie tun?«

Laura zeigte ihren Dienstausweis. Die Augen der Frau weiteten sich.

»Wir möchten mit Helene Maas sprechen.«

Die Krankenschwester sah im Computer nach und schüttelte schließlich den Kopf.

»Das geht leider nicht. Sie wird im Augenblick operiert.«

»Wie lange dauert die OP?«

Die Krankenschwester blickte Laura empört an. »Wir sind hier in der Kardiologie. Es ist eine schwerwiegende Herzoperation, die dauert ein paar Stunden, und auch danach ist die Patientin nicht sofort ansprechbar. Frau Maas darf sich auf gar keinen Fall aufregen.«

Laura biss sich auf die Unterlippe. Lina Maas' Mutter tat ihr unheimlich leid. Trotzdem hatte sie gehofft, noch vor der Operation mit ihr sprechen zu können. Sie brauchten dringend Informationen über die junge Frau. Hatte sie einen Freund? Gab es Stress oder andere Schwierigkeiten? Sie atmete tief aus.

»Sie suchen Frau Maas?«, fragte plötzlich ein dünnes Stimmchen hinter ihnen.

Laura fuhr herum zu einer Frau, die ungefähr in Lina Maas' Alter war.

»Ja, wir hätten gerne mit ihr gesprochen. Darf ich fragen, wer Sie sind?«

Die junge Frau hob eine Box hoch, in der sich ein wenig Obst und Kuchen befanden.

»Ich bin Dörte Brinkhaus, eine Freundin von Frau Maas' Tochter. Ich dachte mir, ich bringe Linas Mutter ein paar Kleinigkeiten vorbei, weil Lina nicht gekommen ist.«

Laura musterte die Frau. Ihren Namen hatte sie bereits von Simon Fischer gehört. Sie stellte sich und Max als Ermittler vom LKA vor.

»Wissen Sie, wo Lina ist?«, fragte sie.

Ein Ausdruck von Verzweiflung huschte über Dörte Brinkhaus' Gesicht. »Das ist es ja, ich hatte hier auf Antworten gehofft. Ist ihr etwas passiert? Sie sind bestimmt deswegen hier.«

»Frau Maas ist im OP und das Essen können Sie gleich wieder mitnehmen. In den nächsten Tagen ist Frau Maas auf Schonkost«, redete die Krankenschwester energisch dazwischen. »Bitte stehen Sie hier nicht im Weg herum. Wir müssen den Gang für Notfälle freihalten.«

Dörte Brinkhaus blickte sie verstört an und ließ die Box sinken.

»Das wusste ich nicht«, murmelte sie und wandte sich zum Gehen.

»Könnten wir kurz mit Ihnen sprechen?«, fragte Laura und Dörte Brinkhaus drehte sich sofort wieder um.

»Ja, aber können Sie mir denn sagen, was mit meiner Freundin passiert ist? Bitte. Ich habe so oft auf ihrem Handy angerufen. Es ist aus, und ich weiß nicht, wo sie sein könnte. Ihre Mutter hat bei der Polizei eine Vermisstenanzeige gestellt. Deswegen bin ich hergekommen.«

»Wir sollten nicht hier reden«, erwiderte Laura. »Kommen Sie mit. Im Eingangsbereich befindet sich eine Cafeteria. Dort können wir uns in Ruhe unterhalten.«

Sie gingen schweigend zur Cafeteria und setzten sich in die hinterste Ecke.

Max ließ sich zuerst den Ausweis von Dörte Brinkhaus zeigen und begann das Gespräch.

»Es tut uns sehr leid, Ihnen mitteilen zu müssen, dass Ihre Freundin Lina Maas tot aufgefunden wurde.«

Dörte Brinkhaus schluckte. Tränen schossen ihr in die Augen. Sie vergrub das Gesicht in den Händen.

»Ich habe geahnt, dass ihr was passiert ist«, schluchzte sie. »Lina war so zuverlässig. Sie hätte niemals so einfach ihre Mutter im Stich gelassen.«

Max hielt ihr ein Taschentuch hin. »Es muss sehr schmerzlich für Sie sein«, brummte er und wartete einige Momente ab, bevor er fortfuhr: »Es wäre nett, wenn Sie uns ein paar Fragen beantworten könnten, damit wir den Tod Ihrer Freundin möglichst schnell aufklären können. Ist Ihnen an Lina in letzter Zeit etwas Ungewöhnliches aufgefallen?«

»Nein. Sie war wie immer. Zuletzt hat sie sich hauptsächlich Sorgen um ihre Mutter gemacht. Sie befürchtete, dass ihre Mutter die Operation nicht überleben könnte.«

»Lina hat als Kellnerin gearbeitet. Gab es Streit mit Kollegen oder Gästen?«

»Nein.« Dörte Brinkhaus unterdrückte ein erneutes Schluchzen. »Sie war eine gute Freundin, meine beste. Sie hatte keinen Streit, mit niemandem. Sie war total hilfsbereit.«

»Gibt es einen Freund?«, wollte Laura wissen.

»Sie hat einen Verehrer, aber sie war sich unsicher, ob sie etwas mit ihm anfangen sollte.«

»Und wie heißt dieser Verehrer?«

Dörte Brinkhaus hob die Schultern. »Kann ich nicht sagen. Ich habe ihn noch nicht kennengelernt. Er hilft ab und an in dem Café aus, in dem sie gekellnert hat. Sie hat davor zurückgeschreckt, etwas mit einem Kollegen anzufangen.«

Laura beschloss, aufs Ganze zu gehen. Sie legte der jungen Frau nacheinander die Fotos von Emma Riedel, Mari Azarian und den Tatverdächtigen Achim Köhler und Ralf Brückner auf den Tisch. Doch Dörte Brinkhaus schüttelte jedes Mal den Kopf. Laura holte eine Aufnahme von Professor Malchin hervor.

»Kennen Sie diesen Mann?«

Dörte Brinkhaus sah erstaunt auf. »Natürlich. Ich studiere bei ihm.«

24

So hatte Franziska sich das Wiedersehen mit Maxim nicht vorgestellt. Er war kaum zur Tür hereingekommen, als sie auch schon bemerkte, dass etwas ganz und gar nicht stimmte.

»Es funktioniert nicht mehr zwischen uns«, hatte er gesagt und ihr Herz damit in tausend Stücke zerfetzt.

»Das kannst du doch nicht machen. Ich dachte, wir gehören zusammen?« Das »für immer« hatte sie hinuntergeschluckt, denn in Maxims Blick stand nichts als Leere. Er liebte sie nicht mehr. Vielleicht hatte sie das bereits geahnt. Sie hatten sich in den letzten Wochen kaum gesehen und nur selten telefoniert. Auch Franziska hatte ihren Teil dazu beigetragen und sich ein wenig von ihm distanziert. Eigentlich hätte sie mit diesem Schritt rechnen müssen. Doch jetzt, wo es passierte, kam sie damit nicht klar. Es tat so schrecklich weh.

»Bitte, Maxim. Wir können diese Krise überstehen«, fügte sie hinzu und kam sich vor wie im falschen Film.

Maxim warf ihr einen finsteren Blick zu. Franziska wandte sich ab, es schmerzte unerträglich.

»Ich habe dir alles gesagt, was es zu sagen gibt. Es ist aus und dabei bleibt es.« Er stolzierte zum Fenster hinüber und starrte hinaus.

»Hast du eine andere?«, fragte Franziska leise, weil sie nicht verstand, warum er nicht mal versuchte, ihre Beziehung zu retten.

Er drehte sich zu ihr um und blickte ihr fest in die Augen.

»Es gibt keine andere«, erklärte er. »Wir sind einfach zu verschieden und die Distanz ist zu groß. Wir haben keine gemeinsame Zukunft.«

Jedes einzelne seiner Worte traf Franziska wie ein Hammerschlag. Wie konnte er bloß so gemein sein?

»Und nur deshalb bist du heute hergekommen?«, fauchte sie. »Um mich abzuservieren?«

Wut blitzte in Maxims Augen auf. »Ich wollte es dir persönlich sagen, aber so, wie du dich anstellst, bereue ich es bereits!«

»Wie ich mich anstelle?« Franziska blieb die Luft weg. »Du ziehst mir gerade den Boden unter den Füßen weg. Ohne jegliche Vorwarnung.«

»Nun tue mal nicht so, als wärst du hier das Opfer. In letzter Zeit redest du bloß noch von diesem Professor. Schläfst du etwa mit ihm, damit er dich in seine Elite-Gruppe aufnimmt?« Maxims Stimme klang dunkel und rau, getränkt von Verachtung.

»Ich möchte, dass du jetzt gehst«, sagte Franziska zitternd und versuchte, ihre Tränen zurückzuhalten. Es war sinnlos weiterzureden, denn Maxim hatte seine Entscheidung getroffen. Er wollte nicht mehr, und es schien ihm egal zu sein, wie es ihr damit ging. Es war genau so, wie Jacob es beschrieben hatte. Maxim saugte die Kreativität aus ihr heraus und ihre Energie ebenfalls. Fast immer, wenn sie Maxim in den letzten Monaten gebraucht hatte, war er mit sich selbst beschäftigt gewesen, statt ihr zu helfen. Vermutlich stand sie besser allein da.

»Es tut mir leid, dass es vorbei ist. Ich hätte mir unsere Zukunft auch anders vorgestellt«, erklärte er, packte seinen Autoschlüssel und stürmte ohne ein weiteres Wort aus ihrer Wohnung.

Die plötzliche Stille schmerzte Franziska umso mehr. Kraftlos sank sie zusammen und blieb eine Weile auf dem Fußboden sitzen. Tränen liefen ihr über die Wangen. Sie ließ sie einfach laufen.

Viel später erhob sie sich. Sie musste frische Luft schnappen. Drinnen hielt sie es keine Sekunde länger aus. Leise schlich sie aus der Tür. Sie wollte ihrer Nachbarin nicht begegnen. Auf blöde Fragen konnte sie verzichten. Sie huschte die Treppe hinunter und atmete erleichtert auf, als sie vor dem Haus stand. Sie ging zu ihrem Fahrrad und bemerkte sofort ein Stück Papier. Vermutlich hatte Maxim ihr noch eine Nachricht geschrieben. Sie zerrte das Blatt aus dem Gepäckträgerbügel hervor und stellte fest, dass es wieder ein Foto war.

Mit klopfendem Herzen drehte sie es um.

»Nein!«, stieß sie aus und blickte ängstlich um sich. Auf dem Foto saß sie an einem Tisch und trank aus einer Tasse. Es zeigte sie in dem Café, in dem sie mit Jacob Malchin und auch mit Niklas gesessen hatte. Doch auf dem Bildausschnitt war nur sie, nicht ihr

Begleiter zu sehen. Wer hatte dieses Foto aufgenommen? Sie fuhr herum, weil sich jemand von hinten näherte.

»Kann ich dir helfen?«

Franziska blinzelte, weil sie nicht begreifen konnte, wer da vor ihr stand.

»Alles in Ordnung?«

Sie schüttelte den Kopf und zeigte auf das Foto in ihrer Hand. »Nein, gar nichts ist in Ordnung. Mein Freund hat Schluss gemacht und jemand verfolgt mich.«

»Lass dich erst einmal in den Arm nehmen«, erwiderte Jacob Malchin und zog Franziska sanft an sich.

25

Laura hatte sich mit Max eine Vorgehensweise überlegt, wie sie Professor Malchin möglichst unauffällig auf den Zahn fühlen konnten. Während ihre Ermittlungen zu Achim Köhler und Ralf Brückner feststeckten, häuften sich die Indizien in Richtung der Universität und des Professors. Malchin hatte eine Verbindung zu den drei Opfern, wenn auch im letzten Fall nur indirekt. Sie hatten beschlossen, eine groß angelegte Befragung an der Universität durchzuführen. Selbst falls Malchin nicht der Täter war, so stammte dieser mit einer gewissen Wahrscheinlichkeit aus dem Umfeld der Universität. Allen Studenten der bildenden Künste sollten Fotos der Opfer vorgelegt werden, um herausfinden, ob sie diese kannten. Zudem mussten sie angeben, wo sie sich zum Todeszeitpunkt von Lina Maas aufgehalten hatten. Laut Rechtsmedizin war die Frau vor zwei Tagen zwischen achtzehn und vierundzwanzig Uhr erdrosselt worden. Auf diese Weise könnten Laura und Max auch den Professor befragen, ohne sein Misstrauen zu erwecken, denn selbstverständlich erstreckten sich die Gespräche ebenso auf das Personal.

Einer der Hausmeister eilte auf Laura zu und hielt ihr einen Schlüsselbund hin.

»Zwei Hörsäle sind fertig. Sie können jetzt hinein«, erklärte er mit wichtiger Miene. »Ich kann Ihnen noch einen Saal freiräumen. Dann sind Sie vielleicht schneller durch mit Ihren Fragen.«

»Danke«, sagte Laura freundlich und nahm ihm die Schlüssel ab. »Zwei Hörsäle reichen vollkommen.«

»Wann sollen wir uns bereithalten?«, fragte der Mann, den Laura bereits in der Werkstatt beim Grundieren der Leinwände kennengelernt hatte.

»Wir werden mit den Studenten starten. Die Vorlesung beginnt in zehn Minuten. Wenn es Ihnen nichts ausmacht, sind Sie danach dran. Sagen Sie doch Ihren Kollegen Bescheid.«

»Wird gemacht«, antwortete der Hausmeister erfreut und marschierte mit erhobenem Haupt davon.

Laura winkte Max zu sich. »Wo sind Martina Flemming und ihr Team? Ich habe nur Peter Meyer gesehen und der ist auch schon wieder verschwunden.« Sie wedelte mit dem Schlüsselbund. »Uns stehen zwei Hörsäle zur Verfügung. Wir sollten anfangen.«

»Meyer ist draußen und raucht noch eine. Ich hole ihn gleich rein.« Max verdrehte die Augen, weil er von Zigaretten überhaupt nichts hielt. »Martina Flemming sollte jeden Moment mit den anderen eintreffen. Sie haben im Stau festgesteckt.«

Wie auf Kommando öffnete sich die Eingangstür des

Universitätsgebäudes und eine blasse, schlanke Frau eilte mit drei Kollegen herein.

»Entschuldigung. Die Straßen sind um diese Uhrzeit unglaublich voll.« Ihr Blick glitt zu der großen runden Uhr an der Wand über Lauras Kopf. »Kurz nach acht. Gerade noch geschafft. Wo müssen wir hin?«

Laura führte das Team zu den Hörsälen und übergab Martina Flemming die Schlüssel für den zweiten Hörsaal. Wenn alles gut lief, waren sie in zwei Stunden durch. Martina Flemming verteilte Fotos der Opfer sowie von Achim Köhler und Ralf Brückner im Team. Laura reichte sie außerdem eine Liste mit fünfzehn Namen.

»Das ist die Liste der Studierenden, die Professor Malchin und Torben Schleyer für uns zusammengestellt haben. Die beiden haben sich selbst auch draufgesetzt. Es handelt sich um Personen, die mit der Maltechnik auf den Leinwänden vertraut sind und sie gern anwenden. Professor Malchin hat mir erklärt, dass ein geübter Künstler eine Leinwand von acht Quadratmetern innerhalb weniger Stunden bemalen kann. Sollen wir diese Studenten gesondert befragen?«

Laura überflog die Namen. Ein paar von ihnen hatte Professor Malchin bereits erwähnt. Natürlich gab es darüber hinaus haufenweise andere Künstler, die nicht unmittelbar aus Berlin stammten oder längst mit dem Studium fertig waren und ebenfalls diese Technik beherrschten. Trotzdem mussten sie irgendwo ansetzen.

»Wir befragen zunächst alle nach dem gleichen Muster«, entschied Laura und faltete die Liste zusammen. Sie öffnete den Hörsaal, in dem Dennis Struck und Peter Meyer eine Gruppe interviewen würden.

Die Luft in dem großen Raum war etwas abgestanden. Sie hatten mehrere Tische zur Verfügung, auf die sie sich mit den Fragebögen und den Fotos verteilten.

»Können wir reinkommen?«, fragte ein stämmiger Student mit einer Zeichenmappe unter dem Arm, der am Eingang zum Hörsaal erschien. Hinter ihm drängten sich seine Kommilitonen und schauten ihm neugierig über die Schulter.

»Treten Sie ein«, erwiderte Laura. »Halten Sie bitte Ihre Ausweise bereit und suchen Sie sich einfach einen Tisch aus. Wir stellen Ihnen kurz ein paar Fragen und dann sind Sie auch schon fertig.«

Der Student betrat den Saal und marschierte auf den Tisch zu, an dem Peter Meyer Platz genommen hatte. Laura beobachtete den jungen Mann einige Minuten. Er schüttelte etliche Male den Kopf, während Peter Meyer den Bogen ausfüllte.

Laura wandte sich ab und wechselte in den anderen Hörsaal, in dem Max auf sie wartete. Professor Malchin hatte sich bereits mit einer kleinen Gruppe von Studenten eingefunden.

»Ich dachte, ich bringe mal alle Künstler mit, die ich Ihnen aufgeschrieben habe. Sie wissen Bescheid, dass Sie sich für die Impasto-Technik interessieren. Die meisten kennen Sie bereits aus dem Malkurs, in dem wir die beiden speziellen Leinwände besprochen haben.«

»Ich danke Ihnen. Wir würden gerne mit den Studenten beginnen und anschließend mit Ihnen und Torben Schleyer sprechen«, sagte Laura und winkte einen älteren Studenten mit sich, der ein helles T-Shirt und dunkle Jeans trug.

Sie bat ihn an ihren Tisch und ließ sich seinen Ausweis zeigen.

»Ihr Name ist Jan Schneider?«, fragte sie routinemäßig und setzte einen Haken auf ihrer Liste.

»Ja, ich studiere schon sechs Semester und mache hoffentlich bald meinen Abschluss.«

Laura legte ihm zuerst das Bild von Mari Azarian vor.

»Kennen Sie diese Frau?«

Schneider schüttelte den Kopf. »Nein. Ich habe gehört, sie wird vermisst?«

»Richtig.« Laura legte ihm das Foto von Emma Riedel hin. Sie hatten Professor Malchin und Torben Schleyer um absolute Verschwiegenheit gebeten, was die Mordfälle anging. Um die Ermittlungen nicht zu beeinflussen, hatten sie den Studierenden nur mitgeteilt, dass mehrere Personen vermisst wurden, die höchstwahrscheinlich einen Bezug zur Universität der Künste hatten. Sie wollten ihnen die Fotos der Opfer und der Verdächtigen vorlegen, ohne zwischen diesen Personen zu differenzieren.

Jan Schneider hob die Achseln. »Ich glaube, die kenne ich auch nicht. Sie kommt mir aber bekannt vor.« Er rieb sich übers Kinn und betrachtete das Bild gründlich. »Nein, ich denke, ich habe sie wohl doch noch nie gesehen.«

»Und was ist mit dieser Frau?« Laura tippte auf Lina Maas, erntete jedoch abermals ein Kopfschütteln. Sie probierte es mit den Fotos von Achim Köhler und Ralf Brückner.

»Nein«, sagte er wie aus der Pistole geschossen. »Und diese Leute werden alle vermisst?«

»Jeden Tag werden in Deutschland zwei- bis dreihundert neue Vermisstenfälle registriert«, erklärte Laura. »Fünf Personen sind also nicht besonders viel. Können Sie mir noch sagen, was Sie vorgestern Abend gemacht haben?«

Jan Schneider musterte sie erstaunt.

»Es ist eine reine Routinefrage. Wir stellen sie jedem Ihrer Mitstudenten.« Laura lächelte.

»Ich habe gemalt. Wenn Sie jetzt auch noch Zeugen wissen möchten, muss ich leider passen. Ich bin gerne alleine, wenn ich arbeite.«

»Kein Problem«, erwiderte Laura und verabschiedete Schneider, um als Nächstes mit Franziska Neumann zu sprechen.

Die Studentin erkannte ebenfalls niemanden auf den Fotos. Sie war im ersten Semester und wirkte sehr schüchtern.

»Arbeiten Sie häufiger in der Impasto-Technik?«, fragte Laura ein wenig verwundert darüber, dass eine relativ unerfahrene Studentin auf Professor Malchins Liste gelandet war.

»Na ja«, erwiderte Franziska Neumann und errötete leicht. »Ich bin natürlich nicht so gut wie Jan Schneider, den Sie vor mir gesprochen haben. Aber ich male viel. Das habe ich schon in der Schule getan.«

»Sie ist sehr fleißig. Das kann ich nur bestätigen«, mischte sich plötzlich Professor Malchin ein und klopfte seiner Studentin auf die Schulter. Laura hatte den Professor bisher gar nicht bemerkt.

»Franziska Neumann ist ein Ausnahmetalent. Sie ist die einzige Studentin aus dem ersten Semester auf der Liste.«

Laura nickte erstaunt. Sie schenkte Professor Malchin ein Lächeln.

»Ich warte dann in meinem Büro auf Sie.« Professor Malchin wandte sich ab, flüsterte Franziska Neumann jedoch vorher noch etwas ins Ohr. Seine Hand streifte dabei die Schulter der jungen Studentin. Die Art, wie er sie berührte, ließ Laura stutzig werden.

»Kennen Sie Professor Malchin gut?«, fragte sie, als er außer Hörweite war.

»Natürlich. Er hat mich in seine Gruppe geholt, dort nimmt er nur persönlich ausgewählte Studierende auf.« Das Rot in Franziska Neumanns Gesicht verstärkte sich. »Ich komme aus Brandenburg und bin die Großstadt nicht so gewohnt. Ich fühle mich sehr geehrt. Verstehen Sie das?«

Laura nickte und biss sich gleichzeitig auf die Zunge. Es ging sie nichts an, falls diese Studentin sich auf ihren Professor einließ. Außer natürlich, der Mann war ein Serienkiller. Sie entließ Franziska Neumann und winkte den nächsten Studenten heran.

Nach etwas mehr als einer Stunde lichtete sich die Schlange der Wartenden. Laura stand auf und wartete, bis Max sein letztes Gespräch beendet hatte.

»Und?«, fragte sie, während er sich erhob und dabei unablässig auf sein Handy schaute. »Hat jemand eines der Opfer erkannt?«

Max schien sie gar nicht zu hören. Er kroch fast in das Display seines Smartphones.

»Ich glaube, entweder die Tracking-App spinnt oder Hannah steckt schon wieder bei Ben Schumacher«, fluchte er leise. »Verdammt, ich muss wohl wirklich mit ihr reden. Ich dachte, das hört einfach von allein auf.«

»Ach Max. Ich habe Hannah doch im Restaurant mit den Frauen gesehen und auch sonst wirkt sie nicht wie frisch verliebt. Mach dir nicht solche Gedanken und ja, sprich mit ihr.« Sie drückte Max kurz. »Wir müssen mit Professor Malchin sprechen. Ich hatte da eine junge Studentin, an der er interessiert schien.«

»Echt?« Max verzog die Miene. »Es gibt Männer, die bestätigen einfach jedes Vorurteil. Professor Malchin gehört offenbar zu den schlimmen Kerlen, die ihre Hände nicht bei sich behalten können.«

»Sieht so aus«, bestätigte Laura und verließ mit Max den Hörsaal.

* * *

»Ich hoffe, Sie haben gute Neuigkeiten«, sagte Professor Malchin, als sie ein paar Minuten später in seinem Büro Platz nahmen.

»Wir werten die Antworten erst noch aus und außerdem steht die Befragung der Mitarbeiter bevor«, erklärte Laura und platzierte die Fotos der drei Opfer auf Professor Malchins Schreibtisch.

»Der Vollständigkeit halber möchten wir Sie fragen, ob Sie sich an diese Frauen inzwischen erinnern können.«

Eine tiefe Falte erschien auf Professor Malchins Stirn. Er kniff die Lippen zusammen und fasste sich an den Hals.

»Ich dachte mir, dass Sie früher oder später nachbohren würden«, sagte er schließlich und tippte auf das Foto von Mari Azarian. »Vermutlich geht es Ihnen um diese junge Künstlerin. Es ist eine Schande, dass sie nicht mehr am Leben ist.« Er schwieg und schien zu überlegen, wie er seine nächsten Worte formulieren sollte.

»Ich sage es frei heraus. Mari Azarian und ich hatten für eine kurze Zeit etwas miteinander. Es war nichts Ernstes und ist auch über ein halbes Jahr her. Aber ja, ich kannte sie auf eine – wie soll ich es ausdrücken – sehr intensive Weise.«

»Sie hatten eine Affäre mit ihr«, sagte Laura trocken. »Ich muss Sie fragen, was Sie vorgestern Abend gemacht haben.«

»Ich war zu Hause, also in meiner Wohnung. Ich bin vor Kurzem umgezogen. Meine Frau und ich ... wir ... haben uns getrennt.«

»Kann jemand bestätigen, dass Sie zu Hause waren?«, fragte Max.

Der Professor zuckte mit den Achseln. »Vielleicht hat mich ein Nachbar gesehen. Ich weiß es nicht.«

»Erinnern Sie sich an Emma Riedel?« Laura schob das Foto ein Stück weiter zu ihm.

»Liebe Güte. Ich habe so viele Studentinnen. Sie kommt mir bekannt vor, aber ich kann mich nicht entsinnen woher.«

»Denken Sie doch mal an den Fotokurs, bei dem Sie vor einigen Monaten Gastvorträge gehalten haben«, forderte Laura ihn auf und bemerkte, wie sein rechtes Augenlid zuckte.

»Ja, vielleicht.« Der Professor neigte den Kopf und betrachtete das Foto ausgiebig. »Kann sein, dass ich sie dort gesehen habe.«

»Und Lina Maas, was ist mit ihr?«

Professor Malchin verneinte. »Diese Frau kenne ich

nicht und an eine Studentin mit so roten Haaren würde ich mich bestimmt erinnern.« Seine Stimme zitterte leicht.

Laura fragte ihn, was er vor einer Woche, an dem Tag, an dem Emma Riedel gestorben war, gemacht hatte. Professor Malchin konnte jedoch auch für diesen Zeitraum kein handfestes Alibi vorweisen.

»Warum ist Ihre Affäre mit Mari Azarian eigentlich auseinandergegangen?«, wollte Laura wissen.

Professor Malchin antwortete nicht sofort. Wieder dachte er zuerst nach.

»Es war einfach nicht mehr spannend«, erklärte er schließlich.

Max ergriff das Wort und fragte: »Hat Mari das auch so gesehen?«

»Ich denke schon. Sie war mit Leib und Seele Künstlerin. Niemand, der sich fest an einen Mann binden wollte. Die Trennung ging zur Hälfte von ihr aus.«

»War sie nicht von Ihnen enttäuscht?«

»Vielleicht ein wenig. Wir hatten uns anfangs beide mehr versprochen«, gab Professor Malchin zögerlich zu.

»Und haben Sie sich nicht gewundert, dass Mari plötzlich nicht mehr an der Uni war?«, fragte Laura.

»Nein. Wir haben uns danach nicht mehr oft gesehen. Sie ist mir aus dem Weg gegangen. Irgendwann hatte ich sie einfach vergessen.«

»Eine letzte Frage habe ich noch.« Laura richtete sich auf. »Wer hat alles Zugang zum Materiallager?«

»Das Lehrpersonal und die Hausmeister beziehungsweise die Mitarbeiter, die uns bei der Vorbereitung der Leinwände helfen.«

»Die Studenten also nicht?«

»Nur wenn ihnen jemand den Schlüssel gibt. Das kommt gelegentlich vor. Aber normalerweise kann niemand einfach ins Materiallager marschieren und sich dort bedienen.«

»Wir danken Ihnen für Ihre Unterstützung.« Laura erhob sich und reichte Professor Malchin die Hand. »Ich melde mich bei Ihnen, falls wir noch weitere Fragen haben.«

»Gerne. Tun Sie das. Ich bin in den nächsten Tagen lange hier. Wir bereiten Bewerbungen für einen Kunstwettbewerb vor.«

Laura hielt Max die Tür auf, als sie sich verabschiedet hatten.

»Glaubst du, der Professor steckt hinter den Morden?«, fragte Max, als sie im Auto saßen.

»Es könnte sein«, erwiderte Laura und legte den Sicherheitsgurt an.

* * *

Lina Maas' Zwei-Zimmer-Wohnung wirkte gepflegt und aufgeräumt. In das Wohnzimmer war eine kleine Küche integriert. Ein paar Töpfe mit frischen Kräutern verbreiteten einen angenehmen Duft. In der Spüle befanden sich zwei schmutzige Teller und eine Kaffeetasse. Der Kühlschrank war gut gefüllt. Alles schien so, als würde Lina Maas jeden Augenblick zur Tür hereingeschneit kommen. Laura betrachtete die Bücher in einem kleinen Regal, zumeist Liebesromane. Daneben stand ein eingerahmtes Foto, das Lina Maas als Kind mit ihren Eltern zeigte. Ihre langen blonden Haare wehten im Wind. Das kurze gelbe Sommerkleid bildete einen scharfen Kontrast zu dem dunkelblauen Meer im Hintergrund. Auf einem anderen Foto trug Lina Maas die Haare bereits rot gefärbt. Laura zog sich Gummihandschuhe über und öffnete eine Schublade im unteren Teil des Regals, als Max ins Zimmer kam.

»Im Schlafzimmer ist nichts«, berichtete er frustriert. »Offenbar hatte sie keinen Freund. Da liegen nicht mal Verhütungsmittel rum. Von Fotos, Liebesbriefen oder einem Tagebuch ganz zu schweigen. Wir bräuchten ihr Handy oder wenigstens einen Computer.«

»Das Handy ist aus. Simon Fischer hat gesagt, dass es zum letzten Mal hier in der Wohnung eingeschaltet war. Und einen Computer scheint sie nicht zu besitzen, was sehr ungewöhnlich wäre.« Laura kam eine Idee. »Hat sie ein Auto? Vielleicht liegt dort ein Laptop oder ein Tablet drin.«

»Ich schaue mich mal nach einem Autoschlüssel um«, erklärte Max und ging wieder hinaus.

Laura sichtete den Inhalt der ersten Schublade, in der sich hauptsächlich Rechnungen und alte Schulzeugnisse befanden. Sie zog die nächste Schublade auf. Bunte Stifte, ein paar Zettel und ein leeres Buch kamen ihr entgegen. Sie nahm einen flachen Pappkarton heraus, der sich am Boden verborgen hatte. Als sie ihn öffnete, schoss unwillkürlich eine Erinnerung in ihr hoch. In dem Karton lagen Fotos. Das oberste zeigte Lina Maas schlafend in ihrem Bett. Sie schlief auf der Seite, genauso wie die beiden Opfer vor ihr. Das Fotopapier war exakt dasselbe. Laura betrachtete die nächste Aufnahme, auf der Lina mit ihrem Fahrrad zu sehen war. Sie blickte nicht in die Kamera und plötzlich überkam Laura ein merkwürdiges Gefühl. Sie schaute sich das nächste Bild an, auf dem die junge Frau über ein Buch gebeugt auf einer Parkbank saß. Wieder schenkte sie dem Fotografen weder ein Lächeln noch einen Blick.

»Himmel«, stieß Laura aus und fragte sich, warum sie nicht eher darauf gekommen war.

»Was ist los?«, rief Max und tauchte im Türrahmen auf.

»Ich habe Fotos gefunden. Es sind immer dieselben Motive bei allen drei Opfern. Schlafend, mit dem Rad, auf einer Parkbank oder im Café. Und nie schaut die Frau dabei in die Kamera und jetzt weiß ich auch warum.«

Max zog fragend die Augenbrauen in die Höhe.

»Weil sie den Fotografen gar nicht bemerkt haben. Jemand hat sie heimlich aufgenommen.« Laura wusste, dass sie auf etwas Wichtiges gestoßen war. Sie kontrollierte die Rückseite. Doch da war nichts weiter zu sehen.

»Wir sollten alle Fotos auf Fingerabdrücke überprüfen. Hat irgendein Zeuge mal was zu diesen Aufnahmen gesagt?«

Max schüttelte den Kopf. »Nicht, dass ich wüsste.« Er reichte Laura ein paar Asservatentüten und betrachtete die Fotos, nachdem Laura sie eingetütet hatte.

»Also eines verstehe ich nicht. Wenn jemand sie heimlich aufgenommen hat, warum hat er den Frauen die Bilder dann zukommen lassen?«

»Gute Frage«, murmelte Laura und musste augenblicklich an den Fotokurs denken, bei dem Professor Malchin Gastdozent gewesen war.

26

Vor elf Jahren

Er lächelte still vor sich hin, während er in der Mappe blätterte. Stolz erfüllte ihn. Stolz auf das, was sie in den letzten Jahren erreicht hatten. Es fühlte sich an wie ein wahr gewordenes Märchen. Von dem Tag an, an dem sie bei Mutter ausgezogen waren, hatte sich ihr Leben zum Besseren gewendet. Es war nicht von einem Tag auf den anderen passiert, aber es war allmählich aufwärtsgegangen. Während sein kleiner Bruder weiter die Schulbank drückte, ging er arbeiten. Nebenher machte er eine Ausbildung zum Schreiner. Die Gestaltung von Holz lag ihm. Er hatte viel Spaß daran, den Rohstoff zu bearbeiten und ihn in etwas völlig anderes zu verwandeln. Manchmal arbeiteten sie sogar zusammen. Sein Bruder skizzierte eine Idee und er verwirklichte sie in seinen

Schnitzereien. Natürlich hinkte er irgendwie immer hinterher. Er musste das Geld verdienen und konnte sich nicht den ganzen Tag seiner Leidenschaft hingeben. Es hatte eine Zeit gegeben, da war er deswegen unzufrieden gewesen. Doch je länger sein Bruder sich mit der Malerei beschäftigte und je besser er wurde, desto größer war sein Stolz auf ihn. Er hatte seine eigenen Bedürfnisse zurückgestellt, damit der Kleine sich entwickeln konnte. Manchmal begehrten sie in ihm auf, dann wollte auch er zeigen, was er draufhatte. Aber meist konnte er sich gut kontrollieren.

»Hey, wollen wir etwas trinken gehen? Ich dachte an die Bar am Alexanderplatz.«

Er fuhr aus seinen Gedanken hoch und betrachtete die wunderschöne Frau, die seit Neuestem zu ihm gehörte. Er konnte sich gar nicht an ihr sattsehen. Sein Blick glitt über ihren perfekten Körper und blieb an den knallroten High Heels kleben. Er schluckte, denn bei ihrem Anblick wuchs in ihm ein ganz anderes Verlangen als das nach einem Drink in einer Bar.

»Was meinst du? Gehen wir?« Sie stand plötzlich vor ihm und sah ihn mit ihren großen blauen Augen an. Er hatte ein solches Glück. Er zog sie an sich und küsste sie.

»Wir könnten etwas später los«, hauchte er ihr ins Ohr und umfasste dabei ihre Pobacken.

Ein kaum merklicher Widerstand kam ihm entgegen. Sie löste sich langsam und klimperte mit ihren langen Wimpern.

»Das macht doch anschließend viel mehr Spaß.« Sie hob eine Augenbraue und strich ihm mit dem Finger über den Hals.

Er zögerte. Eigentlich hatte er keine Lust auf die Bar. Andererseits mochte er ihr den Wunsch nicht abschlagen. Vermutlich hatte sie recht. Nach einem Glas Sekt wäre sie gelöster. Sie könnten sich Zeit lassen, er konnte danach liegen bleiben und sie den Rest der Nacht in seinen Armen halten.

»Okay. Wie du magst«, entgegnete er und wollte ihr einen Kuss geben.

Sie zuckte zurück. »Ich muss dir etwas sagen«, platzte sie plötzlich heraus.

In seinen Ohren klingelte es. In ihrer Stimme schwang etwas mit, das er kannte. Und so wie sie ihn ansah, musste da was faul sein. Sie hatte einen anderen. Auf einmal fiel es ihm wie Schuppen von den Augen. Schlagartig verstand er, warum sie lieber in eine Bar wollte, statt mit ihm zu schlafen. Sie liebte ihn nicht mehr. Er sah es an ihren zusammengekniffenen Lippen. Ihm wurde schwindlig. Alles drehte sich. Er schloss die Augen, weil er ihren Anblick nicht eine Sekunde länger ertrug. Bloß ein letzter Funken Hoffnung blieb in seinem Herzen. Vielleicht irrte er sich einfach nur.

Doch schon sprach sie weiter: »Es tut mir leid. Ich kann nicht mehr mit dir zusammen sein. Es ist aus.« Ausgerechnet in diesem Moment flog die Tür auf und sein Bruder stürzte ins Zimmer.

»Entschuldigung«, stieß er aus, als er ihn und seine Freundin bemerkte. »Ich wusste nicht, dass ihr noch hier seid.«

»Ich bin auf dem Sprung.« Sie stemmte den Arm in die Hüfte. »Was ist denn mit dir passiert?«

Erst jetzt sah er, dass sein Bruder eine blutige Nase hatte. Nicht schon wieder, fuhr es ihm durch den Kopf.

»Hast du dich geprügelt?«

Sein Bruder grinste frech, ohne seine Freundin aus den Augen zu lassen.

»Nur ein bisschen«, erwiderte er, wobei seine Stimme merkwürdig tief klang.

»Ich habe doch gesagt, du musst dich beherrschen. Irgendwann fliegst du wegen deiner Aggressionen von der Uni.«

»Die Frauen lieben es«, erklärte sein Bruder und tupfte sich das Blut mit einem Taschentuch ab.

»Ich muss los.« Seine Freundin – oder jetzt Ex-Freundin – marschierte aus dem Zimmer.

»Warte«, rief er ihr hinterher. Doch es war zu spät. Sie hatte die Wohnungstür bereits zugeschlagen. Er hörte, wie ihre High Heels auf der Treppe klackerten.

»Verdammt. Gibt es hier noch irgendwo Taschentücher?« Sein Bruder erschien hinter ihm und er drehte sich zu ihm um. Sein Herz tat weh, als wäre es in Stücke gerissen worden. Stumm betrachtete er die Nase seines Bruders und versuchte, den eigenen Schmerz zu verdrängen.

»Ich hoffe, sie ist nicht gebrochen. Wer hat dich denn geschlagen?«, fragte er und kramte ein Tuch aus der Hosentasche.

»Der andere sieht schlimmer aus«, erklärte sein Bruder. »Was ist mit deiner Freundin los?«

»Sie hat mich verlassen«, hauchte er und spürte, wie die Tränen in ihm hochstiegen.

27

Laura bog in eine ruhige Seitenstraße ein. Ben Schumacher lebte in einem aufwendig renovierten Wohnviertel mit viel Grün. Sie hatte ihn noch nie an seiner privaten Adresse besucht und wusste deshalb gar nicht, dass ihm so etwas gefiel. Im LKA machte Schumacher eher den Eindruck, er wäre ausschließlich praktisch veranlagt und legte keinen besonderen Wert auf Gemütlichkeit. Sie blickte hoch zu der Wohnung in der zweiten Etage. Auf dem großen Balkon standen ein riesiger dunkelblauer Sonnenschirm und ein paar ausladende Rattanmöbel.

Eine Frau, die ihren Hund ausführte, öffnete die Haustür und ließ Laura ein. Sie stieg ins zweite Geschoss hinauf und drückte auf die Klingel. Ben Schumacher lebte allein. Soweit Laura wusste, war er nie verheiratet gewesen und hatte auch keine Kinder. Im Büro galt er als ewiger Single, bis seine Affäre mit Max' Frau herausgekommen war. Max hatte bereits Feierabend gemacht. Laura hoffte, dass er sich endlich mit Hannah aussprach. Die beiden hatten immerhin zwei Kinder, und sie konnte sich beim besten Willen nicht vorstellen, dass Hannah in dem anstrengenden Familienalltag noch die Beziehung zu einer vergangenen Affäre aufwärmte. Doch sie spürte auch, dass Max sich ernsthaft Sorgen machte. Er wollte Hannah und die Kinder nicht verlieren. Das konnte Laura gut verstehen. Mit Taylor erging es ihr ganz ähnlich. Je länger sie mit ihm zusammen war, desto größer wurde die Gefahr, verletzt zu werden. Sie lächelte, als ihr die letzte Nacht in den Sinn kam. Taylor hatte sie mit all seiner Leidenschaft geliebt und sie hatte sich fallen gelassen. Zumindest für eine Weile hatte sie nicht mehr an die Mordfälle gedacht, die sie allgegenwärtig verfolgten. Noch immer gab der Täter ihr Rätsel auf, und sie wünschte sich nichts sehnlicher, als endlich handfeste Beweise in die Finger zu bekommen. Deswegen war sie hier. Sie wollte Ben Schumacher die Fotos, die sie in Lina Maas' Wohnung gefunden hatte, zeitnah übergeben. Er hatte seine Ausrüstung stets bei sich, um im Notfall rasch an jedem Ort zur Verfügung zu stehen. So wie sie ihn kannte, konnte er im Handumdrehen überprüfen, ob sich relevante Spuren auf den Aufnahmen befanden.

Laura drückte die Klingel erneut und lauschte auf Schritte hinter der Tür. Sie wollte gerade zum Handy greifen, als sich in der Wohnung etwas regte. Die Tür ging auf und Laura blieb buchstäblich die Luft weg. Sie brachte kein Wort heraus.

»Laura, kann ich dir irgendwie helfen? Ben ist im Bad. Komm doch rein.«

Lauras Füße machten ein paar Schritte in die Wohnung hinein. Sie fasste es nicht, mit welcher Coolness Hannah reagierte.

»Komm, setz dich doch in den Sessel. Möchtest du etwas trinken?« Hannah benahm sich, als wäre sie bereits die Hausherrin.

Laura schüttelte perplex den Kopf und fragte: »Was machst du denn hier?«

Hannah legte den Finger auf die Lippen. »Ich bin sozusagen in geheimer Mission unterwegs. Es wäre nett, wenn du es Max nicht auf die Nase bindest.«

Laura spürte, wie sich ihr Puls beschleunigte. Was verlangte Hannah da von ihr? Sie sollte Max anlügen und Hannahs Affäre mit Schumacher decken?

»Sag mal, weißt du eigentlich, was du tust?«, empörte Laura sich. Sie überlegte, Max auf der Stelle anzurufen. Er verdiente die Wahrheit. Doch in diesem Augenblick betrat Ben Schumacher das Wohnzimmer.

»Laura Kern?«, stieß er ungläubig aus. »Sie haben etwas gefunden, richtig?« Er setzte sich neben Hannah auf die Couch, als wäre es das Natürlichste der Welt.

Laura fühlte sich, als hätte sie jemand in ein Paralleluniversum katapultiert. In eines, in dem Max gar nicht existierte.

»Ich muss zuerst wissen, was hier läuft«, erwiderte sie und warf den beiden einen finsteren Blick zu.

Ben Schumacher hob beschwichtigend die Hände.

»Mir wäre es wirklich sehr wichtig, wenn Sie die Sache für sich behalten könnten«, sagte er und blickte sie durchdringend an.

Laura platzte fast der Kragen, sie verkniff sich einen

Fluch und fragte so ruhig sie konnte: »Wie stellen Sie sich das denn vor? Max macht sich seit Tagen verrückt, dass Hannah wieder etwas mit Ihnen angefangen hat, und ich soll das auch noch verheimlichen? Ich ...«

Hannah sprang auf. »Laura, du irrst dich. Wir haben keine Affäre.«

Laura stieß ein empörtes Lachen aus. »Klar, und ich glaube an den Osterhasen.«

»Nein, wirklich. Himmel! Ich hatte keine Ahnung wegen Max.«

»Du hattest keine Ahnung wegen Max? Seit einer Woche ist er im Dienst kaum zu gebrauchen, verdammt! Er liebt dich und die Kinder. Wie kannst du ihm so etwas nur antun?«

Hannah griff den Laptop, der vor ihr auf dem Couchtisch stand, und kam zu Laura hinüber. »Ich helfe Ben. Ja, wir hatten mal was miteinander, aber das ist lange vorbei, wie du weißt. Ich betrüge Max nicht.« Sie deutete auf das Display. Laura hätte ihr den Laptop am liebsten aus der Hand geschlagen. Sie hatte Mühe, ihre Wut zu beherrschen.

»Jubiläumsfeier: Max ist zehn Jahre bei uns!«, las sie vor und wünschte sich im selben Moment, sie könnte sich einfach in Luft auflösen.

»Ben hat mich um Kinderfotos von Max gebeten und daraus ein kurzes Video gebastelt, das auf der Feier gezeigt werden soll. Ich bin hier, um mir das Ergebnis anzusehen und noch ein paar persönliche Worte aufzunehmen. Es soll eine Überraschung werden. Ich habe die Kinder extra zu meiner Freundin gebracht, damit wir ein bisschen Ruhe haben.«

»Wir haben uns wirklich Mühe gegeben. Wollen Sie sich das Video einmal ansehen?«, fragte Ben Schumacher und klickte auf die Enter-Taste. Der Film startete.

Laura sah Max als kleinen Jungen mit strubbligen Haaren und strahlend blauen Augen. Er grinste frech in die Kamera. Ein weiteres Bild zeigte ihn bei seiner Konfirmation mit ernstem Gesicht. Die Abschlussfeier an der Schule. Ein Hochzeitsfoto. Max mit Hannah und dem ersten Baby. Ein Foto reihte sich an das nächste. Laura kam sich plötzlich total blöd vor.

»Tut mir leid, dass ich so unerwartet hier hereingeplatzt bin und euch dann noch fälschlicherweise eine Affäre unterstelle.« Sie holte tief Luft. »Es ist nur ... Max ist mir sehr wichtig und im Augenblick leidet er unter der Situation. Ich glaube, er ahnt genauso wenig von der Feier wie ich.« Sie schüttelte den Kopf, denn eigentlich hätte sie es besser wissen müssen.

»Es soll ja auch eine Überraschung werden. Ich rede am besten mit ihm«, entgegnete Hannah. »Ich hab ihn angelogen und erzählt, ich wäre bei einer Freundin. Er ist Polizist. Ich hätte mir denken können, dass er herausfindet, dass es nicht stimmt. Er reagiert immer schrecklich empfindlich auf Ben. Ich werde ihm berichten, dass ich spontan auf einen Kaffee hier war und ihn deswegen nicht beunruhigen wollte.«

»Das wäre gut. Sag ihm doch einfach frei heraus, dass zwischen euch nichts läuft. Die Feier brauchst du ja nicht zu erwähnen«, sagte Laura erleichtert. Sie sah Ben Schumacher an und zog die Fotos aus der Tasche. »Könnten Sie diese Aufnahmen auf Fingerabdrücke und sonstige Spuren untersuchen? Ähnliche Fotos haben wir auch bei den anderen beiden Opfern sichergestellt. Die müssten ebenfalls geprüft werden.«

Ben Schumacher war sofort bei der Sache.

»Ich erinnere mich«, murmelte er und verschwand im Nebenzimmer. Mit einem Koffer kam er zurück und entnahm ein paar Utensilien. Er setzte sich eine Brille auf und nahm vorsichtig das erste Foto aus der Asservatentüte.

»Fingerabdrücke sind definitiv drauf«, stellte er nach einer Weile fest. »Die stammen höchstwahrscheinlich vom Opfer. Leider kann ich hier zu Hause keinen Abgleich durchführen. Das kann ich aber morgen früh als Erstes im Labor tun. Dann kann ich Ihnen auch sagen, ob es unterschiedliche Fingerabdrücke sind. Die Fotos von den anderen Opfern nehme ich mir dann ebenfalls vor.«

»Das wäre prima«, sagte Laura und stand auf. »Es ist spät. Ich will auch gar nicht weiter stören.«

Ben Schumacher hielt sie am Ärmel fest. »Was ist mit der Feier?« Er deutete mit einem Kopfnicken zu Hannah mit dem Laptop. »Kann ich darauf vertrauen, dass es unter uns bleibt?«

»Natürlich«, erwiderte Laura. »Sie können sich hundertprozentig auf mich verlassen. Ich will Max schließlich nicht die Überraschung verderben.«

»Danke«, sagte Ben Schumacher und verabschiedete sie.

Wieder im Auto musste sie an Professor Malchin denken. Alles schien sich gerade auf diesen Mann oder zumindest auf die Universität zuzuspitzen. Malchin war bisher ein unbescholtener Bürger. Von ihm waren keine Daten in der Polizeidatenbank registriert. Wenn Laura herausfinden wollte, ob er die

Fotos berührt hatte, dann brauchte sie seine Fingerabdrücke.

Eigentlich hätte sie den Abend gern mit Taylor verbracht, aber die Aufklärung der Mordfälle ging vor. Sie konnte sich nicht amüsieren, während da draußen ein Serienkiller frei herumlief und sich auf das nächste Opfer fokussierte. Drei Frauen waren tot. Laura musste ihn stoppen, koste es, was es wolle. Sie schaute auf die Uhr. Es war kurz vor acht, also noch nicht allzu spät. Sie stellte das Handy auf die Freisprechanlage um und wählte Annika Sterenbergs Nummer.

»Hallo, Annika?«, fragte Laura, während sie auf die Bremse trat, weil die Ampel vor ihr auf Rot umschaltete.

»Ja, ich bin dran«, erwiderte eine helle Frauenstimme.

»Geht es dir gut? Ich habe gar nichts mehr von dir gehört. Du bist doch zu Hause bei deinen Eltern?«

»Ja.« Annika lachte und ihr Lachen klang fröhlich durch die Leitung. »Wir haben uns ausgesprochen. Ich wollte mich längst gemeldet haben und mich noch einmal bedanken. Du hast mich von der Straße geholt.«

»Das habe ich gerne gemacht«, sagte Laura und gab wieder Gas. »Es freut mich, dass es dir gut geht. Ich wollte dir noch eine Frage zu Mari stellen, wenn es in Ordnung ist.«

»Natürlich.«

»Wir haben Fotos in ihrem Koffer gefunden. Eins, auf dem sie schlafend fotografiert wurde, eins von ihr auf einer Parkbank. Wir wissen bisher nicht, wer diese Bilder gemacht hat. Hat sie dir gegenüber jemals davon gesprochen?«

In der Leitung herrschte für einen Moment Stille.

Schließlich seufzte Annika und sprach: »Als es mit Pi vorbei war, hat sie mir erzählt, dass er ihr diese Fotos unterschieben würde. Er hatte wohl eines an ihr Fahrrad geklemmt und ihr eines unters Kopfkissen gelegt. Sie fand es ziemlich unmöglich und hat ihn darauf angesprochen. Er hat allerdings abgestritten, dass die Aufnahmen von ihm stammten.«

»Und hat sie herausgefunden, ob er es war?«

Annika schluchzte. »Kurz danach hatten wir keinen Kontakt mehr.«

»Verstehe. Ich danke dir«, sagte Laura und legte auf. Als Nächstes rief sie Eileen Wildemann an. Doch die Freundin von Emma Riedel ging nicht ans Telefon. Laura hinterließ ihr eine Nachricht. Vielleicht konnte Eileen sich ebenfalls an solche Fotos bei Emma erinnern.

Laura beschleunigte ihr Tempo. Keine zehn Minuten später erreichte sie die Universität der Künste. Sie parkte hinter dem Gebäude und lief zielstrebig auf den Eingang zu. Sie wusste noch nicht, wie sie an Fingerabdrücke von Professor Malchin gelangen könnte. Womöglich stand sein Büro offen. Sie rüttelte an der großen doppelflügeligen Tür, deren Glas einen langen Riss aufwies.

»Mist«, fluchte sie leise, denn die Tür war verschlossen.

»Kann ich Ihnen helfen?«, fragte eine Männerstimme in ihrem Rücken.

Laura fuhr herum und erblickte einen der Hausmeister.

»Ich bin auf der Suche nach Professor Malchin«,

antwortete sie. »Aber es ist schon abgeschlossen. Vermutlich ist er längst im Feierabend.«

Der Hausmeister kramte in seiner Kitteltasche und zog einen Schlüsselbund hervor.

»Gut möglich, dass er noch hier ist. Das kommt des Öfteren vor. Ich schließe jeden Tag vorschriftsmäßig zwischen neunzehn und zwanzig Uhr ab. Der Professor hat einen eigenen Schlüssel. Schauen Sie doch kurz nach. Vielleicht haben Sie Glück.« Er öffnete ihr die Tür.

»Danke. Ich beeile mich.« Inzwischen kannte sie sich aus. Links lagen die Ateliers, gegenüber davon die Toiletten und geradeaus ging es zu den Hörsälen und zu Professor Malchins Büro.

»In einer halben Stunde müssen Sie raus sein. Dann schließe ich wieder ab und mache Feierabend«, rief ihr der Hausmeister hinterher. Die Tür fiel ins Schloss, und Laura stand allein in der riesigen Halle, deren Wände von Kunstwerken übersät waren.

Sie schritt an den Hörsälen vorbei und wappnete sich für die unangekündigte Begegnung mit dem Professor. Laura holte tief Luft und klopfte an seine Bürotür.

Niemand reagierte.

Sie klopfte erneut und drückte die Klinke hinunter. Das Büro war abgeschlossen. Sie fluchte, weil das Büro der geeignete Ort für Malchins Fingerabdrücke gewesen wäre. Sie hätte ihm einfach ein Dokument oder ein Foto in die Hand gedrückt, um an einen Abdruck zu gelangen. Laura seufzte enttäuscht und machte kehrt. Drei Räume weiter entdeckte sie eine Kaffeeküche und sah sich um. Die Putzkolonne war offenbar bereits in Aktion gewesen. Die Spüle glänzte und war leer geräumt. Nicht ein benutztes Glas stand herum, und es hätte Laura auch wenig genützt, denn in der Küche tummelten sich tagsüber viele Personen. Sie würde wohl bis morgen warten müssen. Frustriert überprüfte sie ihre Nachrichten auf dem Smartphone, während sie zurück in Richtung Ausgang lief. Es gab nichts Neues. Die Ermittlungen stockten. Achim Köhler und sein Anwalt schwiegen sich aus. Ralf Brückner hatte für den Mord an Lina Maas abermals ein Alibi von seinem Mitbewohner erhalten. Bisher hatten sie es nicht geschafft, seine Alibis als Lügen zu enttarnen. Sie überlegte, wo sie in dem Atelier auf Malchins Fingerabdrücke stoßen könnte. Vielleicht hatte er ein Buch oder ein Dokument mit seinem Namen darauf auf dem Pult vergessen.

Ein Geräusch schreckte sie auf. Sie blieb ruckartig stehen und lauschte. Woher war es gekommen? Aus der Werkstatt? Laura bewegte sich mucksmäuschenstill in diese Richtung und sperrte dabei die Ohren auf.

Tatsächlich. Sie hörte es wieder. Jemand schien in der Werkstatt zu sein. Vielleicht war es der Hausmeister. Sein Name war ihr entfallen. Sie schaute auf die Uhr. Dreißig Minuten waren noch nicht um. Ihr blieb Zeit, um nachzuschauen. Sie drückte langsam die Klinke herunter. Die Tür war nicht abgeschlossen. Laura öffnete sie einen Spaltbreit und lugte hindurch.

Es war niemand zu sehen. Aber sie hörte etwas rascheln.

»Hallo?«, rief sie und trat ein. Zuerst verschaffte sie sich einen Überblick. Regale, auf denen Leinwände aufbewahrt wurden, versperrten ihr die Sicht. Abermals raschelte es.

»Hallo? Ist da jemand?« Sie folgte dem Geräusch,

doch als sie hinter das Regal schaute, wo sie es vermutet hatte, war dort niemand. Mehrere Staffeleien reihten sich nebeneinander auf. Sie waren mit weißen Laken verhängt.

Laura sah sich weiter um. Ihr Blick fiel auf eine Kiste, die verschiedene Farbtuben enthielt. Daneben stand ein Karton mit Füllpapier. Vielleicht war das der Ursprung des Raschelns gewesen? Sie steckte die Hand hinein und bewegte sie ein wenig.

Es raschelte. Laura hielt inne. Plötzlich nahm sie noch etwas wahr. Es roch nach frischer Farbe und Lösungsmittel. Sie schnupperte und ging zu der ersten Staffelei. Die Intensität des Farbgeruchs verstärkte sich. Neugierig hob sie das Laken an und ließ es sofort wieder sinken. Ihr Gehirn brauchte eine Weile, um das Bild, das sie gesehen hatte, zu verarbeiten. Schließlich zog sie das Laken komplett von der Leinwand und staunte.

Emma Riedel blickte sie aus großen grünen Augen an. Ihr Gesicht leuchtete wie lebendig. Ein Lächeln lag auf ihren halb geöffneten Lippen. Sie wirkte atemberaubend schön. Ein Stich ging durch Lauras Herz, da Emma Riedel nie wieder derartig strahlen würde. Sie war tot. Stranguliert von jemandem, dem Laura bis jetzt nicht auf die Schliche gekommen war. Ihr Jagdinstinkt setzte ein. Wer auch immer Emma Riedel porträtiert hatte, er musste sie gekannt haben. Mehr noch, der Maler musste länger mit ihr zusammen gewesen sein, denn er hatte ihr Gesicht äußerst realitätsnah festgehalten. Laura ging zur nächsten Staffelei und lüftete das Tuch. Atemlos trat sie einen Schritt zurück, als sie das dritte Opfer, Lina

Maas, erblickte. Auch ihr Porträt strahlte eine unbeschreibliche Schönheit aus. Die langen roten Haare fielen ihr in sanften Wellen über die Schultern. Ihr Blick war im Gegensatz zu dem von Emma Riedel auf einen Punkt irgendwo in der Ferne gerichtet. Schon bevor Laura unter das nächste Tuch schaute, war ihr klar, dass sie ein Porträt von Mari Azarian erwartete. Die dunkelhaarige Frau wirkte elegant und irgendwie unnahbar. Laura zog langsam an dem Tuch auf der letzten Staffelei. Sie hatte keine Ahnung, welches Gesicht sie von dieser Leinwand anblicken würde. Fest stand nur eines: Der Farbgeruch war hier am stärksten.

Es war nicht mehr als der Hintergrund zu sehen und der skizzenhafte Umriss eines Frauenkopfes. Augen, Nase und Mund fehlten noch. Laura wusste nicht, ob das ein gutes oder ein schlechtes Zeichen war. Die Frauen auf den vollendeten Porträts waren jedenfalls tot. Hastig fotografierte sie die Gemälde ab und deckte sie wieder mit den Tüchern zu. Es lag im Bereich des Möglichen, dass die Porträts nichts mit den Morden zu tun hatten, auch wenn sie sich das kaum vorstellen konnte. Ihr schlug das Herz bis zum Hals. Sie brauchte Verstärkung, um die Gemälde auf Spuren zu untersuchen. Vor allen Dingen musste sie herausfinden, wer diese Porträts gemalt hatte. Laura klopfte sich unwillkürlich an die Stelle, wo sonst das Halfter mit ihrer Waffe auf der Hüfte saß. Sie trug ihre Waffe nicht bei sich. Je schneller sie aus der Werkstatt verschwand, desto besser. Sie eilte durch die Gänge. Das Gebäude war menschenleer. Niemand behelligte sie bis zum Ausgang. Als sie die Tür öffnen wollte, stellte sie mit

Entsetzen fest, dass sie abgeschlossen war. Sie stieß leise einen Fluch aus.

»Kann ich Ihnen helfen?«, fragte eine Männerstimme und Laura fuhr erschrocken herum.

Professor Malchin schaute sie mit gerunzelter Stirn an. In diesem Moment wurde Laura erneut bewusst, dass sie unbewaffnet war.

28

Wow und noch einmal *wow*! Hatte er sich bisher immer auf die falschen Frauen konzentriert? Da stand dieses blond gelockte Wunderwesen mit funkelnden Augen und musterte ganz ungeniert sein Werk. Sie hatte sich einfach hereingeschlichen. Obwohl ihre Bluse bis zum letzten Knopf geschlossen war, entging ihm ihre schlanke und wohlgeformte Figur nicht. Sie sah nicht nur gut aus, sie erschien ihm auch klug und entschlossen. Ihre vollen Lippen pressten sich aufeinander, während sie ein Tuch nach dem anderen entfernte, um seine Kunst zu bewundern. Es gefiel ihm, wie genau sie die Leinwände begutachtete und dabei fast jeden seiner Pinselstriche in sich aufsog. Warum sie ihm ausgerechnet heute ins Auge fiel, wusste er nicht. Vielleicht, weil er schon wieder enttäuscht worden war.

Kaum wandte er sich einer Frau zu, tauchten Probleme auf. Dieses Mal in Form von anderen Männern. Es war nicht zu fassen, wie sie unablässig um seine Auserwählte herumschwirrten. Schlimmer jedoch wog, dass Franziska ihre Avancen ungeniert erwiderte. Er erinnerte sich noch genau an jenen Moment, als er ihr zum ersten Mal einen Cappuccino serviert hatte, wie wählerisch sie gewesen war. Und wie viel Mühe sie sich gegeben hatte, die richtige Auswahl zu treffen. Sie hatte ihre Zutaten so sorgsam gewählt, dass er geglaubt hatte, sie wüsste, was sie wollte.

Allerdings hatte er sich wohl geirrt. Ja, klar. Sie mochte seine Bilder. Sie ließ sich manchmal auch von ihm einladen. Aber sobald dieser rotgesichtige pummelige Niklas auftauchte, war er abgemeldet. Was hatte dieser Typ ihr denn zu bieten? Er spielte nicht in ihrer Liga und schon gar nicht in seiner. Trotzdem schien sie ihn zu mögen. Er seufzte. Da verstehe einer die Frauen. Sollte er sich auf diese Polizistin konzentrieren? Er hatte ein Funkeln in ihren Augen bemerkt, das ihm imponierte. Sie wirkte mutig und entschlossen. Sie hatte Dinge gesehen, die ein normaler Mensch nie zu Gesicht bekam, und da war noch etwas. Ihr fehlte die Angst. Vermutlich hatte sie dem Tod bereits Auge in Auge gegenübergestanden. Würde sie ihn festnehmen, sobald sie herausfand, was er getan hatte? Was würde sie tun, falls er ihr ebenfalls ein Foto schenkte? Wenn er sich nachts in ihre Wohnung schlich und sie fotografierte, während sie schlief. Träumte sie genauso arglos wie die anderen? Oder tickte ihr Polizistinnenhirn rund um die Uhr?

Er stellte sich vor, wie sie unter der hochgeschlossenen Bluse aussah, nur bedeckt von einem knappen Nachthemdchen. Würde sie aufwachen, über ihn herfallen und ihm die Kamera aus den Händen reißen?

Oder würde sie weiterschlafen, ohne ihn zu bemerken, und dann jedes seiner Fotos so ängstlich in Empfang nehmen wie Franziska?

Franziska! Ihr Name hatte jeglichen Reiz für ihn verloren. Sie war von Anfang an eine dumme Kuh gewesen und er war schlicht auf sie hereingefallen. Sie hatte ihn nicht verdient, das wurde ihm nun klar. Er sollte sie schnellstens loswerden, damit er sich um eine bessere Frau bemühen konnte. Wieder sah er die Polizistin vor sich, doch plötzlich stockte ihm der Atem. Sie hatte seine Gemälde gesehen und sie hatte garantiert die Fotos gefunden. Was, wenn sie herausbekam, dass er dahintersteckte?

29

»Die Tür ist zu«, war alles, was Laura im ersten Moment herausbrachte.

Professor Malchin seufzte. »Da war der Kollege mal wieder besonders gründlich. Sie können sich nicht vorstellen, wie oft ich hier abends schon eingeschlossen wurde.« Er öffnete mit seinem Schlüssel die Tür und stieß sie auf. »Früher hatte das Lehrpersonal keinen eigenen Schlüssel. Torben Schleyer hat mal eine Nacht hier verbringen müssen. Das war wirklich unfassbar. Die haben den armen Kerl eingeschlossen und er hat beim Hausmeisterservice mitten in der Nacht natürlich auch niemanden mehr ans Telefon gekriegt. Er hätte die Feuerwehr oder einen Schlüsseldienst rufen können, aber stattdessen hat er dann neben seinem Schreibtisch auf dem Boden geschlafen.« Professor Malchin betrachtete Laura, während er die Tür für sie aufhielt. »Wollten Sie nicht raus?«

»Eigentlich wollte ich mit Ihnen sprechen.« Laura

hatte sich wieder gefasst. »Ich habe an Ihr Büro geklopft. Es war niemand da.«

»Ich habe noch im Atelier gearbeitet«, erklärte der Professor und ließ die Tür zufallen. »Wir können jetzt in mein Büro gehen, wenn Sie mögen. Ich wollte sowieso noch einige Unterlagen sortieren. In letzter Zeit hat sich ziemlich viel an Bürokratie angehäuft.« Er winkte Laura mit sich und ging voraus.

Sie zögerte. »Sie waren im Atelier?«

Professor Malchin drehte sich um und nickte. »Natürlich, wo denn sonst? Wir bereiten uns für einen bedeutenden Kunstwettbewerb vor, und ich möchte, dass unsere Uni gut abschneidet. Wollen Sie mal schauen?«

In Lauras Kopf überschlugen sich die Gedanken. Sie brauchte Malchins Fingerabdrücke, und sie überlegte, ob er vielleicht die Porträts der Opfer gemalt hatte.

»Sie waren nicht in der Werkstatt?«, fragte sie, statt ihm zu antworten.

Auf Professor Malchins Stirn erschien eine tiefe Falte. »Ich sagte doch, ich war im Atelier. Kommen Sie und überzeugen Sie sich.«

»Ich möchte lieber mit Ihnen in die Werkstatt gehen«, erklärte Laura und ging an ihm vorbei den Gang entlang.

Professor Malchin eilte ihr hinterher.

»Was ist denn in der Werkstatt?«, keuchte er verständnislos. »Liebe Frau Kern, Sie geben mir Rätsel auf.«

Laura erwiderte nichts. Sie stieß die Tür auf und hastete durch die Werkstatt. Sie wollte Malchin direkt mit den Porträts konfrontieren. Wenn er sie gemalt hatte, würden seine Fingerabdrücke ohnehin darauf sein. Auf eine Kaffeetasse von ihm und einen Plausch in seinem Büro konnte sie getrost verzichten.

»Haben Sie diese Bilder …« Laura blieben die Worte im Hals stecken. Sie lief auf die Stelle zu, an der eben noch die vier Staffeleien gestanden hatten, und breitete ungläubig die Arme aus. Die Porträts waren verschwunden.

Laura funkelte Professor Malchin an. »Wo sind die Bilder?«

»Ich sagte doch, ich habe sie im Atelier«, erwiderte er verdattert.

»Ich meine nicht die Werke, die Sie für diesen Wettbewerb vorbereiten. Ich will wissen, wo die Porträts sind. Jemand hat alle drei Opfer porträtiert und arbeitet an einem vierten Bild. Wir beide sind anscheinend die Einzigen, die sich heute Abend hier in diesem Gebäude aufhalten. Ich kann nicht malen, aber Sie schon.«

Hinter Professor Malchins Stirn ratterte es. Er starrte Laura ungläubig an.

»Sie verdächtigen doch nicht etwa mich? Ich helfe Ihnen die ganze Zeit. Ich meine es gut mit Ihnen, merken Sie das nicht?«

Laura schwankte hin und her. Etwas in Malchins Augen brachte sie dazu, vorsichtig zu sein.

»Wir ermitteln in alle Richtungen. Und natürlich schauen wir uns jede Person, die Kontakt mit den Opfern hatte, besonders gründlich an. Insbesondere, wenn sie gut malen können.«

Professor Malchin fuhr sich mit der Hand durchs Haar. »Verflucht, alles nur wegen Mari«, brummte er.

Laura öffnete auf ihrem Handy eines der Fotos, die sie von den Porträts gemacht hatte.

»Diese Leinwand stand eben noch hier, als ich in der Werkstatt war und nach Ihnen gesucht habe.«

Professor Malchin riss ihr das Handy aus der Hand und vergrößerte die Aufnahme. Er betrachtete das Foto.

»Verdammt noch mal. Haben Sie die Signatur nicht gesehen? *JS*, das ist einer meiner besten Studenten. Er hat nun wirklich nichts mit Ihren Morden zu tun. Ich kenne ihn seit mehr als drei Jahren.« Malchin schüttelte den Kopf und gab Laura das Smartphone zurück. Dann ließ er sie einfach stehen und marschierte zum Ausgang.

»Wofür steht *JS*?«, rief Laura ihm hinterher.

Professor Malchin drehte sich an der Tür zu ihr um.

»Sie sind doch die Polizistin. Finden Sie es heraus«, erwiderte er beleidigt und schlug die Tür hinter sich zu.

* * *

Laura zerrte an der Tür. Die dröhnenden Schritte kamen immer näher, aber sie konnte nicht hinaus. Das Schloss war verriegelt. Durch die Glasscheibe sah sie Max. Er stand draußen und streckte die Arme nach ihr aus. Doch er konnte nicht zu ihr. Ein riesiger Schatten baute sich hinter Laura auf. Sie war verloren.

»Laura! He, wach auf!«

Jemand rüttelte an ihrer Schulter. Schweißgebadet fuhr sie hoch und blinzelte benommen.

»Alles okay?«, fragte Taylor sanft und nahm sie in die Arme. »Du hast um dich geschlagen und geschrien.«

Laura atmete tief ein und ließ die Luft langsam

wieder herausströmen. »Ich habe von Professor Malchin geträumt«, krächzte sie, löste sich von Taylor und griff nach der Wasserflasche neben dem Bett. Sie nahm einen kräftigen Schluck und wischte sich mit dem Handrücken über den Mund. »Er hat mich verfolgt und ich saß in der Falle.«

»Das tut mir leid«, murmelte Taylor und drückte sie abermals an sich. »Aber er hat dir doch nichts getan, oder?«

»Nein, hat er nicht«, entgegnete Laura. »Es ist nur wegen dieser Porträts. Ich glaube, derjenige, der sie gemalt hat, ist der Täter.« Laura ließ sich gegen Taylors breite Brust sinken und atmete seinen Duft ein. Allmählich beruhigte sie sich.

Professor Malchin war nicht mehr zurückgekehrt, nachdem er die Werkstatt verlassen hatte. Laura hatte daraufhin Verstärkung angefordert. Die Gemälde hatten sie jedoch nicht wiedergefunden. Die Werkstatt und das dahinterliegende Archiv waren bis auf Weiteres abgesperrt und versiegelt. Dafür hatten sie jetzt drei neue Namen auf der Liste der Verdächtigen, deren Initialen auf *JS* lauteten. Jonas Striegel, Julia Schmied und Jan Schneider hießen die drei Studenten und sie waren bereits von ihnen befragt worden. Da Professor Malchin von einem Studenten gesprochen hatte, war Julia Schmied vermutlich zu vernachlässigen. Trotzdem würde das Team gleich morgen früh für alle die angegebenen Alibis überprüfen. Sie würden Fingerabdrücke nehmen und diese mit denen auf den Fotos vergleichen. Laura hatte sich die Abdrücke des Professors aus dem Atelier besorgt, nachdem er gegangen war. Auf dem Pult hatte seine Mappe gelegen, in der er die Entwürfe für den Kunstwettbewerb sammelte.

Laura stieß einen tiefen Seufzer aus und schaute auf die Uhr. Es war kurz nach fünf. Die Sonne ging bereits auf. Am liebsten hätte sie das Team jetzt schon zusammengerufen. Sie musste alles über die drei Studierenden wissen. Und sie brauchte weitere Informationen zu Professor Malchin. Nach wie vor erschien er ihr verdächtig. Er war in dem Gebäude gewesen, und auch wenn er es abstritt, so konnten die Porträts durchaus von ihm stammen. Jeder hätte die Initialen *JS* auf den Gemälden anbringen können. Malchin besaß die Schlüssel zum Gebäude. Hatte er die Leinwände durch einen Hintereingang hinausgeschleust, während Laura auf dem Weg zum Ausgang gewesen war? Sie schüttelte den Kopf. Dafür hätte die Zeit nicht gereicht, aber vielleicht hatte Malchin einen Helfer. Noch in der Nacht hatte sie eine Streife zu seiner Wohnung beordert, die ihn überwachen sollte. Sobald er einen Fuß vor die Tür setzte, bekäme sie einen Anruf und die abgestellten Polizisten würden ihm folgen. Malchin war ein kluger Mann und falls er der gesuchte Täter war, würde er alles versuchen, um sie auf eine falsche Fährte zu locken. So einfach jedoch würde Laura es ihm nicht machen. Sie sprang auf, weil sie eine Runde laufen gehen wollte, doch in diesem Moment klingelte ihr Handy.

30

Vor 6 Monaten

Es gehörte wohl zum Leben dazu, sich ab und an die Wahrheit einzugestehen, egal wie sehr sie schmerzte. Wir alle nehmen unsere Umgebung und die Menschen, die wir lieben, so wahr, wie es am besten in unsere Vorstellung passt. Wir wollen das Gute im anderen sehen, solange es nur irgend möglich ist. Niemand lässt sich mit dem Bösen ein. Mit einem schlechten Menschen. Mit jemandem, der sich nicht unter Kontrolle hatte.

Er seufzte und das Herz tat ihm weh. Es quälte ihn mit jedem Pochen und der Groll auf seinen kleinen Bruder schwoll im selben Takt an. Er hatte viel zu lange die Augen verschlossen und zugelassen, dass er sich weiter und weiter in die falsche Richtung entwickelte. Zuerst hatte er geglaubt, die Erfolge als Künstler würden ihm einen neuen Weg aufzeigen. Er hatte gehofft, dass sein Bruder die Aggressionen ablegen könnte. In den letzten Jahren hatte es kaum noch Vorkommnisse gegeben. Doch als er mitten in der Nacht mit blutigen Händen nach Hause kam, war ihm klar geworden, dass er sich niemals ändern würde. Die Wut steckte tief in ihm drin. Sie war ein Teil von ihm, der sich offenbar nicht herauslösen ließ. Hinzu kam sein Drang, unbedingt eine Frau zu finden, um mit ihr eine Zukunft aufzubauen. War er ihm nicht mehr gut genug? Wer hatte ihn denn aus der Hölle ihres Elternhauses befreit? Eine von diesen aufgetakelten Tussis? Nein. Er war es gewesen und er hatte so viel dafür aufgegeben. Aber damit war jetzt Schluss. Er hatte die Nase endgültig voll.

»Ich will nicht wissen, von wem das Blut an deinen Fingern stammt!«, hatte er gebrüllt. »Wasch es ab und steck deine Klamotten in die Waschmaschine. Bist du eigentlich völlig unbelehrbar?«

»Ich wollte doch nur …«

Er brachte seinen Bruder mit einer unwirschen Handbewegung zum Schweigen und schleifte ihn ins Badezimmer. Er hatte es satt, sich fortwährend die gleichen Ausreden anzuhören. Er hatte längst gesehen, dass er mit einem neuen Porträt begonnen hatte. Auch wenn sein Bruder es nicht realisierte, so wusste er trotzdem genau, was das zu bedeuten hatte. Sein Bruder glaubte, endlich die Eine gefunden zu haben. Und falls es nicht so lief, wie er es sich vorstellte, kamen die Aggressionen hoch. Oft schon hatte er erlebt, wie sein Bruder sich dann selbst verletzte. Er musste nicht nur das Umfeld vor ihm in Sicherheit bringen, sein Bruder musste vor allem vor sich selbst beschützt werden. Manchmal brauchte die Wahrheit eben länger, bis sie sich nicht mehr verleugnen ließ. Sein Bruder hatte eine brutale und undankbare Seite. Aber er würde diese nicht weiter decken. Er würde die Dinge von nun an in die Hand nehmen. Da wäre beispielsweise dieser Kunstwettbewerb. Sollte er mit seiner Arbeit Erfolg haben, änderte sich ihr Leben und vielleicht wachte sein Bruder dann auf. Alles könnte doch noch gut werden. Sie würden gemeinsam agieren, und sicher würde er die Familie, die sie waren, fortan mehr zu schätzen wissen.

31

Ihr Magen hatte sich in einen Klumpen aus Eis verwandelt. Laura erinnerte sich an Franziska Neumann und sah zu Max, der neben ihr in einem Besprechungsraum saß und den Kugelschreiber so fest hielt, dass seine Fingerknöchel weiß hervortraten.

»Okay. Sie waren gestern Abend mit Franziska verabredet und sie ist nicht erschienen?«, fragte Max.

»Ja«, seufzte Niklas Braun. »Das habe ich doch alles schon erzählt. Ich habe bei ihrer Freundin und ihrer Mutter angerufen. Die wissen auch nicht, wo sie ist. Das passt nicht zu ihr. Deshalb bin ich zur Polizei, um Alarm zu schlagen. Ich hatte noch Ihre Namen aus der Befragung parat.« Niklas zeigte Laura sein Handy. »Ich habe etliche Male versucht, sie zu erreichen. Franziskas Handy ist aus. Sie hat das Ding normalerweise Tag und Nacht eingeschaltet. Sie schafft es keine Viertelstunde, nicht draufzuschauen. Sie hat sogar schon mal überlegt, deswegen eine Therapie zu machen. Glauben Sie mir, ihr ist etwas passiert. Ich spüre das.« Er fasste sich an die linke Brust, um seinen Worten Nachdruck zu verleihen. »Franziska ist die Nächste, die verschwunden ist, genau wie die anderen auf den Fotos, die Sie uns gezeigt haben.«

»Was hatte Franziska denn vorgehabt, bevor sie mit Ihnen verabredet war?«, fragte Laura.

»Sie hatte einen Termin bei Professor Malchin. Sie wollten eines ihrer Kunstwerke für den Wettbewerb vorbereiten.«

Laura durchlief es heiß und kalt. »Sie war mit Professor Malchin verabredet?«, wiederholte sie und rechnete nach. Sie war gegen zwanzig Uhr in der Uni aufgeschlagen. Der Professor war nicht in seinem Büro gewesen. Sie wollte sich gar nicht ausmalen, was er zu diesem Zeitpunkt getan haben könnte.

»Und wann war dieser Termin?«

»So gegen achtzehn Uhr.«

Laura starrte Niklas Braun an.

»Ich weiß, das klingt unglaubwürdig«, warf er hastig ein und flüsterte: »Ich denke, Professor Malchin hat sie so spät in die Uni gebeten, weil er etwas von ihr wollte. Er ist seit Neuestem von seiner Frau getrennt.« Niklas zog wissend eine Augenbraue in die Höhe.

»Wann haben Sie zuletzt mit Franziska gesprochen?«

»Fünf Minuten bevor sie los ist.« Niklas stoppte. »Sie glauben doch nicht etwa, dass ihr auf dem Weg dorthin etwas passiert ist?«

Laura antwortete nicht. Sie sprang auf und verließ den Besprechungsraum, um die Streife anzurufen, die vor Professor Malchins Wohnung abgestellt war.

»Klingeln Sie bei ihm und überprüfen Sie, ob sich

eine Franziska Neumann in seiner Wohnung aufhält«, rief sie ins Telefon.

Sie blieb in der Leitung. Es dauerte eine gefühlte Ewigkeit, bis sich der Kollege endlich zurückmeldete.

»Der Professor ist alleine. Er hat uns reingelassen und wir haben uns in der ganzen Wohnung umgeschaut.«

»Schaffen Sie ihn mir bitte in die Leitung«, bat Laura ungeduldig.

Kurz darauf drang die Stimme des Professors durchs Telefon: »Frau Kern, wie kann ich Ihnen behilflich sein?«

»Franziska Neumann wird seit gestern Abend vermisst. Sie waren mit ihr verabredet.«

»Sie ist nicht erschienen. Ich hatte im Atelier auf sie gewartet. Sonst hätten Sie uns doch beide dort angetroffen.«

»Hören Sie, Professor Malchin, ich bin Ermittlerin. Ich muss allen relevanten Spuren nachgehen. Sagen Sie mir bitte sofort, wer sich hinter den Initialen *JS* auf den Porträts verbirgt.«

Sie hörte einen Seufzer am anderen Ende der Leitung.

»Jan Schneider«, sagte Malchin schließlich.

»Danke. Ich muss Sie jetzt bitten, zu uns ins LKA zu kommen. Wir müssen ein paar Daten von Ihnen abgleichen. Selbstverständlich dürfen Sie einen Anwalt hinzuziehen.« Laura legte auf und stürmte zurück in den Besprechungsraum.

»Was können Sie mir zu Jan Schneider sagen?«, fragte sie Niklas Braun.

»Er ist ein sehr begabter Künstler. Professor

Malchins Liebling. Manchmal rastet er aus, wenn er etwas nicht auf Anhieb hinkriegt. Ansonsten ist er ein netter Kerl.«

Sie verabschiedeten sich von Niklas Braun. Laura ließ sich die Adresse von Jan Schneider raussuchen und winkte Max mit sich. »Wir überprüfen den Mann sofort. Ich meine, Schneider hat zugegeben, dass er eines der Opfer kannte.«

Auf dem Flur kam ihnen Ben Schumacher entgegen.

»Gut, dass ich Sie erwische«, sagte er und wedelte mit einem Dokument in der Hand. »Wir haben Treffer auf der ganzen Linie.«

Laura riss die Augen auf. »Was haben Sie?«

»Auf allen Fotos, die Sie mir gegeben haben, befinden sich Fingerabdrücke. Die vom jeweiligen Opfer und die eines Unbekannten. Es ist immer derselbe.«

»Wer ist es?«

»In der Datenbank hatten wir keinen Treffer und die Mappe, die Sie mir von Professor Malchin gegeben haben, lieferte leider keine brauchbaren Abdrücke. Sie sind verwischt oder unscharf.«

»Verdammt«, stieß Laura aus. »Professor Malchin ist auf dem Weg hierher. Bitte nehmen Sie ihm sofort Fingerabdrücke ab und suchen Sie in der Datenbank nach Jan Schneider. Bitten Sie Martina Flemming um Hilfe. Wir brauchen alles über diesen Mann.«

Ben Schumacher rauschte davon und Laura eilte mit Max nach unten zu ihrem Dienstwagen.

»Wir kriegen den Mistkerl«, sagte Max und gab Gas.

»Hoffentlich sind wir nicht zu spät«, stieß Laura aus.

32

Franziska hatte die Beine angezogen und vergrub das Gesicht zwischen den Knien. Sie würde hier nie wieder lebend rauskommen. Sie hatte es in den Augen des Maskierten gesehen, der sie in jenem Moment überwältigt hatte, als sie ihr Fahrrad vor der Uni abschließen wollte. Es war alles wahnsinnig schnell gegangen. Hätte sie die Gefahr doch bloß gespürt, vielleicht hätte sie sich wehren können. Aber sie war so überrascht gewesen, dass sie nicht einmal laut geschrien hatte. Der Mann hatte ihr die Augen verbunden, bevor sie ihn ansehen konnte, und sie in den Kofferraum eines Wagens gezwängt. Es hatte nach Farben und Lösungsmittel gestunken. Sie hatte zeitweise geglaubt zu ersticken. Am Ende einer schier endlosen Fahrt hatte das Auto angehalten. Sie wurde herausgezerrt und musste über einen sandigen Weg laufen. Vermutlich hatte er sie in einen Wald gebracht. In eine entlegene Hütte, in der sie niemand je finden würde. Die Hände hatte er ihr auf dem Rücken gefesselt und den Mund mit Klebeband verschlossen. Sie konnte nicht einmal um Hilfe schreien und hatte keine Chance, sich zu befreien. Sie hockte auf nacktem Beton. Die Kälte war ihr trotz der sommerlichen Temperaturen in jede Zelle gekrochen und inzwischen zitterte sie am ganzen Leib. Von dem Mann war nichts mehr zu hören. Er hatte sie einfach zurückgelassen und war mit dem Auto davongefahren. Das Geräusch des Motors war immer leiser geworden, sodass sie nur noch die Vögel hörte und das Rauschen der Baumkronen, sobald ein bisschen Wind aufkam. Sie hatte jegliches Zeitgefühl verloren. Durch die dicke Augenbinde wusste sie nicht einmal, ob es Tag oder Nacht war. Ihre Lippen klebten trocken aufeinander. Ihre Zunge fühlte sich an wie ein Reibeisen. Sie würde verdursten, wenn sie nicht bald etwas zu trinken bekäme.

33

Jan Schneider öffnete nicht. Laura hätte am liebsten die Tür eingetreten, doch Max hielt sie zurück.

»Er ist nicht da. Die Tür hat keinen Spion. Er kann nicht wissen, dass wir hinter ihm her sind.«

Laura fluchte. Sie fixierte abermals die Tür, besann sich dann jedoch eines Besseren und klingelte beim Nachbarn.

Eine junge Frau mit einem Baby auf dem Arm lugte durch den Türspalt.

»Guten Morgen. Wir sind auf der Suche nach Jan Schneider. Er scheint nicht zu Hause zu sein«, sagte Laura und verzichtete darauf, sich vorzustellen. Sie wollte die Frau nicht gleich in Panik versetzen oder Schneider doch noch aufschrecken.

Das Baby begann zu quengeln. Die Mutter warf einen Blick auf die Uhr.

»Er arbeitet im Café an der Uni. *Café M* heißt es. Entschuldigen Sie, ich muss mich um meinen Sohn kümmern.« Sie drückte das jetzt schreiende Baby fester an sich und schlug die Tür zu, bevor Laura sich bedanken konnte.

»Nichts wie hin«, murmelte Max und lief voraus. Laura folgte ihm. Sie kannten das Café bereits. Dort hatten sie sich mit Professor Malchin getroffen. Es gehörte seinem Bruder.

Zehn Minuten später betraten sie das kleine Lokal, das trotz der frühen Stunde schon gut besucht war. Laura ließ ihren Blick über die Besucher schweifen. Es schienen überwiegend Studenten zu sein, die einen Kaffee vor Beginn der Vorlesungen tranken. Ein Kellner balancierte ein Tablett mit Latte-macchiato-Gläsern durch die Menge und setzte es vor einer Gruppe Frauen ab, die sich sofort darüber hermachten. Laura blickte zur Theke, konnte Jan Schneider jedoch nicht entdecken. Noch während sie sich fragte, wo er steckte, öffnete sich die Tür an der gegenüberliegenden Seite, hinter der sich die Toiletten befanden. Jan Schneider machte ein paar schnelle Schritte auf die Theke zu, erkannte sie und blieb abrupt stehen. Etwas in seinem Blick verdunkelte sich, und bevor Laura reagieren konnte, drehte er sich um und rannte zurück zu den Toiletten. Die Tür knallte zu. Laura und Max stürmten sofort hinterher. Laura riss die Tür auf. Max jagte an ihr vorbei zur offenen Hintertür und hetzte auf die Straße. Jan Schneider hatte beträchtlichen Vorsprung. Trotzdem nahmen sie die Verfolgung auf.

»Stehen bleiben!«, brüllte Max, während seine Schritte neben Laura auf dem Asphalt donnerten.

Jan Schneider reagierte nicht. Er bog um die Ecke und verschwand aus ihrem Blickfeld.

»Ich folge ihm und du nimmst die nächste Querstraße«, schrie Laura und sprintete hinter dem Flüchtigen her. Sie erblickte Jan Schneider in ungefähr fünfzig Metern Entfernung. Er schien langsamer geworden zu sein. Sie holte auf, zuerst nur wenig, aber dann machte sich ihr Lauftraining bemerkbar. Sie hörte Schneider vor Anstrengung keuchen. Es trennten sie höchstens noch fünfzehn Meter. Als sie Schneider fast greifen konnte, setzte sie zum Sprung an und riss ihn zu Boden.

»Keine Bewegung!«, rief sie und drehte ihm den Arm auf den Rücken. Sie legte ihm Handschellen an und zog ihn auf die Füße.

Max kam angelaufen und griff sofort Schneiders freien Oberarm.

»Sie sind vorläufig festgenommen«, brummte er und stieß ihn vor sich her zum Dienstwagen.

* * *

Laura betrachtete Jan Schneider durch den Einwegspiegel im Nebenzimmer des Verhörraums. Er wirkte völlig harmlos. Mit blassem Gesicht saß er auf seinem Stuhl und knetete unablässig die Hände.

»Nicht zu fassen, dass die größten Mistkerle wie Milchbubis aussehen«, knurrte Max und blätterte in der Akte, die Martina Flemming in aller Eile zusammengestellt hatte. Sie enthielt nicht sonderlich viele Dokumente. Die Kopie des Ausweises und des Führerscheins, Ausdrucke aus den sozialen Netzwerken, die Simon Fischer beigesteuert hatte, und die Immatrikulationsbescheinigung der Universität der Künste, die belegte, dass er dort seit über drei Jahren studierte.

An der Tür klopfte es und Ben Schumacher schaute herein. Er hielt die Fotos in der Hand, die sie bei den Opfern gefunden hatten. Jedes war sorgfältig in einer Asservatentüte verpackt.

»Wir haben ihn«, sagte er freudig. »Es sind Jan Schneiders Fingerabdrücke. Sie sind überall auf den Aufnahmen.« Er richtete seinen Blick durch das Spiegelfenster.

»Wer hätte gedacht, dass ein Student hinter all diesen Morden steckt? Professor Malchin sitzt übrigens bei mir im Büro. Er ist ziemlich angefasst, weil wir uns Fingerabdrücke von ihm besorgt haben.«

»Ich sollte mich wohl bei ihm entschuldigen«, sagte Laura. »Allerdings müssen wir jetzt erst einmal mit Jan Schneider sprechen. Er muss uns sagen, was er mit Franziska Neumann angestellt hat. Ich kann nur hoffen, dass sie noch lebt.«

Sie bedankte sich bei Ben Schumacher und wartete, bis er draußen war.

»Hat Hannah mit dir gesprochen?«, fragte sie Max, der sich gerade auf den Weg in den Verhörraum machen wollte.

Er blieb abrupt stehen und starrte sie an. »Was weißt du darüber?« Sein Blick glitt zur Tür, und Laura ahnte, dass er Ben Schumacher am liebsten hinterhergerannt wäre.

»Nur, dass alles in Ordnung ist mit Hannah«, sagte sie schnell und versperrte ihm den Weg. »Zwischen den beiden läuft nichts. Sie wollte selbst mit dir sprechen.«

Max stieß ungläubig Luft aus. »Wann hast du denn mit ihr gesprochen?«

Laura konnte sehen, wie es hinter seiner Stirn arbeitete. Max brauchte nicht lange, um eine Antwort zu finden.

»Sie kam gestern Abend angekrochen. Sie war tatsächlich nie bei ihrer Freundin, sondern bei Ben Schumacher. Sie hat es mir nicht erzählt, weil ich angeblich immer sofort durchdrehe. Lass mich raten, du hast sie gesehen, als du die Fotos von den Opfern bei Ben Schumacher vorbeigebracht hast. Stimmt's?«

»Hör zu, Max, bevor du dich aufregst. Ich bin unangekündigt in Schumachers Wohnung aufgetaucht. Sie haben Kaffee getrunken und Hannah war gerade auf dem Sprung. Sie wollte zu dir. Du brauchst dir echt keine Gedanken zu machen, denn sie betrügt dich nicht. Und jetzt knöpfen wir uns diesen Mistkerl da drin vor.« Laura deutete auf den Verhörraum. Max' Gesichtsfarbe hatte sich ins Dunkelrote verfärbt. Er schüttelte langsam den Kopf.

»Irgendwie scheint ihr alle mehr zu wissen als ich. Aber okay. Ich glaube dir«, stieß er aus und drückte ihre Hand. »Wenn du mir sagst, da ist nichts, dann ist da auch nichts.« Er sah sie prüfend an und nickte schließlich. »Na los. Wir müssen Franziska Neumann retten. Quetschen wir den Kerl aus!« Er wand sich an ihr vorbei und öffnete die Tür.

Sie setzten sich Jan Schneider gegenüber an den Tisch und sagten erst einmal nichts. Aus Erfahrung heraus war es gut, einen Verdächtigen zunächst schmoren zu lassen. Die meisten Menschen konnten nicht lange schweigen.

Nach einer Weile breitete Laura in aller Seelenruhe Fotografien von den Opfern auf dem Tisch aus. Sie tippte auf Mari Azarian.

»In der Uni, als wir uns unterhalten haben, sagten Sie, dass Sie diese Frau nicht kennen?«

Jan Schneider nickte.

»Aber das stimmte gar nicht, oder?« Laura musterte Jan Schneider, der immer noch nervös die Finger knetete.

»Ich wollte mal was von ihr«, antwortete er zögerlich.

»Und was ist mit Emma Riedel? Die kannten Sie gewiss ebenfalls.«

Jan Schneider sackte in sich zusammen. Er wirkte plötzlich fast einen Kopf kleiner. Unvermittelt richtete er sich wieder auf und tippte auf die Fotos von Emma Riedel und Lina Maas.

»Ich kannte diese beiden auch«, erklärte er und blickte zu Laura auf. »Ich war verliebt in sie.«

Laura runzelte die Stirn. »Sie hatten sie sich in diese Frauen verliebt?«

Jan Schneider ließ das Gesicht in die Hände sinken.

»Ja, zum Teufel!«, brauste er auf. Er hob den Kopf, und plötzlich kam es Laura vor, als säße ihr jemand Fremdes gegenüber. Ein Mann, der nicht mehr Jan Schneider war.

»Ich habe aber nichts mit ihrem Verschwinden zu tun.«

»Warum sind Sie dann weggelaufen?«, fragte Laura ungerührt.

»Jetzt hören Sie auf, mit mir zu spielen!«, brüllte Jan Schneider und sprang auf. »Sie wissen doch genau, warum.«

Max war ebenfalls aufgesprungen und drückte Jan Schneider zurück auf seinen Stuhl. »Ruhig, Herr

Schneider. Ansonsten müssen wir entsprechende Sicherheitsmaßnahmen ergreifen und Ihnen Handschellen anlegen.«

Jan Schneider setzte sich wieder. »Ich bin nicht bescheuert«, erklärte er und fixierte Laura mit kaltem Blick. »Ich habe Sie dabei beobachtet, wie Sie meine Porträts angeschaut haben.«

Laura legte die Fotos auf den Tisch, die sie bei den Opfern gefunden hatten.

»Haben Sie die gemacht?« Sie tippte auf die schlafende Mari Azarian und bemerkte, wie eine Ader an Schneiders Hals anschwoll. Er schüttelte den Kopf und fing an zu grinsen.

»Klar, die Fotos habe ich aufgenommen. Das wissen Sie doch längst.«

»Richtig«, entgegnete Laura und sah Jan Schneider tief in die Augen. »Und jetzt will ich wissen, wo Franziska Neumann steckt.« Sie schob ein Foto von ihr in seine Richtung und lehnte sich wieder zurück.

Jan Schneider betrachtete das Bild mit Wehmut im Blick. »Ich habe sie wirklich geliebt«, gestand er ein. »Ich dachte, sie wäre die Richtige, aber ich habe mich geirrt.«

»Wo ist sie?«, wiederholte Laura.

Jan Schneider hob die Achseln und blickte sie an. Seine Augen wirkten urplötzlich feucht.

»Das ist doch jetzt ganz egal«, sagte er und wischte sich mit dem Handrücken eine Träne weg.

34

Vor ein paar Stunden

Der Tag hatte so schön begonnen. Er hielt das Ticket zu einem besseren Leben in der Hand, denn er hatte die nächste Runde in einem der bedeutendsten Kunstwettbewerbe erreicht. Er war verdammt stolz auf seine Arbeit. Endlich hatte er es geschafft. Das war der Durchbruch. Aber das Schicksal meinte es nicht gut mit ihm. Wie konnte ein Tag wie dieser bloß so schrecklich enden?

Er griff sich mit beiden Händen an den Kopf und stöhnte. Sein Bruder saß im Gefängnis. Sie hatten ihn am Café geschnappt, diese blonde Polizistin und ihr Partner. Er hatte es kommen sehen. Warum musste Jan auch nur diese Fotos machen? Er blätterte in Jans Tagebuch und unterdrückte ein Schluchzen. Alles hätte gut werden können. Er strich zärtlich über eines der Fotos.

Es zeigte Emma Riedel. Sie schlief wie ein Engel. Jetzt, wo er in diesem Wettbewerb vorankam, waren Frauen wie sie nicht mehr unerreichbar für ihn. Er könnte eine größere Wohnung mieten und Jan könnte wieder bei ihm einziehen, genauso wie Mutter. Er hatte sowieso nicht verstanden, weshalb Jan unbedingt ausziehen wollte. Es war ihm zu eng gewesen in der Zwei-Zimmer-Wohnung, in der sie seit Jahren gelebt hatten.

Er blätterte weiter und fragte sich, warum die Polizei Jan verhaftet hatte. Er war kein Mörder, das mussten sie ihm doch ansehen. Zugegeben, er neigte zu Aggressionen und fuhr schnell aus der Haut. Als er jünger war, hatte er sich oft geprügelt. In den letzten Jahren jedoch hatte er gelernt, seine Wutanfälle zu kontrollieren. Selbstverständlich wäre es ihm am liebsten gewesen, er wäre die Anfälle komplett losgeworden. Aber er durfte nicht zu viel erwarten. Jan gab sein Bestes. Diese Fotos und die Porträts, die hatten ihn in die Hände der Polizei getrieben. Er musste ihn retten. Doch wie?

Sein Leben lang hatte er zurückgestanden und sich um seinen kleinen Bruder gekümmert. Er hatte auf so vieles verzichtet. Er hatte über Jans Fehler hinweggesehen, sich obendrein verleugnen lassen. Niemand wusste, dass sie Brüder waren. Er hatte es verstanden. Ein Künstler brauchte ein entsprechendes Umfeld. Jemand wie er zählte nicht dazu. Jetzt jedoch war alles anders. Der Kunstwettbewerb würde ihn dorthin katapultieren, wo er hingehörte. Nämlich an Jans Seite. Jan musste sich nicht mehr für ihn schämen. Er und Jan, sie gehörten zusammen. Sie beide bildeten die Familie, die sie niemals gehabt hatten. Wieso suchte Jan überhaupt ständig nach einer Frau?

Er schob das Tagebuch von sich. Wollte Jan wiederholen, was ihnen in der Kindheit passiert war? Er musste doch merken, wie flatterhaft diese Frauen waren. Erst machten sie einem schöne Augen. Aber bereits im nächsten Moment waren sie weg und lagen im Arm eines anderen Mannes. Familie, das waren sie beide. Sie waren Brüder und würden immer zusammenhalten. Er musste Jan helfen. Vielleicht sollte er mit der Polizei sprechen und sie von Jans Unschuld überzeugen.

35

Wen immer sie hier vor sich hatten, seine Gefühle fuhren offenbar Achterbahn.

»Ich hatte keine Ahnung, dass sie tot sind!«, krächzte Jan Schneider und presste sich verzweifelt die Fäuste gegen die Schläfen. »Und ich weiß nicht, wo Franziska steckt. Sie hat mich letztens abblitzen lassen und seitdem habe ich sie nicht mehr gesehen.«

»Aber Sie waren doch an der Uni, in der Gruppe, die Professor Malchin für besonders talentierte Studenten eingerichtet hat, und Sie haben den Wettbewerb vorbereitet. Franziska Neumann war dabei.« Laura wurde aus dem Mann nicht schlau. Der Grat zwischen Genie und Wahnsinn war schmal und Jan Schneider offenbar ein perfektes Beispiel dafür. Vor einer Stunde hatten sie die Vernehmung kurz unterbrochen, um mit Professor Malchin über Jan Schneider zu sprechen. Der hatte in den höchsten Tönen von ihm geschwärmt. Schneider zähle zur Spitzenklasse der Nachwuchskünstler. Natürlich reagiere er ab und an impulsiv, aber das gehöre manchmal dazu zum Künstlerdasein. Professor Malchin hatte sich für Jan Schneider eingesetzt und versucht, ihnen klarzumachen, dass es sich um einen Irrtum handeln musste. So verzweifelt, wie Schneider in diesem Moment wirkte, war Laura drauf und dran, an seine Unschuld zu glauben. Doch da waren die unwiderlegbaren forensischen Beweise. Jan Schneiders Fingerabdrücke befanden sich auf den Fotografien, die sie bei den Opfern sichergestellt hatten. Er hatte die Frauen verfolgt und sie ohne ihr Wissen abgelichtet. Für einige Fotos hatte er sich sogar in ihre Schlafzimmer geschlichen und sie nachts fotografiert. Anschließend hatte er ihnen die Aufnahmen unters Kopfkissen geschoben oder ans Fahrrad geklemmt. Wahrscheinlich hatte er sich daran erfreut, wenn die Frauen immer panischer wurden, sobald sie eines seiner sogenannten Geschenke fanden. Sie hatten sich arglos von Jan Schneider porträtieren lassen. Und dann hatte er sie womöglich geschnappt und getötet.

»Fangen wir noch einmal von vorn an«, sagte Laura, denn Verdächtige verwickelten sich meist irgendwann in widersprüchliche Aussagen. »Sie haben Mari Azarian an der Uni kennengelernt und sich in sie verliebt. Sie haben sie beobachtet, Fotos von ihr gemacht, sich Zutritt zu ihrer Wohnung verschafft – und dann? Sie war eines Tages einfach weg und Sie haben sich nicht darüber gewundert?«

Jan Schneider seufzte. »Wir waren ein paarmal verabredet, und als ich das Porträt von ihr gemalt habe, sind wir uns auch nähergekommen. Aber sie wollte nichts Festes. Sie sagte zu mir, ich würde sie zu sehr belagern. Sie wollte zurück nach Armenien, in ihre

Heimat, und deshalb habe ich mich auch nicht gewundert, als sie kurz darauf fort war.« Er warf Laura einen glühenden Blick zu. »Ich habe diese Frau bewundert. Ich hätte sie niemals töten können. Ich weiß erst seit heute, dass sie nicht mehr lebt. Mari und die anderen.«

»Wusste sie, dass die Fotos von Ihnen stammen?«

Jan Schneider zuckte mit der Schulter. »Ich glaube nicht. Ich wollte ihr damit nur zeigen, dass ich auf sie achtgebe und dass sie sich auf mich verlassen kann. Tief in ihrem Innersten wusste sie vielleicht, dass ich die Fotos gemacht habe.«

»Und warum haben Sie Emma Riedel getötet? Wollte sie auch nicht mit Ihnen zusammen sein?«

Schneider schüttelte den Kopf. »Ich habe sie nicht umgebracht. Wir waren nie ein Paar. Sie hatte kein echtes Interesse an mir. Ich fand sie trotzdem toll und immerhin hat sie sich porträtieren lassen. Wir haben uns im Café kennengelernt. Sie hat dort gerne am Fenster gesessen und Cappuccino getrunken. Ich hatte immer gehofft, dass sie es sich noch anders überlegt. Aber sie ist mir aus dem Weg gegangen und dann ist mir Lina über den Weg gelaufen und kurz darauf Franziska.«

»Franziska Neumann wird vermisst«, warf Max ein. »Bitte verraten Sie uns einfach, wo sie ist. Ihre Kooperation wird sich mit Sicherheit strafmildernd auswirken.«

Jan Schneider sah Max an, als könnte dieser nicht bis drei zählen. Bei diesem Mann schienen Max' ruhige Art und sein Charme nichts auszurichten, denn er erwiderte: »Ich habe diese Frauen nicht umgebracht. Glauben Sie mir doch endlich. Ich bin Künstler und auf der Suche nach dem Außergewöhnlichen. Sie haben

Maris Bilder gesehen. Ihre Malerei war kraftvoll und jeder ihrer kleinen Pinselstriche hat ihre Bilder Stück für Stück zum Leben erweckt. Ich kenne niemanden, der mit solcher Leidenschaft gemalt hat. Emma konnte mit dem Pinsel nicht so gut umgehen, aber ihre Augen haben Dinge gesehen, die sie mit der Kamera festgehalten hat. Selbst im Café hat sie Details fotografiert und somit in den Vordergrund gestellt, die mir bis dahin überhaupt nicht aufgefallen sind. Ganz davon abgesehen war sie eine der schönsten Frauen, denen ich je begegnet bin. Und Lina hatte eine Art, auf Menschen zuzugehen, die ich nie zuvor erlebt habe. Innerhalb weniger Minuten hatte ich ihr mein Herz ausgeschüttet. Dabei kannte ich sie gar nicht und hatte bloß ein schnelles Bier in der Bar trinken wollen. Ähnliches gilt für Franziska. Sie ist ein Naturtalent, ein ungeschliffener Diamant. Professor Malchin hat sich nicht umsonst so sehr um sie bemüht. Ich habe diese Frauen bewundert und ja, ich habe mich auch in sie verliebt. Leider hat es nicht funktioniert. Ich möchte jetzt bitte mit einem Anwalt sprechen.« Er verschränkte die Arme vor der Brust und sah zum Fenster.

»Wenn Sie uns noch mehr erzählen möchten, klopfen Sie an die Tür. Unser Kollege macht Ihnen auf. Ein Telefon kommt sofort, dann können Sie einen Anwalt hinzuziehen.« Laura erhob sich. Sie würdigte Jan Schneider keines weiteren Blickes mehr und verließ den Raum. Max folgte ihr.

»Der Kerl ist echt schwer zu knacken«, brummte Max schlecht gelaunt, als sie zurück ins Büro kehrten. »Wie sollen wir Franziska Neumann ohne seine Mithilfe finden? Wahrscheinlich hat er uns an der Nase herumgeführt und ihren Leichnam längst irgendwo verscharrt.«

»Wir können sie retten«, sagte Laura und dachte an das vierte Porträt, das nicht fertig gemalt war. »Wir müssen jetzt schnell sein und dürfen uns keine Fehler erlauben.« Sie rief Martina Flemming und Simon Fischer an und bat die beiden in ihr Büro.

Nur wenige Minuten später hockten sie zu fünft vor dem Whiteboard, auf dem der Name von Jan Schneider rot eingekreist war. Ben Schumacher hatte sich ebenfalls zu ihnen gesellt. Er hatte sich neben Max gesetzt, der mit starrer Miene in eine andere Richtung schaute. Schumacher schien es nicht zu stören. Er deutete auf das Board und sagte: »In Jan Schneiders Wohnung wimmelt es nur so von Materialien, die wir auch bei den Leichen sichergestellt haben. Farbtuben, Pinsel, Terpentin, Leinwände. Das sind jedoch bloß Indizien, weil die Fingerabdrücke auf den Beweismitteln von den Fundorten fehlen.«

Lauras Telefon auf dem Schreibtisch klingelte und sie sprang auf.

»Laura Kern, LKA«, meldete sie sich. Sie hatte zwei Streifen losgeschickt, damit sie an den bisherigen Leichenfundorten nach Franziska Neumann suchten.

»Wir haben die Industriehalle abgesucht und die Kollegen waren parallel am Straßenbahnbetriebshof. Dort ist nichts«, berichtete die Kollegin.

»Danke«, sagte Laura und legte auf. Ihr Herz klopfte ihr bis zum Hals. Ein Gutes hatte diese Nachricht: Solange sie Franziska Neumann nicht tot auffanden, blieb ein wenig Hoffnung, dass sie noch am Leben war.

»Bisher keine Leiche«, gab sie an die Anwesenden

weiter und setzte sich wieder auf ihren Platz. »Was ist mit Jan Schneiders Umfeld? Besitzt er eine Zweitwohnung oder vielleicht ein Zimmer bei seinen Eltern? Hat er eine Möglichkeit, Franziska Neumann irgendwo zu verstecken?«

»Mit der Mutter haben wir bereits gesprochen«, erwiderte Martina Flemming. »Sie ist schwer alkoholsüchtig und lebt von Sozialhilfe. Sie hat nur selten Kontakt zu ihrem Sohn. Genauer gesagt hat sie ihn seit fast drei Wochen nicht mehr gesehen. Es gibt übrigens auch einen Bruder, Daniel Schneider. Für ihn gilt dasselbe. Der Vater ist vor über einem Jahr verstorben.«

»Okay, was ist mit seinem Laptop?« Laura blickte Simon Fischer an.

»Ich habe mir seine E-Mails gründlich angesehen. Er hatte Kontakt zu allen drei Opfern und auch zu Franziska Neumann. Das letzte Mal hat er Franziska vorgestern eine Nachricht geschickt.« Simon machte eine kurze Pause und hob den Zeigefinger. »Er hat sie gefragt, ob er ein Porträt von ihr malen dürfte, und sie hat zugesagt.«

»Dieser Mistkerl«, schimpfte Max. »Er hält sie also irgendwo fest. Fragt sich nur wo, verdammt.«

»Das konnte ich leider nicht herausfinden«, erwiderte Simon. »Ich habe aber eine Aufstellung gemacht von sogenannten *Lost Places* in Berlin, zu denen auch die alte Industriehalle gehört, in der die Leichen von Emma Riedel und Lina Maas entdeckt wurden. Ich weiß nicht, ob es Sinn macht, noch einmal eine Streife vorbeizuschicken.«

»Es kann zumindest nicht schaden«, sagte Laura und nahm ihm die Liste ab. »Ich gebe das gleich weiter.«

Sie überflog die Orte, die dort aufgeführt waren. Ein alter Vergnügungspark, ein ehemaliges Kinderkrankenhaus, eine verlassene Eisfabrik. Die Gelände erschienen riesig und waren über ganz Berlin verstreut.

»Haben wir vom Netzbetreiber schon Franziska Neumanns letzten Standort erhalten?«

Martina Flemming schüttelte den Kopf. »Leider nein. Vor morgen kommt da nichts.«

»Gut, dann nehmen wir uns die Akten noch einmal vor«, erklärte Laura und verteilte die Aufgaben. Martina Flemming sollte mit ihrem Team die Nachbarn und den Bruder von Jan Schneider befragen. Simon Fischer würde sämtliche soziale Aktivitäten Schneiders überprüfen. Vielleicht fanden sie im Netz Hinweise auf einen Ort, den er besonders häufig aufsuchte. Ben Schumacher würde erneut die Wohnung auf den Kopf stellen und Laura und Max würden alle Details aus den Akten noch einmal gründlich unter die Lupe nehmen.

Sie machten sich sofort an die Arbeit und brüteten mehrere Stunden über den Unterlagen, ohne auch nur auf den kleinsten Hinweis zu stoßen. Irgendwann kurz nach acht packte Max seine Sachen zusammen. Er wirkte unglücklich.

»Wahrscheinlich ist sie tot«, sagte er leise und klopfte Laura auf die Schulter. »Du solltest dich ausruhen und morgen mit neuer Kraft weitermachen. Vielleicht redet er ja noch. Sein Anwalt hat morgen früh um neun einen Termin angefragt.«

»Ich weiß«, erwiderte Laura, ohne aufzublicken. »Du kennst mich. Ich kann nicht einfach nach Hause gehen und mich ins Bett legen. Grüße Hannah von mir.«

»Das mache ich«, sagte Max und nahm seine Tasche,

während Laura weiter in den Dokumenten blätterte. Sie wusste, dass die Antwort hier irgendwo stand. Sie waren so vielen Hinweisen gefolgt. All das durfte nicht umsonst sein. Sie erinnerte sich daran, wie verärgert Professor Malchin gewesen war, als sie ihn verdächtigt hatten. Sie seufzte und beschloss, ihn anzurufen.

»Malchin hier«, meldete er sich mit tiefer Stimme.

»Ich schulde Ihnen noch eine Erklärung«, sagte Laura.

»Ach was. Sie haben nur Ihren Job gemacht. Gibt es was Neues von Franziska? Ich habe gerade noch einmal versucht, sie zu erreichen, aber ihr Handy ist die ganze Zeit aus.«

»Nein, leider haben wir nichts Neues. Deshalb rufe ich Sie an. Sie kannten sie gut. Wissen Sie vielleicht von einem Rückzugsort, an dem wir sie finden könnten?«

Sie hörte, wie Professor Malchin am anderen Ende der Leitung atmete, anscheinend dachte er nach. Schließlich erklärte er: »Ich habe mir bereits den Kopf darüber zerbrochen. Unglücklicherweise habe ich keine Ahnung, wo sie stecken könnte. Ich kenne Jan Schneider noch besser als Franziska, und auch bei ihm wüsste ich nicht, wohin er sich in einem solchen Fall zurückziehen würde. Es sind Studenten. Ihre finanziellen Möglichkeiten sind meistens nicht besonders groß.«

»Ich danke Ihnen«, sagte Laura.

»Rufen Sie mich jederzeit an, wenn ich helfen kann.« Der Professor legte auf.

Laura nahm die Mappe zur Hand, die auf dem Pult im Atelier gelegen hatte. Konzentriert schaute sie sich abermals die Skizzen an. Vier Studenten hatten unterschiedliche Entwürfe eingereicht. Sie verharrte bei dem Entwurf von Franziska Neumann, der einen Baum mit vielen verschiedenen Gesichtern zeigte. Laura hatte das fertige Bild im Atelier gesehen. Es sah beeindruckend aus, nicht wie von einer Studentin im ersten Semester.

Laura legte die Skizze weg und zog einen Katalog hervor, der unter den Entwürfen lag. Er stammte von einer internationalen Stiftung, die einen großen Kunstpreis ausschrieb und eine Auswahl der eingereichten Werke vorstellte. Laura ließ die Seiten durch ihre Finger gleiten. Jan Schneiders Arbeit war nicht darunter. Auf der Rückseite des Katalogs fand sie einen Hinweis auf die Website der Stiftung, auf der jeder Künstler sein Werk hochladen und zum Wettbewerb einreichen konnte. Sie tippte die Adresse in ihren Browser ein. Eine beachtliche Liste mit weit über tausend Einreichungen erschien auf dem Bildschirm. Inzwischen war der Wettbewerb in die nächste Runde gegangen, bei der zweihundert Werke vorausgewählt worden waren, die anschließend von der Jury detaillierter begutachtet werden sollten. Die Auswahl würde in einigen Tagen veröffentlicht werden. Laura gab in das Suchfeld den Namen Schneider ein. Es wurden mehrere Arbeiten angezeigt, was sie bei dem weit verbreiteten Namen nicht verwunderte. Sie scrollte nach unten und erstarrte. Im ersten Moment war sie sprachlos. Dann kontaktierte sie abermals Professor Malchin.

»Hier ist noch mal Laura Kern. Sitzen Sie am Computer? Gehen Sie bitte auf die Website der Stiftung, geben Sie den Namen Schneider ein und sagen Sie mir, warum Sie uns davon nichts erzählt haben.« Laura betrachtete auf ihrem Bildschirm die Landschaft, auf der die tote Mari Azarian platziert war. Jan Schneider war offenbar wahnsinnig. Er hatte das Kunstwerk mit Mari Azarians Leiche bei dem Wettbewerb eingereicht. Niemand von der Auswahlkommission hatte bemerkt, dass die Frau, die dort lag, nicht mehr lebte.

»Das darf nicht wahr sein.« Die Stimme des Professors überschlug sich. »Das ist mir bisher nicht aufgefallen. Es wurden so viele Kunstwerke abgeliefert. Ich ... ich weiß nicht, was ich sagen soll.«

»Es besteht wohl kein Zweifel mehr an Jan Schneiders Schuld«, stellte Laura fest und beschloss, ihn mit dem Katalog zu konfrontieren. Ihr Blick verharrte auf seinem Namen. Sie stutzte.

»Es ist nicht Jan Schneider«, rief Professor Malchin im selben Moment und nahm ihr damit die Worte aus dem Mund.

»Hier steht D. Schneider. Wer um Himmels willen ist D. Schneider?«

Laura wusste es im selben Augenblick.

»Es tut mir leid. Ich muss los«, sagte sie und legte auf. Sie druckte die Seite aus und stürmte davon.

36

Franziska fühlte sich schwach. Das Klebeband auf ihrem Mund brannte. Ihr Magen knurrte inzwischen nicht mehr, doch der Durst machte ihr zu schaffen. Sie hatte sich auf die Seite gelegt, um so wenig Energie wie möglich zu verbrauchen. Drei, allerhöchstens fünf Tage würde sie ohne zu trinken überleben. Genau das hatte sie vor. Der Mann würde irgendwann wiederkommen. Hätte er sie umbringen wollen, wäre sie längst tot. Offenbar hatte er etwas anderes mit ihr vor. Sie musste durchhalten und hoffen, dass sie eine Gelegenheit zur Flucht bekäme. Vielleicht hatte sie jemand als vermisst gemeldet. Niklas oder Professor Malchin. Bei Erwachsenen wurde die Polizei nicht so schnell aktiv, das wusste sie. Aber es war noch so viel Hoffnung in ihr. Sie wollte nicht sterben.

Ein Geräusch unterbrach ihre Gedanken. Zuerst hörte sie es nur ganz leise wie das Brummen eines Insektes, doch es wurde zunehmend lauter. Ein Wagen näherte sich. Der Durst war für den Augenblick vergessen. Sie rührte sich nicht und lauschte. Der Motor erstarb, eine Autotür flog zu. Jemand drehte den Schlüssel im Schloss der Hütte. Sie hielt die Luft an und wartete darauf, dass der Mann hereinkam. Aber nichts geschah. Plötzlich war es wieder mucksmäuschenstill. So als hätte sie sich alles bloß eingebildet. Litt sie unter Halluzinationen? Dehydrierung konnte solche Symptome auslösen. Fast war sie schon überzeugt davon, als sie erneut etwas hörte. Ein Rascheln oder ein Schleifen, begleitet von festen Schritten. Irgendetwas ging da draußen vor. Nur was? Noch während sie überlegte, ob der Mann ein Grab für sie aushob, drang ein stechender Geruch zu ihr vor.

Franziska fuhr hoch. Sie kannte diese Note. Es war ein Gemisch aus Farbe und Lösungsmittel. Was hatte das zu bedeuten? Die Angst schnürte ihr die Kehle zu. Sie schnappte mühsam nach Luft. Erst als eine Weile lang nichts Neues geschah, beruhigte sie sich allmählich. Sie versuchte, darüber nachzudenken, wie sie dem Fremden begegnen konnte und welche Möglichkeiten ihr blieben davonzulaufen. Doch der Durst schlug unbarmherzig zu. Ihre Gedanken schweiften immer wieder ab, und als die Tür aufging, war es zu spät. Der Mann näherte sich mit schweren Schritten. Als er sie auf die Füße zerrte, wollte sie sich losreißen. Aber sie kam nicht mal einen halben Meter weit, schon packten seine kräftigen Hände sie erneut. Franziska gab auf. Sie würde sterben. Das wurde ihr in diesem Moment klar.

37

Laura stürmte durch die geöffnete Gittertür in die Zelle und gab dem Wärter ein Zeichen, damit er sie allein ließ. Jan Schneider saß aufrecht auf der schmalen Liege und starrte sie aus aufgequollenen Augen an. Laura hielt sich nicht mit Vorreden auf. Sie knallte ihm den Ausdruck aus dem Katalog mit D. Schneiders Kunstwerk vor die Nase.

»Wenn Ihnen Franziska Neumann auch nur einen Funken bedeutet, dann sagen Sie mir auf der Stelle, wo Ihr Bruder sie hingebracht haben könnte.«

Jan Schneider starrte Laura an, als hätte ihn der Schlag getroffen. Zögernd richtete er die Augen auf den Ausdruck. Ein Ruck ging durch seinen Körper.

»Ist das Mari?«, fragte er ungläubig und schüttelte energisch den Kopf. »Mein Bruder könnte keiner Fliege etwas zuleide tun. Er hat sich sein Leben lang um mich gekümmert. Er ist der herzlichste Mensch, den ich kenne.«

»Und weil er so herzlich ist, haben Sie ihn vor allen

versteckt? Haben verschwiegen, dass er an der Uni als Hausmeister arbeitet und dass er seit Jahren Ihre Leinwände präpariert?« Laura biss sich auf die Unterlippe, denn am liebsten hätte sie Jan Schneider geschüttelt.

Erst als sie das *D* vor dem Nachnamen bemerkt hatte, war ihr ein Licht aufgegangen. Martina Flemming hatte den Namen von Jan Schneiders Bruder kurz erwähnt, aber zu dem Zeitpunkt hatte Laura nicht die richtigen Schlüsse gezogen. Durch das Kunstwerk auf der Website war ihr klar geworden, bei wem es sich um Daniel Schneider handelte. Sie sah ihn vor sich, wie er ihr die Hörsäle für die Befragung der Studenten zugewiesen hatte und wie er ihr die Tür aufschloss, als sie am Abend zuvor Professor Malchin gesucht hatte. Er hatte eine gewisse Ähnlichkeit mit Jan Schneider, vor allem die Augen schauten sie mit der gleichen Intensität an. Warum war ihr das bloß nicht eher aufgefallen?

»Er wollte mir nicht im Wege stehen. Viele Künstler haben einen akademischen Hintergrund, aber Daniel konnte nur eine Ausbildung zum Schreiner machen. Für ein Studium hat es finanziell nicht gereicht.« Jan Schneider tippte auf den Ausdruck. »Ich wusste nicht, dass er bei dem Wettbewerb mitmacht. Ich ...« Er sprach nicht weiter, weil sein Blick an Mari Azarian klebte.

Laura setzte sich ihm gegenüber auf einen Stuhl in der Zelle. »Hören Sie zu, Jan. Ich kann verstehen, dass das alles ein riesengroßer Schock für Sie ist. Und ich kann nachvollziehen, dass Ihr Instinkt Ihnen sagt, dass Sie Ihren Bruder schützen müssen. Aber Sie tun ihm damit keinen Gefallen. Und denken Sie bitte an die arme Franziska. Die anderen Frauen sind alle tot. Sagen Sie mir, wo er Franziska hingebracht haben könnte.«

Jan Schneider schluchzte. »Ich weiß es nicht. Ich weiß gar nichts mehr. Ich verstehe nicht, warum er so etwas tun sollte.«

Lauras Handy klingelte. Sie drehte sich ein Stückchen von Schneider weg. Es war die Streife, die sie zu Daniel Schneiders Wohnung geschickt hatte.

»Er ist nicht da. Sollen wir noch einmal mit der Mutter sprechen?«

»Versuchen Sie es«, erwiderte Laura. »Und rufen Sie mich sofort an, wenn Sie etwas haben.«

Sie wandte sich wieder Jan Schneider zu. »Hat Ihr Bruder eine Zweitwohnung, eine Gartenhütte, irgendeinen Ort, wo er Franziska hingebracht haben könnte? Denken Sie bitte nach!«

»Ja, hat er …«

In diesem Augenblick meldete sich Lauras Handy erneut. Auf dem Display erschien der Name Simon Fischer.

»Daniel Schneider hat eine Gartenlaube gepachtet. Ich schicke dir die Adresse aufs Smartphone. Soll ich ein Einsatzteam losschicken?«

»Unbedingt«, sagte Laura, sprang auf und zog Jan Schneider mit sich.

»Er hat eine Gartenlaube«, stotterte Schneider. »Was haben Sie mit mir vor?«

»Sie kommen mit. Sie müssen Ihren Bruder zur Vernunft bringen.«

38

Daniel Schneider hockte völlig kraftlos in der Ecke und starrte auf sein Kunstwerk, das er soeben vollendet hatte. Er würde berühmt werden, das konnte er spüren. Jede Frau hatte er auf eine spezielle Weise verewigt. Nämlich als das, was sie waren. Mari Azarian, die er inmitten einer Kopie ihres eigenen Gemäldes platziert hatte, war eine herausragende Künstlerin gewesen. Sie hatte ihn in dem Kunstwettbewerb eine Runde weitergebracht. Vielleicht erhielt er sogar eine Chance auf das Finale. Emma Riedel, die hübsche Schwimmlehrerin, war auf der Leinwand von ihrem Lieblingselement umgeben. Die Kellnerin Lina Maas blieb für immer in einer Bar, und Franziska Neumann würde inmitten vieler bunter Malereien ihr letztes Zuhause finden. Er hegte keinen Hass auf diese Frauen, jedenfalls nicht mehr. Aber sie mussten sterben, als sie sich zwischen ihn und seinen Bruder stellen wollten. Er hatte nicht jahrelang zurückgesteckt, um Jan an eine dieser Frauen zu verlieren.

Mari Azarian hatte er im letzten Moment daran gehindert, wieder zu Jan zurückzukehren. Mari hatte keinen Platz im Leben seines Bruders, das hätte sie wissen müssen. Jan gehörte zu ihm und er würde sich seine Zukunft nicht von dieser Frau kaputt machen lassen. Zuerst hatte er versucht, mit ihr zu reden und sie dazu zu bringen, Jan zu vergessen. In ihrer Heimat wäre sie viel besser aufgehoben gewesen. Aber sie wollte nicht auf ihn hören. Sie hatte ihn angeschrien und irgendwann hatte er zugeschlagen. Er rang sie zu Boden und würgte sie so lange, bis sie sich nicht mehr rührte. Kurz danach tat ihm sein Verbrechen leid, also beschloss er, ihr eine besondere letzte Ehre zu erweisen. Er verewigte sie in ihrer eigenen Landschaft und machte sie damit zu einem unvergesslichen Kunstwerk. Er schenkte ihr Blumen und kaufte rote High Heels für sie, genau dieselben, die seine erste Freundin getragen hatte. Die Schuhe waren für ihn ein Zeichen von Schönheit. Mari hatte sie verdient. Zum Schluss brachte er sie in das Straßenbahndepot, ihren Lieblingsort. Es entstand ein perfektes Gemälde, so außergewöhnlich, dass er es zum Kunstwettbewerb einreichte.

Doch nachdem Mari weg war, hörte Jan nicht auf, Frauen zu treffen. Die meisten seiner Begegnungen waren harmlos, aber sobald er begann, die Frauen zu fotografieren, wurde es ernst. Wenn er sie später porträtierte, war er bereits in sie verliebt. Dann musste er handeln. Maris letzte Atemzüge gingen ihm nicht mehr aus dem Sinn. Nie zuvor hatte er eine derartige Macht über Leben und Tod gespürt. Er hatte ihr in die Augen gesehen, als das Leben aus ihr wich und nur eine leblose Hülle zurückblieb.

Als Emma Riedel in Jans Leben trat, wusste er sofort, was er mit ihr tun würde. Er wartete, bis Jan sie porträtierte, und dann schlug er zu. Dieses Mal genoss er ihren Tod in vollen Zügen. Anschließend verewigte er sie in ihrem Lieblingselement, im Wasser, und suchte einen Ort, an dem sie ungestört ruhen konnte. Die Industriehalle lag abseits und stand seit Jahren leer. Er hatte nicht damit gerechnet, dass man Emma Riedel so schnell fand. Jan sollte wieder bei ihm einziehen. Von Emmas Handy schickte er ihm deshalb eine Nachricht, dass sie ihn nicht wiedersehen wollte. Doch Jan hatte schon die nächste Frau an Land gezogen. Lina. Sie musste sofort verschwinden, denn Jan hatte bereits ein Porträt von ihr gemalt. Zwischen Lina und Jan durfte keine feste Bindung entstehen.

Und noch etwas trieb ihn an. Die Dunkelheit in seinem Innersten, die gefüttert werden wollte. Er verspürte das tiefe Bedürfnis, zu sehen, wie Lina starb. Wie sie die Augen verdrehte, während er sie würgte. Er musste ihren letzten Atemzug spüren, und dann würde er es wiedergutmachen, indem er sie auf einer Leinwand verewigte. Er vermutete, dass die Polizei, nachdem sie abgezogen war, nicht erneut in der Industriehalle auftauchen würde, doch er hatte sich geirrt.

Er blickte zu Franziska, die reglos auf der Leinwand lag. Er hatte ihr die Fesseln und das Klebeband entfernt. Sie war so wunderschön, dass er es bisher nicht fertiggebracht hatte, sie zu töten. Ihr Brustkorb hob und senkte sich schwach. Ganz sanft strich er über ihr Gesicht. Diese Frau war ein Kunstwerk, gemacht für die Ewigkeit. Dort auf dieser Leinwand wirkte sie lebendiger als je zuvor. Ihr Anblick gab ihm wieder Auftrieb, denn ihr Tod bedeutete Jans Freiheit. Wenn sie hier und heute starb, wäre klar, dass Jan nicht ihr Mörder sein konnte. Die Polizei würde ihn aus der Haft entlassen. Er musste es nur zu Ende bringen.

39

Laura raste durch die Straßen Berlins, als gäbe es kein Morgen mehr. Jan Schneider saß neben ihr und hielt sich am Griff über der Seitenscheibe fest. Keines der Opfer hatte sich lange in der Gewalt des Mörders befunden. Sie konnte bloß hoffen, dass sie nicht zu spät kamen. Jan Schneider hatte mehrfach versucht, seinen Bruder ans Handy zu bekommen, doch er hatte es ausgeschaltet. Das Einsatzteam war auf dem Weg, ebenso wie Max. Laura lenkte den Wagen mit quietschenden Reifen um eine Kurve und stoppte genau vor dem Eingangstor zu der Kleingartenanlage. Die Dämmerung hatte längst eingesetzt. Sie und Jan Schneider sprangen aus dem Fahrzeug und rannten einen schmalen Kiesweg entlang. Daniel Schneiders Hütte befand sich rechter Hand am Ende der Anlage. Fünfzig Meter davor blieb Laura stehen.

»Sie gehen vor und versuchen, Ihren Bruder anzusprechen. Locken Sie ihn aus dem Gartenhaus und bringen Sie ihn dazu, aufzugeben. Ich werde dafür sorgen, dass ihm nichts geschieht. Versprochen.«

Jan Schneider nickte. Er näherte sich langsam der dunkelbraunen Holzhütte.

»Daniel?«, rief er, als er fast vor der Tür stand. »Bist du da? Ich bin es, Jan.«

Laura verbarg sich hinter einem Baum. Sie hatte die Waffe gezogen und zielte auf die Tür. Doch es passierte nichts.

»Daniel, jetzt mach schon auf. Bitte komm raus.« Jan Schneider klopfte an die Tür und wartete.

Endlich bewegte sich etwas. Die Tür ging einen Spaltbreit auf.

»Jan?«

Daniel Schneider öffnete die Tür. Er hielt einen schwarzen Gegenstand in der Hand. Laura blinzelte. Hatte der Mann eine Pistole?

Plötzlich huschte ein Schatten an ihr vorbei. Das Einsatzteam bezog seine Positionen. Laura war nicht verkabelt und konnte nicht kommunizieren. Daniel Schneider schien die Männer bemerkt zu haben. Er hob die Waffe und zielte auf den Schatten. Ein Schuss knallte durch die Luft. Entsetzt sah Laura, wie Schneider zusammensackte.

»Stopp!«, schrie sie und sprang aus der Deckung. »Feuer einstellen.« Sie stürzte zu Daniel Schneider, der am Boden lag. Die Männer des Einsatzteams waren ebenfalls sofort zur Stelle. Der Lichtstrahl einer Taschenlampe durchzuckte die Dämmerung und blieb auf Daniel Schneiders Schädel kleben.

»Er blutet. Rufen Sie einen Krankenwagen. Wer zum Teufel hat geschossen?«

»Niemand von uns«, lautete die Antwort des Einsatzleiters.

Erst jetzt begriff Laura, dass es sich bei der Kopfwunde nicht um eine Schusswunde handelte. Sie blickte auf und erkannte Franziska Neumann, die im Halbdunkel der Hütte stand. Der Lichtstrahl richtete sich auf sie. Franziska Neumann hielt einen Stein in der Hand, mit dem sie offenbar Daniel Schneider niedergeschlagen hatte. Laura prüfte den Puls des Verletzten. Er lebte. Neben ihm lag eine Pistole. Er war es, der geschossen hatte. Sie erhob sich.

»Ist jemand von Ihren Leuten verwundet?«

»Negativ«, antwortete der Einsatzleiter.

Laura atmete auf und trat zur Seite, damit Daniel Schneider versorgt werden konnte. Er war bewusstlos. Die Schwere seiner Verletzung konnte Laura nicht abschätzen.

»Daniel! Verdammt, warum hast du das getan?«, brüllte Jan Schneider, während er von zwei Einsatzkräften zurückgehalten wurde.

»Geht es Ihnen gut, Franziska?«, fragte Laura und ging auf die junge Frau zu, die wie versteinert in der Hütte stand. Laura registrierte ihre spröden Lippen und die unnatürlich blasse Haut.

»Hat jemand Wasser dabei? Sie ist dehydriert«, sagte Laura und fing die zierliche Frau auf, die in diesem Moment zusammenbrach. »Alles kommt wieder in Ordnung«, murmelte Laura. »Sie sind in Sicherheit. Sie müssen nur noch ein wenig durchhalten.«

Irgendwer drückte Laura eine Wasserflasche in die Hand und sie benetzte zuerst vorsichtig Franziska Neumanns ausgetrocknete Lippen.

»Trinken Sie ganz langsam«, bat Laura und hielt sie in den Armen, bis endlich die Rettungssanitäter eintrafen.

Daniel Schneider und Franziska Neumann wurden mit Blaulicht abtransportiert. Laura überschlug die Zeit, die Franziska vermutlich ohne Wasser verbracht hatte. Rechnete man den Stress hinzu, befand sich die junge Frau sicherlich in einem kritischen Zustand. Sie konnte nur hoffen, dass sie überlebte.

EPILOG

Laura blickte noch einmal zurück in den Vernehmungsraum und schloss die Tür. Sie folgte Max, der sich bereits in Richtung ihres Büros in Bewegung gesetzt hatte.

»Ich finde es merkwürdig, wie schnell sich etwas Gutes ins Gegenteil verkehren kann«, murmelte sie, während sie zu ihm aufholte.

Daniel Schneider war heute mit einem frischen Kopfverband und seinem Anwalt zum Verhör erschienen. In den vergangenen Tagen hatte er die Morde an den drei Frauen eingeräumt und nicht an Details gespart. Anfangs hatte er nur verhindern wollen, dass sein Bruder mit einer Frau eine Bindung einging und ihn verließ. Später kam sein Selbstverwirklichungstrieb hinzu. Er hatte immer für seinen Bruder gesorgt, was durchaus als positiv zu werten war. Doch das ständige Zurückstellen seiner eigenen Bedürfnisse hatte spätestens mit dem ersten Mord eine Explosion in ihm ausgelöst. Er brauchte plötzlich diese Macht und die Kontrolle, die er bei seiner Tat empfunden hatte. Und er wollte mit den Frauen Kunstwerke erschaffen, die ihresgleichen suchten. Tatsächlich war seine Arbeit bei einem der bedeutendsten Kunstwettbewerbe im europäischen Raum sehr gut angekommen. Sein Leben lang hatte Daniel Schneider noch nie so viel Erfolg gehabt und solch eine große Aufmerksamkeit erhalten. Er konnte sich selbst nicht mehr stoppen. Er wollte seinem Bruder endlich ebenbürtig sein. Nicht mehr der unbedeutende Hausmeister im Hintergrund, sondern ein Künstler, der es mit ihm aufnehmen konnte. Aber vor allem hatte ihn die Liebe zu seinem Bruder dazu gebracht, seine grausamen Ideen und Gedanken in die Tat umzusetzen. Daniel Schneider war derartig fixiert auf seinen Bruder, dass er die Morde überhaupt nicht bereute. Er hätte alles getan, um Jan Schneider lebenslang an sich zu binden.

Laura seufzte. Wenigstens hatte Franziska Neumann die Sache ohne körperliche Folgen überstanden. Franziska würde allerdings lange brauchen, um die Geschehnisse zu verarbeiten, und ob sie jemals damit klarkam, konnte derzeit niemand vorhersagen. Professor Malchin kümmerte sich tatsächlich fürsorglich um die Studentin – ohne weitere Hintergedanken, wie er Laura versichert hatte.

Laura ließ die Akte auf den Schreibtisch fallen und schob ein Foto von Daniel Schneider, das herausgerutscht war, zurück in die Schutzhülle. Sein jüngerer Bruder hatte sich ebenfalls in psychologische Betreuung begeben. Auch Jan Schneider würde Zeit benötigen, um über das Erlebte hinwegzukommen. Er musste damit leben, dass sein großer Bruder ein Serienmörder war. Außerdem musste er begreifen, welchen Schaden er durch sein Stalking angerichtet hatte – und dass es nie wieder so weit kommen durfte. Jan Schneider hatte zugegeben, dass er die Frauen, die er kennengelernt hatte, ohne ihr Wissen fotografiert und sich Zutritt zu ihren Wohnungen verschafft hatte, um die Fotos unter ihren Kopfkissen zu platzieren. Franziska Neumann hätte ihn anzeigen können, doch er hatte letztendlich erheblich zu ihrer Rettung beigetragen. Sie würde ihn nicht belangen. Laura konnte das gut verstehen. Sie würden diesbezüglich ebenfalls nichts unternehmen.

»Und du schaffst das wirklich ohne mich?«, fragte Laura und schaute Max stirnrunzelnd an.

»Jetzt geh schon!«, erwiderte Max und schob sie zur Tür. »Das ist nicht der erste Bericht, den ich schreiben muss. Du kannst ihn dir morgen früh gerne durchlesen und ergänzen.« Max lächelte. »Na los, beeil dich oder willst du zu spät kommen? Ich kann dir aus eigener Erfahrung sagen, dass so etwas nicht gut ankommt.«

Laura lächelte. »Danke, Max. Ich schulde dir was.« Sie drückte ihn an sich und streifte dabei kurz seinen Hosengürtel und eilte anschließend über den Gang davon. Statt zum Ausgang lief sie zu Ben Schumachers Büro.

»Es kann losgehen«, sagte sie und hielt grinsend Max' Zugangskarte hoch. »Er kann uns nicht mehr entwischen.«

»Na dann schnell. Ich hoffe, es klappt«, entgegnete Hannah. Ihre Wangen waren vor Aufregung gerötet.

Ben Schumacher erhob sich von seinem Stuhl. »Es ist alles vorbereitet.«

Sie huschten lautlos über den Gang zum Treppenhaus und liefen hinunter ins Erdgeschoss. Als sie die Empfangshalle betraten, verstummte das Gemurmel der Anwesenden. Mehr als fünfzig Kollegen waren gekommen, um das Jubiläum von Max zu feiern. Während Laura in den letzten drei Stunden dafür gesorgt hatte, dass Max von den Aufbauarbeiten nichts mitbekam, hatten die Kollegen Stehtische herbeigeschafft, Getränke besorgt und ein Buffet aufgebaut. Joachim Beckstein stand gleich ganz vorn am ersten Tisch. Er würde das Video starten, sobald Max in der Empfangshalle ankam. Ben Schumacher hob die Arme und sofort verhallte das erneut aufkommende Gemurmel.

»Hannah wird Max jetzt anrufen und ihn in die Tiefgarage bitten. Er wird nicht hineinkommen, weil wir seine Zugangskarte haben. Er muss zum Empfang und eine neue Karte holen, denn ohne funktioniert der Fahrstuhl zurück in sein Büro nicht. Wenn sich also diese Tür öffnet, mache ich das Licht an und wir rufen alle laut: *Herzlichen Glückwunsch*!«

Hannah wählte Max' Nummer.

»Schatz, ich wollte dir mit den Kindern einen Besuch abstatten. Holst du uns hoch aus der Tiefgarage? Ich warte dann an der Eingangstür«, erklärte sie mit leicht zitternder Stimme. Sie nickte Ben Schumacher zu und in diesem Augenblick schaltete Schumacher das Licht ab.

Lauras Augen richteten sich auf die Anzeige des Fahrstuhls. Unendlich langsam bewegte sich die Kabine in das Untergeschoss. Es dauerte knappe zwei Minuten, bis sich die Tür endlich öffnete. Das Licht ging an und Max stand wie vom Donner gerührt in der Empfangshalle.

»Herzlichen Glückwunsch!«, klang es aus allen Richtungen und auf der großen weißen Wand begann das Video mit Bildern von Max zu laufen.

Max blinzelte überwältigt und brachte kein Wort heraus. Hannah fiel ihm um den Hals. Joachim Beckstein schüttelte ihm die Hände und überreichte ihm eine Urkunde und eine Flasche Sekt. Laura zwinkerte ihm zu, während Beckstein zum Mikrofon griff und eine Rede hielt.

»Planänderung«, flüsterte plötzlich jemand in ihr Ohr und Laura fuhr herum.

»Ich dachte, du hast noch zu tun?«, fragte Laura erstaunt.

Taylor schüttelte den Kopf. »Die Überwachungsaktion wurde abgeblasen.« Er nahm sich ein Sektglas, prostete ihr zu und legte etwas auf den Stehtisch.

»Für dich«, sagte er und funkelte sie an.

Laura schaute sich neugierig die beiden Tickets an. »Das sind zwei Karten fürs Musical.«

»Entschuldige. Es ist nicht nur für dich, sondern für dich und mich. Für uns.« Er grinste verlegen. »Willst du es noch einmal mit mir versuchen? Dieses Mal bleibe ich auch, bis der Vorhang gefallen ist, und danach ...« Er sprach nicht weiter und küsste sie stattdessen auf den Mund.

»Was danach?«, fragte Laura mit gespielter Neugier.

»Das verrate ich noch nicht.« Taylor zwinkerte ihr zu und trank einen Schluck Sekt.

Laura lächelte. Sie brauchte seine Antwort nicht. Sie wusste, was sie nach der Vorstellung tun würden. Allein der Gedanke daran ließ Hunderte Schmetterlinge in ihrem Bauch aufflattern.

Ende

NACHWORT DER AUTORIN

Liebe Leserin, lieber Leser,

ich möchte mich ganz herzlich dafür bedanken, dass Sie meinen Roman gelesen haben. Ich hoffe, Ihnen hat die Lektüre gefallen und Sie hatten ein spannendes Leseerlebnis.

Die Figuren in meinem Buch sind übrigens frei erfunden. Ich möchte nicht ausschließen, dass der eine oder andere Charakterzug Ähnlichkeiten mit denen heute lebender Personen haben könnte, dies ist jedoch keinesfalls beabsichtigt.

Wenn Sie an Neuigkeiten über anstehende Buchprojekte, Veranstaltungen und Gewinnspielen interessiert sind, dann tragen Sie sich in meinen klassischen E-Mail-Newsletter oder auf meiner WhatsApp-Liste ein:

- **Newsletter: www.catherine-shepherd.com**
- **WhatsApp: 0152 0580 0860** (bitte das Wort *Start* an diese Nummer senden)

Sie können mir auch gerne bei Facebook, Instagram und Twitter folgen:

- **www.facebook.com/Puzzlemoerder**
- **www.twitter.com/shepherd_tweets**
- **Instagram: autorin_catherine_shepherd**

Natürlich freue ich mich ebenso über Ihr Feedback zum Buch an meine E-Mail-Adresse:

kontakt@catherine-shepherd.com

Zum Abschluss habe ich noch eine persönliche Bitte an Sie. Wenn Ihnen dieses Buch gefallen hat, würde ich mich über eine kurze Rezension freuen. Keine Sorge, Sie brauchen hier keine »Romane« zu schreiben. Einige wenige Sätze reichen völlig aus.

Sollten Sie bei *Leserkanone*, *LovelyBooks* oder *Goodreads* aktiv sein, ist natürlich auch dort ein kleines Feedback sehr willkommen. Ich bedanke mich recht herzlich und hoffe, dass Sie auch meine anderen Romane lesen werden.

Ihre Catherine Shepherd

WEITERE TITEL VON CATHERINE SHEPHERD

Zons-Thriller Band 1 bis 4

Zons-Thriller Band 5 bis 8

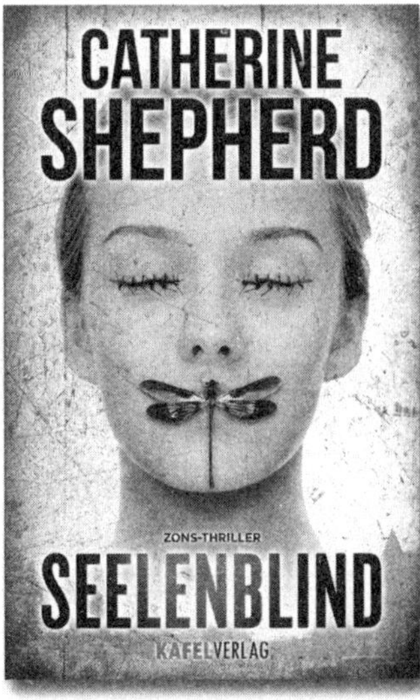

Zons-Thriller Band 9 bis 12

Laura Kern-Thriller Band 1 bis 4

Laura Kern-Thriller Band 5 und 6

Julia Schwarz-Thriller Band 1 bis 4

Julia Schwarz-Thriller Band 5 und 6

ÜBER DIE AUTORIN

Die Autorin Catherine Shepherd (Künstlername) lebt mit ihrer Familie in Zons und wurde 1972 geboren. Nach Abschluss des Abiturs begann sie ein wirtschaftswissenschaftliches Studium und im Anschluss hieran arbeitete sie jahrelang bei einer großen deutschen Bank. Bereits in der Grundschule fing sie an, eigene Texte zu verfassen, und hat sich nun wieder auf ihre Leidenschaft besonnen.

Ihren ersten Bestseller-Thriller veröffentlichte sie im April 2012. Als E-Book erreichte »Der Puzzlemörder von Zons« schon nach kurzer Zeit die Nr. 1 der deutschen Amazon-Bestsellerliste. Es folgten weitere Kriminalromane, die alle Top-Platzierungen erzielten. Ihr drittes Buch mit dem Titel »Kalter Zwilling« gewann sogar Platz Nr. 2 des Indie-Autoren-Preises 2014 auf der Leipziger Buchmesse. Seitdem hat Catherine Shepherd die Zons-Thriller-Reihe fortgesetzt und zudem zwei weitere Reihen veröffentlicht.

Im November 2015 begann sie mit dem Titel »Krähenmutter« eine neue Reihe um die Berliner Spezialermittlerin Laura Kern (mittlerweile Piper Verlag) und ein Jahr später veröffentlichte sie »Mooresschwärze«, der Auftakt zur dritten Thriller-Reihe mit der Rechtsmedizinerin Julia Schwarz.

Mehr Informationen über Catherine Shepherd und ihre Romane finden sich auf ihrer Website:

www.catherine-shepherd.com